狂風 ❸

狂風 ❸

추적자

스토리뱅크
story bank 2010

목 차

1장
괴물출현

광준이 침만 삼켰을 때 화천은 머리를 끄덕였다. 수백 년을 건너뛴 것 같다. 당연히 명(明)이 망했지 않겠는가. 그런데 시장이라니, 알 수 없다.

"여기가 어디냐?"

다시 화천이 묻자 광준은 필사적으로 대답했다.

"예, 삼합회가 운영하는 도살장입니다. 이곳에서 배신자를 도살해서 고기로 팔지요. 하지만 저는 억울합니다, 장군님."

화천은 우선 이곳을 나가야겠다고 생각했다. 더 이상 앞질러 나가지는 않겠다. 당분간 이곳에서 겪어보리라.

"자, 일어나라."

화천이 말하면서 제 몸을 보았다. 사내들과 옷차림이 너무 다른 것이다.

"이 옷을 입고 나가면 웃음거리가 되지 않겠느냐?"

"예? 예, 웃음거리보다도……."

광준의 얼굴에 생기가 돋아났다. 살려줄 것 같다.

"사람들의 시선을 끌게 될 것입니다. 그, 그리고 이곳은 삼합회의 소굴이어서……."

"밖에 지키는 놈들이 많다는 말이냐?"

"예, 여럿입니다. 그, 그러니까."

"그럼 옷부터 갈아입어야겠군."

숨을 고른 화천이 힐끗 광준을 보았다.

"넌 여기서 기다려라."

"예, 장군님."

혼자서 나갈 생각은 없는 것이다. 나갔다가 눈에 띄면 바로 죽는다. 더구나 이곳에는 머리가 떼어진 시체 3구가 있지 않은가? 제 동료를 죽인 살인범으로 몰려 뼈까지 가루로 만들 것이다. 그때 화천이 문을 열고 밖으로 나갔다. 밖은 복도다.

그때 옆쪽 사무실에 서 있던 사내 하나가 힐끗 화천을 보더니 문을 열고 복도로 나왔다. 장신에 양복 차림인데 화천의 눈에는 괴상하게 보였다. 그러나 체격은 맞다. 사내가 눈살을 찌푸리며 다가와 섰다.

양복 차림에 모자를 눌러쓴 모습이 어울리지는 않았지만 이상한 모습은 아니다. 화천의 장검은 헝겊에 싸서 광준이 들도록 했고 둘은 도살장 사무실의 철문 앞에 섰다. 이쪽 사무실과 밀실에 있던 사내 여섯은 다 죽었다.

광준을 고문하고 죽이려 했던 배규 등 셋에다 사무실의 감시역 셋이 몰살당한 것이다. 철문 밖은 도살장이었고 삼합회 요원들이 몇 명 깔려 있는지 알 수 없다. 광준이 머리를 돌려 화천을 보았다.

"장, 장군님, 바깥 도살장에는 도대체 몇 명이 깔려 있는지 모릅니다."

"입구는 아느냐?"

"예, 현장을 지나야 나옵니다."

도살장에서의 소음이 철문을 뚫고 이쪽까지 들려오고 있다.

"앞장을 서라."

마침내 화천이 말했다.

"내가 뒤에 붙어 갈 테니까 걱정 말고."

화천의 시선을 받은 광준이 어금니를 물더니 철문을 열었다. 그 순간 소음이 덮쳐왔다. 기계음이다. 넓은 도살장 안은 천장에 매달린 고깃덩이가 천천히 움직였고 밑에 붙은 사내들이 제각기 칼로 고기를 떼거나 담는다. 수백 개의 고깃덩이와 수백 명의 노동자들이 움직이고 있다. 드문드문 서 있는 사내들은 관리자일 것이다. 앞장선 광준이 10미터쯤 걸었을 때 벽에 기대서 있던 사내 하나가 이맛살을 찌푸리며 시선을 주었다. 그러더니 화천에게로 시선이 옮겨졌다.

"곧장 가."

화천이 사내의 시선을 무시하고 광준에게 말했다.

"저놈들은 널 가로막지 못해."

과연 바로 앞을 지났는데도 사내는 입을 열지 않는다. 눈만 껌벅일 뿐이다.

"고기를 이렇게 잡다니."

광준의 뒤를 따르면서 화천이 혼잣소리를 했다.

"세상의 고기는 이곳에서 다 잡는 것 같구나."

그때 뒤쪽에서 사내 하나가 쌍순을 물렸다.

"너, 어떻게 나온 거냐?"

놀란 광준이 걸음을 멈췄는데 얼굴이 벌써 누렇게 굳어졌다.

"아, 방 형."

고기 사이를 헤치고 다가온 사내들은 둘이다. 그중 앞장선 사내가 광준과 화천을 번갈아 보았다. 눈썹을 치켜뜨고 있다.

"너, 배규가 내보냈어?"

"아, 아니……."

"이놈은 누구야?"

사내가 화천을 손으로 가리킨 순간이다. 화천이 옆으로 다가온 고깃덩이를 잡아 뜯어 내리더니 사내의 목을 움켜쥐었다. 그러고는 번쩍 치켜들어 갈고리에 사내의 등판을 꿰었다.

"으악!"

짧은 신음이 들렸지만 심장이 꿰인 사내가 고깃덩이에 섞여 아래쪽으로 내려갔다. 그때 화천이 놀라 주춤대는 뒤쪽 사내의 머리통을 주먹으로 쳤다.

"퍽석!"

머리가 수박처럼 부서진 사내가 주저앉았으므로 화천이 광준에게 말했다.

"가자."

"예."

광준은 발을 떼다가 허벅지가 차다고 느꼈다. 오줌을 지린 것이다.

정문으로 나오는데 또 한 번 걸렸다. 이번에는 사내가 커피잔을 떨어뜨리며 소리쳤다.

"광준! 너, 왜!"

정문 옆쪽의 휴게실 앞이다. 오후 9시 반, 황 씨는 도살장 경비원으로 광준과 같은 동네에 산다. 이제는 뒷심을 믿고 있는 터라 광준의 눈썹이 치켜 올라갔다.

"왜라니? 이 개새끼야."

다가선 광준이 두 손을 옆구리에 짚었다.

"난 죄가 없어서 풀려나왔다. 어쩔래?"

"그럴 리가……."

눈을 치켜뜬 황 씨가 서둘러 경비실로 발을 떼었을 때 눈치를 챈 화천이 바람처럼 다가가 앞을 막았다.

"누, 누구야?"

황 씨가 화천의 가슴을 밀려고 손바닥을 붙인 순간이다.

"으악!"

밤하늘로 비명이 울려 퍼졌다. 황 씨의 몸이 어둠에 덮인 경비실 위로 날아 올라가 사라진 것이다. 낮은 충격음으로 땅이 흔들린 것은 뒤쪽 시멘트 바닥에 떨어진 모양이다. 순식간에 일어난 일이어서 경비실에 있던 둘도 눈치채지 못했다.

"우리, 나갑니다."

경비실 유리창에 대고 광준이 소리치자 앉아 있던 둘이 시선만 주었다. 여기서는 고기만 들고 나가지 않으면 검사를 하지 않는다. 사내들이 외면했으므로 둘은 도살장을 나왔다. 거리로 나왔을 때 광준이 어깨를 늘어뜨리면서 화천을 보았다.

"장군, 어디로 모실까요?"

교외의 낡고 너러운 농가 안, 이곳은 광준의 이모가 재혼해서 사는 집이라 삼합회는 모른다. 밤 11시 반, 광준은 화천을 이곳으로 모시고 왔는데 오는 동안 곡절이 많았다. 버스를 보고 놀란 화천이 안 타려고 하는 바람에 실랑이를 오래 했고 지나는 자동차들을 보고도 밖으로 뛰쳐나가려고 했기 때문이다.

화천에게는 이곳이 마하트가 말한 절대자의 세상으로 보였다. 옆쪽 자리에 앉은 여자가 휴대폰으로 통화를 하자 놀라 손을 뻗으려고 하더니 앞쪽 청년이 휴대폰 게임하는 장면을 보고는 마침내 '마하트'를 불렀다. 어쨌든 이곳까지 오는 한 시간 반 동안 화천은 학습을 한 셈이 되었다. 백문이 불여일견이다. 백번 말해주는 것보다 세상에서 부대끼고 겪은 것이 화천에게 도움이 된 것 같다. 광준의 이모는 안채에 사는 터라 인사만 받고 돌아갔다. 청에 둘이 남았을 때 화천이 어깨를 늘어뜨리면서 물었다.

"그럼 지금 황제가 시진핑이란 말이지?"

"예."

대답부터 하고 난 광준이 정정했다. 이런 식으로 해야 이해가 빠르다.

"지금은 황제라고 부르지 않습니다. 주석이라고 부르지요."

"주인 자리란 말이군."

"예, 장군."

"명이 망하고, 청이 3백 년 만에 망하고 나서 중화민국이 들어섰다고?"

"예, 장군."

"장군이라고 부르지 마라."

"그, 그런데 장군께선 어디서 오셨습니까?"

마침내 광준이 조심스럽게 질문을 했다. 지금까지는 감히 물어보지 못했었다.

"내가 말이냐?"

화천이 눈을 가늘게 뜨고 광준을 보았다. 이놈이 믿지 않을 것은 당연하다. 광준이 화천의 시선을 받았다. 미친놈은 아니다. 그리고 칼로 무를 자르는 것처럼 목을 베는 검술, 또 방포를 한 손으로 치켜들어 갈고리에 꿰는 그 괴력, 도무지 인간 세상의 존재 같지는 않지만 말하는 것을 보면 순박한 사람이다. 정신이 이상한 것도 아닌 것 같다. 그때 괴인이 말했다.

"난 먼 곳에서 왔다."

"저기, 티벳이나 몽골 쪽 말씀입니까?"

"티벳이 어디냐? 몽골은 내가 알지."

"티벳은……."

말을 멈춘 광준이 어깨를 늘어뜨렸다. 그쪽 출신이 아닌 것 같다. 그때 화천이 지그시 광준을 보았다.

"네 사연부터 말해보아라. 그럼 서로 이해가 될지도 모르겠다."

"예, 그렇지요."

시간은 많고 이제 갈 데도 없다. 밖에 나가면 삼합회 패거리들한테 잡혀서 당장에 죽을 것이다. 아니, 경찰도 지금 수배 중일 것이 분명하다. 도살장에서 몇이나 죽었는가? 아홉이다. 아홉이나 처참하게 죽었으니 지금쯤 전(全) 중국땅이 떠들썩할 것이다. 도살장에 CCTV가 설치되어 있으니 그 장면들도 다 찍혔을 것이었다. 길게 숨을 뱉은 광준이 입을 열었다.

"전 삼합회 소속의 마약 소매상입지요."

"삼합회가 뭔가 말해라."

"예, 중국 전역에 퍼져 있는 조직을 말합니다."

삼합회 설명을 하는 데 10분이나 걸렸다. 화천이 흥미를 나타냈기 때문이다. 광준이 아는 데까지 다 털어놓고 나서야 다시 본론으로 들어갔다.

"이번에 마약 판 돈 5만5천 위안 중에 제가 급한 일이 있어서 3만 위안을 쓰고 2만5천만 입금 시켰지요. 물론 마약을 그만큼 팔지 않았다고 했습니다. 그런데 그 3만 위안을 쓰는 장면을 경비실의 황 씨 놈이 본 것입니다."

"어디서 말이냐?"

"예, 경마장에서지요."

"경마장이라니?"

"예, 말 경주를 시키고 돈을 거는 곳을 말합니다. 거기서 돈을 걸고 있는 것을 황 씨가 보고 밀고를 했지요. 그래서 발각이 된 것입니다."

"3만 위안이 얼마나 되느냐? 금 시세로 따져봐라."

"예, 금 석 냥쯤 됩니다."

"금 석 냥을 썼다고 죽여?"

"예, 한 냥을 횡령해도 죽입니다."

"그놈들 곧 망하겠다."

주위를 둘러본 화천이 다시 묻는다.

"너, 마하트를 아느냐?"

"예? 마하트가 무엇입니까?"

"모른면 됐다."

"장군께선 어디서 아니, 언제 오셨습니까?"

"네가 도살장에 잡혀 있을 때 왔지 않느냐?"

"어떻게 들어오셨습니까?"

"문으로 들어왔지."

"그런 차림으로 오실 때 눈에 띄었을 텐데요."

"달려 들어왔다."

"장군님은 어떻게 그런 괴력을 아니, 검도 실력을 갖게 되셨는지요?"

"검도라고 했느냐?"

"예, 칼솜씨 말씀입니다."

"내가 닦았다."

"무서웠습니다."

"그런데 당분간 네가 내 사부가 되어줘야겠다."

"예? 사부라니요?"

긴장한 광준이 화천을 보았다.

"무슨 말씀입니까?"

"날 가르쳐줘야겠단 말이다."

화천이 엄숙한 표정으로 광준을 보았다.

"먼저 네 신상을 듣자."

광준은 26세, 중키에 보통 체격이었으나 끈기가 강했고 밴텀급 권투 선수로도 뛴 적이 있다. 프로로 전향해서 2승 7패 5무의 성적으로 은퇴했지만 삼합회에 가입하는 특전을 획득했다. 둥근 얼굴에 다부진 용모, 삼합회에 가입한 지 3년이 되었지만 말단으로 마약 소매상밖에 되지 않은 이유는 도박벽이 있기 때문이다.

세상 어느 조직에서도 도박벽이 있는 인간에게 중책을 맡기지는 않는다. 돈이 생길 때 유곽에 가서 몸을 푸는 단골은 있지만 애인을 만든 적은 없고 그럴 능력도 없다. 가족은 어머니가 살아계시는데 꾸이양 서쪽 안순(安順)에서 관광객을 상대로 기념품 가게를 한다. 대충 신상을 말해준 광준이 화천을 보았다.

"장군께선 연세가 어떻게 되셨습니까?"

"그러고 보면 내가 3백 살이 넘었다."

정색한 화천이 말했지만 광준은 입맛을 다셨다. 그러나 감히 되묻지는 못하고 다른 것을 묻는다.

"앞으로 어떻게 하시려는지요?"

"글쎄, 너를 사부로 모시고 물정을 익힌다고 하지 않았느냐?"

"여기서 말씀입니까?"

그러자 화천이 청을 둘러보는 시늉을 했다. 30촉 전등이 켜진 마루방은 을씨년스럽다. 문틈 사이로 바람이 흘러들어왔고 가구도 없다. 침상만 달랑 놓여 있을 뿐이다. 머리를 든 화천이 광준을 보았다.

"다른 곳이 있느냐?"

"조용하고 아늑한 곳이 많지만 돈이 듭니다, 장군님."

"돈이라니? 아까 말했던 위, 무엇인가 말이냐?"

그러자 광준이 주머니에서 지폐를 꺼내 보였다. 50위안짜리 등 잔돈이다.

"이런 것 말씀입니다."

"이건 어디에 많으냐?"

지폐를 노려본 화천이 다시 물었다.

"가지러 가자."

CCTV를 보던 장채우가 숨을 들이켰다. 방금 괴상한 사내가 사무실에서 칼로 목을 베는 장면을 본 것이다. 영화 일부분 같았지만 피가 솟는 장면이 끔찍했다. 영화에서는 저렇게 연출 못한다. 숨을 들이켠 장채우가 소리쳤다.

"정지!"

그 순간 CCTV 장면이 정지되고 사무실 안에 숨이 막힐 것 같은 정적이 덮였다. 오전 9시 반, 꾸이양 공안국 수사과장실 안, 수사과장인 2급 경독 장채우가 지금 도살장에서 떼어온 CCTV를 세 번째로 보는 중이었다. 방안에는 수사팀 간부들이 모두 모였는데 10명도 넘는다. 어깨를 늘어뜨린 장채우가 간부들을 둘러보았다.

"이놈 인적사항이 파악되지 않는 걸 보면 외국인인지도 몰라."

장채우가 손바닥으로 얼굴을 쓸고 나서 말을 이었다.

"숙박업소도 조사를 해. 외국인 전용 민박집까지, 모두 다."

간부들이 열심히 메모를 했지만 분위기는 가라앉았다. 도살장에서 시체로 발견된 9명은 모두 무참하게 살해되었다. 고기 꿰는 갈고리에 몸통이 꿰인 시체도 있고, 머리통이 수박처럼 부서진 인간도 있다. 목이 잘린 시체는 여섯, 한칼에 잘랐기 때문에 더 끔찍했다. 그때 부과장 아홍이 입을 열었다.

"과장님, 죽은 자가 모두 삼합회 조직원이라는 것을 언론이 자꾸 노출 시키려고 합니다. 막기에 벅찹니다."

지금까지는 살인만 보도한 것이다. 그러나 살해된 9명이 모두 삼합회원이라는 것을 언론이 파악하고 있다. 공안 측에서 보도를 억제시키고 있지만 역부족이다.

"아직 상부에서 지시가 내려오지 않았어. 누르고 있도록."

장채우가 눈을 부릅떴다.

"보도한 매체는 발행인을 구속시키겠다고 말해."

"그런데요, 과장님."

옆쪽에 서 있던 주임 비천구가 말했다.

1급경사인 비천구는 이번 사건의 책임자로 경력 20년의 고참이며 조폭 담당이기도 하다. 장채우의 시선을 받은 비천구가 입을 열었다.

"함께 나간 광준이 마약 소매상으로 목이 잘린 배규에게 끌려 들어갔다고 합니다. 광준이 고용한 해결사일 가능성도 있지 않겠습니까?"

그러자 같은 1급경사이며 비천구와 경쟁 상대인 서경문이 말했다.

"아닙니다. 광준이 같은 놈이 저런 해결사를 고용할 리가 없습니다. 저놈이 광준을 앞세워서 나오는 장면을 보십시오. 인질로 삼은 것 같지 않습니까?"

"과연 그렇다."

장채우가 찌푸린 얼굴로 동의하더니 비천구와 서경문을 번갈아 보았다.

"너희들 둘이 함께 이 사건을 맡아라. 이곳에 있는 수사과 인력을 다 데려가도 된다. 먼저 이 괴물의 정체부터 알아내!"

장채우의 목소리가 방을 울렸다.

"어이구머니."

놀란 유하가 뒤로 몸을 젖혔다가 주위를 둘러보았다. TV에 광준의 얼굴이 나타나 있다. 바로 어젯밤에 집에 왔을 때 차림이다. 뒤에 선 남자도 어젯밤에 본 사내다. 그때 TV에서 앵커가 말했다.

"이 두 남자를 보시면 즉시 공안에 신고해주시기 바랍니다."

자막에는 살인혐의가 있다고 적혀 있다. 다수의 인명을 살해했다는 것이다.

"아이고."

18

유하가 이제는 벌떡 일어섰다. 재혼한 남편 사복은 아침 일찍 공사장에 일하러 나갔기 때문에 집안에는 혼자뿐이다. 아니, 둘이 더 있다. 어젯밤에 재워달라고 찾아온 광준과 저 사내.

"아이고, 이걸 어쩌나."

눈을 치켜뜬 유하가 헛소리처럼 말했을 때 옆쪽 문이 열렸다. 광준이다.

"으악!"

까무러치도록 놀란 유하가 비명을 질렀을 때 광준이 다가왔다.

"이모, 걱정 마. 오늘 밤에 나갈게."

바깥채에도 낡은 TV가 있었기 때문에 광준도 TV를 보고 온 것이다. 광준이 다가가자 이모가 뒤로 물러섰다. 눈을 치켜뜨고 있다.

"너, 사, 살인한 거냐?"

"아냐, 나는……."

그때 뒤에서 인기척이 났으므로 이번에는 둘이 소스라쳤다. 화천이 들어선 것이다. 광준의 뒤를 따라왔던 화천이 둘의 이야기를 들었다.

"네 이모, 살려줘도 괜찮겠느냐?"

다가선 화천이 물었으므로 광준이 손부터 저었다.

"괜, 괜찮습니다. 절대로 발설하지 않습니다, 선생님."

광준은 이제 화천을 선생님으로 부른다.

"그, 공안이란 놈들이 네 이모를 찾아오지 않을 것 같으냐? 3백 년도 더 전인 밍(明) 시설의 쏘리늘 같아도 진즉 이곳에 찾아왔을 것이다."

화천이 말하자 유하가 숨을 들이켰지만 입을 반쯤만 벌린 채 말을 하지는 않는다. 그때 광준이 열심히 대답했다.

"이모가 재혼을 했지만 주소는 안순에 있기 때문입니다. 그, 그러니까 이모가 이곳에 있다는 건 저만 압니다. 이모부 되는 자도 본 적이 없지요."

화천의 시선이 유하에게로 옮겨졌다. 동글납작한 얼굴형의 유하는 40대 초반이지만 아직 색기(色氣)가 풍기고 있다.

"응, 네 이모가 색을 밝히는 년이구나."

"예?"

하고 광준은 되물었지만 유하는 얼굴이 순식간에 벌겋게 상기되었다. 그러나 아직 말을 뱉지는 못한다.

화천이 물끄러미 유하를 보면서 생각한다. 이곳은 새 세상이다. 처음에는 '마하트'가 기록한 절대자의 세상인 줄로만 알았다. 그랬다가 차츰 정신을 집중하고 광준의 말을 듣고 보니 3백여 년의 시간 이동을 해서 미래로 날아왔다는 것을 깨닫게 되었다. 엄청난 변화다. 다른 세상인 것 같다. 그러나 호기심이 충천해서 지난날로 돌아가고 싶은 생각은 눈곱만큼도 없다. 이윽고 화천이 입을 열었다.

"네 남편하고는 갈라서는 것이 낫겠다. 매일 맞고 살 수는 없지 않겠느냐?"

숨을 들이켰던 유하의 두 눈이 금방 붉어졌다.

"들, 들었어?"

유하는 어젯밤에도 사복한테 귀빰을 한 대 맞은 것이다. 씻고 자라고 했더니 대뜸 손찌검을 하는 바람에 지금도 왼쪽 귀가 먹먹하다. 사복은 술만 마시면 개망나니가 된다. 건설현장에서 받은 일당으로 다 마시고 돌아온 적도 많다. 유하의 시선을 받은 화천이 쓴웃음을 지었다.

"내가 쥐처럼 듣는 분인 줄 아느냐?"

그러더니 머리를 돌려 광준을 보았다.

"지금 이곳에도 쥐가 있느냐?"

"예, 선생님. 많습니다."

광준이 고분고분 대답하자 화천이 다시 유하를 보았다.

"5만 위안만 있으면 사복이한테서 도망쳐 나와, 언니 옆에서 가게를 차리겠다는 생각을 하고 있구나."

유하가 이제는 숨을 멈췄고 화천이 머리를 끄덕였다.

"그럼 오늘 밤까지만 기다려라. 내가 그것을 가져다주마."

"뭘 말이야?"

겨우 유하가 묻자 화천이 정색했다.

"위안 말이다. 종이, 그림 그려진 종이."

"종이라니?"

"그, 우리 선생님은 위안을 종이로 보고 계셔."

마침내 광준이 나섰다.

"어쨌든 종이나 위안이나 선생님 말씀을 믿으라고, 이모."

"도대체 이 사람 누구야?"

"네 할아버지의 10대조하고 친구인 분이시다, 내가."

한 걸음 다가선 화천이 말하자 유하는 한 걸음 물러섰지만 이제 두려운 기색은 반쯤 달아나 있다. 화천이 말을 이었다.

"그러니까 가만 앉아서 기다리면 복이 올 것이다. 나하고 네 조카를 포리들한테 밀고해도 소용없다. 우린 잡히지 않을 테니까."

"미친놈이야."

비천구가 손바닥으로 얼굴의 수염을 쓸면서 말했다. 하루만 면도를 하지 않아도 비천구는 얼굴이 지저분해진다. 어젯밤 도살장 사건 때문에 철야를 해서 수염을 깎지 못한 것이다. 비천구는 다시 CCTV를 보는 중이었는데 도살장 안의 CCTV 3개에 '도살자'의 모습이 선명하게 찍혔다. 이제 꾸이양 공안에서는 '괴인'을 '도살자'로 부른다. '도살장'에서 출현한 도살자다.

"정신병자 수용소에도 모두 연락을 했습니다, 주임님."

옆쪽에 선 부하 고명보가 말했다.

"정신병자 수용소도 예상외로 많더군요. 꾸이양에만 7개, 귀주성에는 87개가 있습니다."

"가만."

CCTV를 보던 비천구가 손을 들어 고명보의 말을 막았다. 주위에 둘러선 모두가 비천구의 시선을 쫓아 모니터 화면을 보았다. 그때 비천구가 화면을 정지시켜놓고 손가락으로 가리켰다.

"이것 봐라."

화면은 복도에서 앞쪽의 곡화봉을 베어 죽이기 직전, 도살자가 칼을 빼 들고 발을 뻗은 채 정지되어 있다. 그 앞쪽 곡화봉과의 거리는 20여 미터, 복도 끝도 다 보였고 곡화봉도 조그맣게 드러났다. 비천구가 손가락으로 도살자와 곡화봉 사이를 그었다.

"거리가 25미터쯤 되겠다, 그렇지?"

그 정도 된다. 모두 시선만 주었고 비천구가 마우스를 클릭하자 정지화면이 풀리더니 도살자가 한칼에 곡화봉의 목을 잘랐다. 수십 번을 보아도 끔찍한 장면이다. 둘러선 수사관들이 탄성을 뱉었을 때 비천구가 다시 화면을 정지시켰다.

"봤어?"

머리를 든 비천구가 둘러선 수사관들에게 물었다.

"예."

서너 명이 건성으로 대답했을 때 비천구가 다시 물었다.

"뭘 본 거냐?"

"많이 베어본 솜씨입니다."

하나가 대답했고 다른 목소리가 잇는다.

"칼이 옛날 검인데요, 요즘 저런 칼 보기 드뭅니다."

"저 옷도 그래요, 사극에서도 저렇게 구닥다리는 못 보았어요."

제각기 나섰을 때 비천구가 손끝으로 모니터 오른쪽 밑을 가리켰다. 시간이 찍혀 있었는데 12분 27초다.

"이것 봐라."

해놓고 비천구가 화면을 돌려 조금 전 달려들기 직전의 장면을 보이고 정지시켰다.

"이것도."

모두 비천구가 손끝으로 짚은 시간을 보고는 숨을 들이켰다. 12분 25초다. 2초가 걸렸다. 비천구가 다시 베는 장면을 보이고 화면을 정시시키고는 말을 이었다.

"25미터를 2초에 달려와 목을 잘랐단 말이야, 이건 그 누구냐?……"

1백 미터 세계신기록을 낸 흑인의 얼굴과 모습만 떠올랐지 이름을 까먹은 비천구가 다시 말을 이었다.

"올림픽 1백 미터 금메달 선수도 이만큼 빠르지는 않아, 안 그러냐?"

"과연 빠릅니다."

고명보가 말했지만 시큰둥한 표정이다.

"시간 기록에 차질이 있는지도 모르지요. 2, 3초 차이쯤 말입니다."

다른 목소리가 울렸다. 대부분 감동이 적은 눈치다. 그러자 비천구가 긴 숨을 뱉고 자리에서 일어섰다.

"젠장, 이거 귀신을 쫓는 것 같구먼. 도무지 흔적이 있어야지."

괴인, 도살자, 이제는 별명이 귀신이 된 사내의 흔적이 전혀 없는 것이다. 이제 도살자의 명성은 중국 전역으로 퍼졌고 해외토픽으로도 알려졌다. 그러니 베이징의 공안본부에서도 보고서를 보내라는 지시가 내려왔다.

"그놈이 꾸이양을 떠났을지도 모릅니다."

누군가 뒤에서 말했는데 그것이 여기 모인 수사관들의 속마음일 것이다.

손바닥으로 얼굴을 쓸어 본 광준이 다시 거울을 보았다. 자신의 모습이 아니다. 갸름해진 얼굴, 눈이 커졌고 콧날도 곧고 굵다. 입술은 두툼해진 대신 양 끝이 꾹 닫쳤다. 이게 웬일인가? 전혀 다른 모습, 꿈인가 싶어서 몇 번째 눈을 감았다가 떴고 볼을 손으로 잡아당겨 보기도 했다. 더구나 이 모습은 선생님이 두 손으로 얼굴을 한 번 쓸어주고 나니까 이렇게 된 것이다. 기절초풍을 할 일이 아닌가?

그때 뒤에서 선생님이 말했다.

"자, 가자."

몸을 돌린 광준이 숨을 들이켰다. 앞에 전혀 다른 사람이 서 있는 것이다. 어느새 머리를 짧게 자른 선생님은 둥근 얼굴에 납작한 코, 엷은 입술을 가진 호인 아저씨가 되어있다.

"아, 아니, 선생님……."

광준이 더듬거리며 말을 이었다.

"어, 어떻게 되신 겁니까?"

"네 얼굴은 어떻게 된 거냐?"

쓴웃음을 지은 선생님이 되물었으므로 광준이 다시 손바닥으로 얼굴을 쓸었다.

"도무지 꿈만 같아서……."

"일 마치면 본래 얼굴로 돌아올 테니 걱정하지 마라."

"정말입니까?"

"그렇다니까?"

둘은 지금 유하네 집 문간방에 서 있었는데 이제 나갈 차비가 다 되었다. 오후 5시 반, 다시 손바닥으로 얼굴을 쓸어 본 광준이 먼저 발을 떼었고 화천이 뒤를 따른다. 대문을 나온 광준이 골목을 걸어 나오면서 어깨를 폈다. 거울이 잘못되지 않았다면 발각될 걱정이 없는 것이다.

그 순간 광준의 심장이 덜컥 내려앉았다. 골목 입구에 공안 두 명이 서 있었기 때문이다. 허리에는 권총을 찼고 손에 사진을 쥐었다. 노골적으로 사람을 찾는 자세다. 광준의 걸음이 느려지자 화천이 먼저 앞장을 섰다. 골목 안에서 둘이 다가오자 공안은 일제히 몸을 돌려 시선을 주었다. 두 쌍의 시선을 받은 광준은 숨을 들이켰다. 발에 힘을 주었지만 무릎 밑 부분에 갑자기 힘이 빠졌다.

공안과의 거리가 두 발짝으로 다가왔을 때다. 갑자기 공안 둘은 일제히 머리를 돌리더니 외면했다. 다른 곳을 보는 것이다. 공안 옆을 스치고 지나면서 광순은 숨을 참았다. 한숨이 뱉어지려고 했기 때문이다.

꾸이양 주 청사 뒤쪽 거리의 10층짜리 신축 빌딩은 완공이 되기도 전에 사무실 임대가 끝났다. 위치가 좋았기 때문이다. 오후 6시 반, 빌딩 2층에 위치한 중국은행 꾸이양 지점은 영업이 끝났지만 직원들이 정산 중이다. 지점장 왕륜은 뒤쪽 의자에 앉아 TV를 보았지만 차장 둘과 직원 넷은 열심히 오늘 입출을 맞춰보고 있는 것이다.

"허, 그것참, 아직도 못 잡았나?"

왕륜이 혼잣말을 하면서 식은 커피잔을 내려놓았다. 도살장의 '도살자'를 말한 것이다.

"누구요?"

옆쪽에서 경비원 하 씨가 묻는 소리에 왕륜은 머리를 들었다. 하 씨의 시선이 옆문을 향해 있었으므로 그쪽을 본 왕륜이 이맛살을 찌푸렸다. 사내 하나가 들어서고 있는 것이다. 옆문은 잠가놓았을 텐데 열려 있었던 모양이다. 가끔 실수도 있는 법이다. 다가오는 사내를 본 왕륜의 얼굴에 쓴웃음이 떠올랐다. 은행 안을 둘러보는 사내의 표정이 꼭도시에 처음 나온 산골짜기 출신 같았기 때문이다. 옷차림도 양복은 입었는데 어색했고 첫째 머리 모양이 우스웠다. 둥근 얼굴에 요즘 유행하는 식으로 앞머리를 세운 것이 꼭 새집 같다.

"은행 업무 끝났습니다. 잘못 들어오신 것 같은데. 자, 나가시죠."

평소에 무뚝뚝한 하 씨도 사내가 촌놈인 것을 아는 것 같다. 제법 길게 말하더니 사내에게 다가가 어깨를 가볍게 밀었다. 그 순간이다. 사내가 손을 들어 가볍게 하 씨의 머리를 쳤는데 뒤로 벌떡 넘어졌다. 넘어지면서 대기실 의자에 몸을 부딪쳐 요란한 소리가 났다.

"어?"

놀란 왕륜이 벌떡 일어섰을 때 사내의 시선이 직원들이 세는 돈더미로 옮겨졌다. 그 후부터 왕륜은 꿈을 꾸는 것 같았다. 사내가 펄쩍 뛰어안으로 들어오는 것부터가 꿈같았다. 5미터도 넘는 거리를 날아와 여

직원들의 머리통을 툭툭 쳐서 쓰러뜨리더니 곧 남자 직원들에게 다가 갔다.

"누구야!"

"잡아라!"

남자 직원들이 소리를 지르기는 했다. 복 차장은 옆에 놓인 놋쇠로 만든 테니스 우승패를 집어 들기까지 했다.

"으악!"

"악!"

비명이 울리면서 남자직원 둘이 쓰러졌다. 사내가 손을 뻗어 뒷머리를 치고 복 차장은 목과 머리에 두 대를 맞았다. 세게 친 것도 아니다. 그저 툭, 툭 건드리는 정도인데 사무실이 떠나갈 것 같은 비명을 지른다. 사내가 도망치려고 등을 보인 채 차장의 등판을 손바닥으로 쳐서 엎어놓더니 마침내 안쪽의 왕륜에게로 다가왔다. 왕륜이 눈을 치켜떴지만 까뒤집은 것이나 같다. 나이 육십에 이런 기괴한 꿈은 처음이다. 그래서 꿈이 깨라는 듯이 입을 딱 벌리고 비명을 지르려고 했지만 어느새 윗머리가 뜨끈하더니 왕륜은 의식을 잃었다.

"여기 가져왔다."

화천이 광준 앞에 마대자루를 내려놓자 묵직한 소리가 들렸다. 이곳은 귀주성 청사 정문 바로 옆이어서 20미터쯤 좌측에 공안 둘이 서 있다.

"붉은색으로 된 종이 묶음만 담아왔다. 많이 남아 있었지만 마대를 한 개밖에 가져가지 못해서."

"선, 선생님."

힐끗 공안에게 시선을 준 광준의 목소리가 떨렸다.

"그, 그럼 진짜 은행에 갔다가 오신 것입니까?"

"네가 2층이 은행이라고 했지 않느냐?"

"예, 선생님."

"네 말대로 붉은 종이가 산더미처럼 쌓여 있었다. 종이를 세고 있더구나."

광준의 시선이 앞에 놓인 마대로 옮겨졌다. 숨을 들이켠 광준이 마대를 집어 들려다가 신음만 뱉고 허리를 폈다. 마대자루 머리 부분만 겨우 땅바닥에서 떼었다가 만 것이다.

"자, 그럼 갈까?"

화천이 마대자루를 한 손으로 쥐더니 가볍게 어깨 위에 올려놓았으므로 광준은 숨을 들이켰다.

"선생님, 기차표를 끊어 놓았습니다."

"기차표라니?"

"예, 열차입니다."

"열차가 무엇이냐?"

"예, 가보시면 압니다."

제가 거들 형편이 아니었으므로 광준이 서둘러 먼저 발을 떼었고 마대자루를 어깨에 멘 화천이 뒤를 따른다. 둘은 그 모습으로 공안 앞을 지나 택시 정류장으로 다가갔다.

역 근처 광장의 돌계단에 앉아 기다리고 있던 유하가 다가오는 둘을 보더니 불안한 표정으로 시선을 주었다. 유하를 이곳에서 만나기로 한 것이다. 둘이 앞에 멈춰 서자 유하가 손을 저어 비키라는 시늉을 했다.

"비키시오. 누굴 만나기로 했으니까 앞을 가로막지 말아요."

광준이 숨 들이켜는 소리를 내었다. 또 제 얼굴이 변했다는 것을 잊어먹었던 것이다.

"저기 내가 광준이 심부름 왔습니다."

광준이 말하자 유하가 눈을 치켜떴다.

"예? 광준이는 지금 어디 있습니까?"

"멀리 떠난다고 했어요."

광준이 간절한 시선으로 남자 복이 지지리도 없는 이모를 보았다. 집을 나오기 전에 이곳 문화광장에서 10시에 만나자는 약속을 한 것이다. 물론 얼굴을 변형시키기 전이다. 그때는 정신이 없어서 화천이 시킨 대로 했을 뿐이다. 그때 울상을 지은 유하가 혼잣소리를 했다.

"아이고, 이걸 어째. 언니는 공안한테 시달릴 텐데, 그나저나 광준이 그놈은 어떻게 살아갈꼬."

"그런데 광준이가 이걸 이모한테 드리라고 합니다."

광준이 검정 비닐봉지를 내밀었다.

"어서 받으시오, 우린 가야만 해서."

봉지를 받은 유하가 내용물을 보더니 소스라쳤다. 만 위안권 뭉치가 5개다. 5만 위안, 소원이던 5만 위안인 것이다. 광준이 말을 이었다.

"광준이 제 걱정은 말라고 합니다. 그 돈으로 이모가 그놈을 떠나 잘 살기를 바란다면서 말이오."

"이이고, 광준아."

유하의 눈에서 눈물이 흘러내렸고 광장의 가로등에 비친 볼에 눈물이 번질거렸다. 그때 화천이 손을 뻗어 유하의 뒷머리에 잠깐 붙이고 나서 떼었다. 그러자 유하가 길게 숨을 뱉고 나서 말했다.

"아이고, 이제 안순의 언니한테 가야지."

"이것이 열차냐?"

플랫폼에 선 화천이 얼빠진 얼굴로 물었다. 이제 화천의 얼굴은 또 바뀌어졌다. 말상으로 긴 노인 얼굴이다. 옷차림도 점잖은 바바리코트에 구두는 반질거렸고 넥타이를 매었다. 물론 광준이 매어주었다. 광준 또한 캐주얼 양복 차림으로 트렁크를 쥐었으니 출장 가는 대기업 직원 행색이다. 그러나 둘의 트렁크에는 위안화가 가득 담겨 있다.

"예, 선생님. 특급열차라고 합니다."

"도대체 뭐가 끌고 간단 말인가?"

"예, 그것은 전기로……."

"전기가 무엇이냐?"

"예, 그것이……."

"천천히 배우지."

혼잣말을 한 화천이 열차의 끝에서 끝을 훑어보았다.

"마차가, 아니, 열차가 길구나. 도대체 몇 명이나 탄단 말인가?"

"예, 한 1천 명쯤……."

"서국(西國)의 무리는 다 타겠군."

"예?"

"내가 혼자 한 말이다."

그때 서너 명의 공안이 다가와 기다리고 서 있는 사람들을 일일이 훑어보았다. 그러나 광준과 화천은 슬쩍 보기만 하고 지나갔다. 그러자 어깨를 편 광준이 화천에게 말했다.

"선생님, 상하이는 엄청나게 발전한 도시입니다. 보시면 또 놀라실 것입니다."

"이젠 놀라지 않는다."

화천이 이 사이로 말했을 때 벨소리가 울리더니 열차 문이 열렸다. 숨을 죽인 화천이 열린 입구를 마치 범의 굴인 것처럼 노려보았다.

"선생님, 타시지요."

광준이 앞장을 서며 말했으므로 트렁크를 쥔 화천이 뒤를 따른다.

"이놈을 봐."

눈을 치켜든 비천구가 모니터 화면을 보면서 소리쳤다. 화면에는 은행 CCTV에 찍힌 필름이 재생되어 나오고 있다.

"이놈 움직임을!"

"빠르군요."

옆에 서 있던 고명보가 말하자 비천수가 정지 버튼을 누르고 머리를 돌렸다.

"빠르다고?"

"예, 헛동작이 하나도 없습니다."

"그것뿐이냐?"

"힘도 장사구요. 1만 위안 뭉치 3백 개를 마대에 한꺼번에 넣고 간 놈이니까요."

"이놈 뛰는 것 보았지?"

"예, 수임님."

"느낀 것 없냐?"

그때서야 수상한 눈치를 챈 고명보가 화면으로 시선을 주었다. 그러고는 다시 비천구를 보았다.

"주임님, 혹시 이놈하고 도살자를 동일 인물로 생각하시는 건 아니겠지요?"

"동일 인물 같다."

"얼굴이 전혀 다르지 않습니까?"

"그래도 같은 놈 같다."

그러자 고명보가 주위를 둘러보는 시늉을 했다. 밤 10시 10분, 꾸이양 공안국 수사과 조사실에는 그들 둘뿐이다. 그때 비천구가 이 사이로 말했다.

"느낌이야, 내 느낌은 이놈이 도살자야, 도살자가 은행에 나타났다고."

CCTV는 공안만 확보하고 있는 것이 아니었다. 삼합회 꾸이양 지부장 우방춘도 갖고 있었는데 공안이 오기 전에 다 복사해놓았기 때문이다. 더구나 공안에게 제출하지 않은 필름이 있다. 그것은 괴물이 출현했던 도살장 안 밀실의 CCTV다. 공안에 신고하기 전에 밀실의 CCTV는 싹 치웠기 때문에 우방춘만 보고 또 보는 중이다. 밤 10시 반, 사건이 일어난 지 만 이틀째다. 우방춘이 꾸이양 외곽의 저택에서 간부 회의를 한다. 둘러앉은 간부는 셋, 부지부장 양선과 사업부장 관명국, 관리부장 장운이다.

"필름을 분석했지만 이상은 없어요."

부지부장 양선이 투덜거렸다.

"자꾸 필름이 끊겼다는 둥 잘못 찍혔다는 둥의 이야기는 맙시다, 피곤하니까."

"어쨌든."

사업부장 관명국이 웃었다.

"이번에 광준이란 졸개 놈 때문에 우리가 베이징의 주목을 받은 건 영예요. 회장께서 전화까지 해주셨으니까."

"야, 이 개새끼야."

마침내 지부장 우방춘이 어깨를 부풀리며 관명국을 노려보았다.

"지금 농담할 때냐? 너, 지금 날 비웃고 있는 거지?"

"비웃다니요? 내가 왜 지부장을 비웃습니까?"

"내가 광준이를 잡아 죽이라고 한 것에 너는 불만이었잖아? 이 개새 끼야."

"불만이 아니라 그 새끼한테 거래선을 다 뱉어내게 한 다음에 처치 하자고 했소, 말 바꾸지 마시오."

"이 새끼, 광준이 도망친 것이 내 탓이라는 말이구먼."

"지부장, 참으시지요."

하고 관리부장 장운이 나섰으므로 눈을 치켜뜬 우방춘이 앞에 놓인 재떨이를 집어 던졌다. 재떨이가 빗맞아야 정상인데 일이 꼬이려면 헛 던져도 제대로 맞는 경우가 있다. 유리 재떨이가 정통으로 장운의 이마 에 맞고 두 조각으로 깨졌다. 장운의 이마에서 피가 주르르 흘러내렸으 므로 양선이 버럭 소리쳤다.

"아니, 지부장. 너무 하시는 거 아니오!"

주춤했던 우방춘이 양선의 고함에 맞받아 소리쳤다.

"내가 너무해? 이 새끼들이 날 뭐로 보고!"

"시발, 지부장이면 다야!"

손등으로 이마의 피를 닦으면서 장운이 악을 썼다.

"좋다! 베이징 총회에서 재판을 받자! 지부장이 잘했나 심판을 받자고!"

"오냐! 이 개새끼야!"

그때 양선, 장운, 관명국이 일제히 일어났다.

"해봅시다!"

대표로 양선이 우방춘에게 소리쳤다.

"우리도 못 참겠어! 그놈 잡을 생각은 안 하고 만날 필름이 이상하다는 이야기만 늘어놓는 당신의 무능에 질렸어!"

꾸이양 지부는 마약 판매로 수입을 올렸는데 실적이 지지부진했다. 전국 48개 지부 중 바닥에서 1, 2위를 다툰다. 그런 상황에서 이번 사건이 터진 것이다. 사건이 터지자 조직 내부의 결함이 다 드러나고 있다.

고속철은 어둠에 덮인 대지를 화살처럼 질주하고 있다. 아니 화살보다 빠르다. 마치 빛살 같다. 어둠 속에서 내리꽂히는 섬광을 반듯이 편 것 같다. 화천이 특실에 앉아 스쳐 지나는 농가의 불빛을 보면서 생각한다. 그곳, 유빈각 터에서 동쪽으로 달리는 중이다. 호남, 강서를 지나 절강성인가. 바닷가까지 석 달이 걸린다는 길을 이 '섬광차'는 다섯 시진(10시간)에 달린다니 기가 막혀 죽을 노릇이다.

화천은 눈을 감았다. 그러고는 심신비전을 운공했더니 전과 다름없다. 혈과 기가 순환되더니 비전 144수가 혼합되면서 새로운 양기가 솟아난다. 감동한 화천은 저도 모르게 마하트를 외웠다.

"마하트."

그때 앞쪽에서 기척이 들리면서 광준이 물었다.

"부르셨습니까?"

광준은 깜박 잠이 들었던 것 같다. 화천이 팔목에 찬 전자시계를 보았다. 시간을 광준한테서 배웠다. 자, 축, 인, 묘를 따지던 것을 편리하게 1시에서 12시까지 표시된 시간으로 나타낸다. 1, 2, 3 숫자가 생소했지만 금방 배웠다. 지금은 밤 12시 30분, 출발한 지 1시간 30분이 지났다.

"아니다."

했다가 눈을 뜬 김에 화천이 묻는다.

"그 상하이란 데는 어떤 곳이냐?"

지금 둘은 상하이로 가고 있는 것이다.

"예, 중국에서 가장 큰 도시지요."

광준의 두 눈이 반짝였고 얼굴에 생기가 돌았다. 화천은 광준의 심장박동이 빨라진 것도 알 수 있었다. 광준이 말을 잇는다.

"세상의 값진 것은 다 있는 곳입니다, 선생님."

도대체 이 세상에서 값진 것이 무엇인가. 금인가, 붉은색 지폐인가. 가만 보니 도적이나 탐관오리는 드문 것 같지만 어디, 가보기나 하자.

특실문이 열리는 바람에 다시 눈을 감고 운공을 하던 화천이 머리를 들었다. 앞쪽 침대에서 자고 있던 광준도 눈을 떴다. 이곳은 2인용 특실이다. 침대가 벽에 붙여졌고 안쪽에 세면실, 화장실까지 갖춰져 있다. 문을 연 차장이 조심스럽게 물었다.

"혹시 의사 선생님 계십니까? 급한 환자가 발생해서 그럽니다."

나이 든 차상이 머리를 숙여 보이면서 말했다.

"아니시면 죄송합니다. 주무시는데 깨웠습니다. 그럼……."

"의사라면 의원인가?"

화천이 묻자 차장이 상반신을 세웠지만 이맛살은 조금 찌푸려졌다.

"의사십니까?"

"의원 노릇을 좀 하는데."

"어쨌든 의사 면허가 있으신지……."

그때 광준이 나섰다.

"아, 그렇다고 하지 않소? 지금 면허 검사 하는 거야, 뭐야?"

"죄송합니다."

머리를 숙여 보인 차장이 손등으로 이마의 땀을 닦았다.

"특실 손님 한 분이 갑자기 쓰러졌는데 심근경색 같습니다. 인공호흡을 시키고 있지만 가능성이 없어서……. 열차를 정지시킬 수도 없고 말씀입니다……."

"아, 그럼 다 끝났구먼."

광준이 다시 나섰을 때 화천이 자리에서 일어섰다.

"가 봅시다."

특실에 쓰러진 사내는 50대쯤 되었다. 비만 체격에 얼굴은 파랗게 되었고 이미 호흡은 정지된 상태, 젊은 여자가 땀과 눈물범벅이 된 얼굴로 사내에게 인공호흡을 하고 있었지만 옆쪽에 둘러선 승무원들의 얼굴은 체념한 표정이다. 다가선 화천이 여자에게 말했다.

"비켜서."

여자가 화천을 보더니 가쁜 숨을 몰아쉬며 비켜났다. 다가선 화천이 사내를 내려다보았다. 이미 사내의 심장 박동은 그쳤다. 그러나 뇌는 살아 있다. 화천이 손을 뻗어 사내의 심장에 붙였다. 특실 안에 가득 찬 사람들의 시선이 모였다. 옆에 선 여자의 가쁜 숨소리가 들렸다. 화천은 손바닥에서 뻗어 나간 진기가 사내의 심장에 닿는 것을 느꼈다. 삼백수십 년을 뛰어 넘어왔지만 심신비전의 기공은 온전하게 몸 안에 축적되어 있는 것이 확인되었다. 숨을 들이켠 화천이 머리를 돌려 여자를 보았다.

"비켜서도록."

"네?"

못 알아들은 여자가 물었을 때 화천의 목소리가 방안을 울렸다.

"곧 입으로 오물을 토해낼 테니까 비켜서란 말이다."

여자가 뒤쪽으로 비켜서자 다시 화천이 사내의 가슴을 힘주어 눌렀다. 그 순간이다.

"으웩!"

사내가 입안의 오물을 옆으로 쏟아내더니 사지를 버둥거렸다. 사내의 입에서 신음이 터져 나왔고 특실 안에 환성이 울렸다. 그때 화천이 몸을 돌리고 말했다.

"이제 씻으면 된다."

30분쯤이 지났을 때 화천의 방으로 사내와 여자가 찾아왔다. 쓰러졌던 사내다.

"인사를 드리려고 왔습니다."

사내가 정중하게 허리를 꺾어 절을 하고 나서 말했다.

"전 상하이에서 사업을 하고 있는 황윤이라고 합니다."

사내가 명함을 내밀었는데 화천은 처음 받아 본 것이다. 명함에는 '성진택시 총경리'라고 적혀 있다. 사내가 옆에 선 여자도 소개했다.

"제 딸입니다."

"지원입니다."

여자가 머리를 숙였다.

"난 이런 것 없는데."

화천이 명함을 들어 보이면서 말하고는 옆에 선 광준을 눈으로 가리켰다.

"이놈은 내 시종이야."

화천은 백발의 노인 행색이었고 광준은 이제 검은 피부에 코가 납작한 남방계 얼굴이 되어 있다. 시종이란 표현이 생소했지만 황윤이 커다랗게 머리를 끄덕였다.

"아아, 그러시군요."

"자, 거기 앉으시지."

화천이 앞쪽 자리를 권하자 둘은 나란히 앉았다. 열차는 어둠 속을 섬광처럼 달려가고 있다. 이제 화천은 처음으로 '미래인'과 대화다운 대화를 하게 되었다는 생각이 들었다. 광준하고는 연습을 한 셈이다. 화천이 지그시 황윤을 보았다.

"난 화천이라고 하네."

"아, 화 선생님이시군요. 뵙게 되어서 영광입니다."

황윤이 열심히 말했다.

"어디에서 병원을 하고 계시는지요?"

"예전에 했지만 지금은 쉬어."

그 예전이 3백50년 전이 되겠다. 그러나 황윤이 다시 머리를 끄덕였다.

"제가 신의(神醫)를 만나 목숨을 건졌습니다. 제 딸이 저는 죽었었다고 합니다."

화천의 시선이 딸에게로 옮겨졌다. 미인이다. 수백 년이 지났지만 여자의 미모는 변치 않는다. 화천의 머릿속에서 정명과 상아진, 주리홍의 얼굴까지가 주마등처럼 스치고 지나갔다. 이제 그들은 모두 죽어서 백골이 되어 있을 것인가. 심호흡을 한 화천이 황윤을 보았다.

"그대는 심장의 혈관이 약했지만 내가 이번에 보강시켰네, 앞으로 20년은 걱정이 없을 거네."

"예에, 어르신. 어쩐지 심장 박동이 강해진 터라 놀라고 있었습니다."

얼굴이 환해진 황윤이 두 손을 모았다.

"어떻게 인사를 드려야 할지 말씀을 들으려고 왔습니다."

"인사는 지금 했지 않은가?"

"아닙니다. 제 말씀은……."

그때 화천이 머리를 돌려 지원을 보았다.

"네가 중병이 있구나, 네가 큰일이다."

"예엣!"

놀란 황윤의 얼굴이 순식간에 하얗게 굳었다.

"선, 선생님 알고 계십니까? 과, 과연 신의(神醫)십니다. 우리가 복이 있군요."

황윤의 살찐 얼굴이 일그러지더니 곧 눈에 가득 눈물이 고였다.

"처(妻)가 밤낮으로 부처님께 불공을 드리더니 기적이……."

그때 화천이 손을 들어 황윤의 말을 막았다. 그러고는 얼굴만 굳히고 있는 지원에게 말했다.

"너에게 내가 사람을 보내주마."

지원은 시선만 주었고 대답을 황윤이 했다.

"선생님이 오시지 않고 다른 사람을……."

"나보다 나은 사람이야."

"그, 그렇습니까?"

화천의 시선이 다시 지원의 아래위를 훑고 비껴갔다.

"두 달이 남았군."

그 순간 지원의 눈에서 눈물이 흘러내렸고 황윤은 숨을 들이켰다. 그렇다. 지원은 췌장암 말기로 앞으로 수명이 두 달 남았다는 판정을 받았다.

2장
기적

상하이 황포강 근처의 민박집에 방을 잡은 둘은 그곳에서 사흘 밤을 자고 물정과 지리를 익힌 후에 곧 번듯한 저택을 구해 나왔다. 1년의 집 세로 무려 20만 위안이란 거금을 줬지만 화천에게는 그냥 종이였을 뿐 이다. 광준이 가격을 3만 위안이나 깎았지만 화천은 그냥 다 주고 빌리 려고 했다. 그만큼 마음에 들었기 때문이다.

저택이 마치 계양산 용문사의 교주 정현상의 사저와 비슷한 구조였 기 때문이다. 기와지붕에 청과 마루방이 컸고 대문, 중문으로 나뉘었 으며 바깥채에는 방이 세 개, 안채는 거실과 청, 침실과 사랑채로 나뉘 었다.

고택이어서 빌려 사는 사람이 없었는데 부동산업자는 오랜만에 세 입자를 만나 얼굴에서 웃음이 떠나지 않았다.

부동산업사에서는 곧 가속 8명이 옮겨올 예정이라고 해놓고 둘은 저택 생활을 시작했다. 화천은 광준의 조언을 받아 북방에서 온 의원행 세를 했는데 그것이 어울렸기 때문이다. 저택으로 온 날부터 화천은 본 래의 용모를 되찾았지만 광준은 다시 얼굴을 변형시켜 콧날이 우뚝 선

제법 준수한 모습이 되었다.

오늘도 화천은 시내 구경을 나갔는데 물정을 익히기 위해서다. 화천에게 시내구경은 새 학문을 익히는 것이나 같다. 심신비전 144장을 익히는 것보다 더 짜릿하고 더 새로우며 더 재미가 있다.

거리의 사람들, 자동차, 전철, 버스, 자전거, 상점, 극장, 식당 등 모든 것이 새롭다.

핸드폰 통화를 하고 싶어서 광준을 시켜서 최신형 삼성 핸드폰을 구입했지만 통화할 대상이 없다. 그래서 아무 번호나 눌렀다가 바가지로 욕을 얻어먹고 내던진 적도 있다. 더구나 누가 전화를 했는지 귀신같이 알아내고 다시 전화를 해온 것이다. 놀란 화천은 심신비전이 무력화된 것 같아서 좌절감을 느낀 적도 많다. 화천은 이제 유명 미용실에서 마사지까지 곁들인 머리와 손톱 손질까지 받고 유명 의상실에서 코디해준 옷차림에 고급 시계를 차고 거리를 활보한다.

자동차를 운전하고 싶지만 말을 타는 것보다 조금 복잡한 것 같아서 보류하고 있다. 광준한테 들었더니 차도 소형차에서 최고급 스포츠카까지 수십 가지가 있다는 것이다. 조랑말과 준마 정도가 아니다. 더구나 차를 타려면 면허증이라는 것이 필요하고 운전을 배워야만 한다는 것이다. 광준에게 자동차 뚜껑을 열도록 해서 안을 보다가 숨이 막힐 뻔했다. 기계가 얽혀 있는 것이 마치 흉측한 벌레가 엉켜서 꿈틀거리고 있는 것 같았기 때문이다. 그러나 심신비전 144장을 익힌 화천이다. 하루가 다르게 적응해가고 있다. 오후 7시 반, 오늘은 혼자 시내로 나온 화천이 식당에 앉아 요리를 주문했다. 매번 다른 식당을 찾아서 다른 요리를 먹는 터라 오늘은 한식당이라고 쓴 간판을 보고 들어왔다.

요리는 불갈비를 시켰더니 종업원이 물었다.

"마실 것을 뭐로 드릴까요?"

"여기, 소주가 있군. 이것으로 하지."

"네, 사장님."

종업원이 돌아가자 화천이 식당 안을 둘러보았다. 주위에 손님들이 거의 찼는데 모두 여행자 차림이었고 떠들썩했다. 그런데 언어가 다르다. 북방의 거란이나 흉노족 같다. 그렇다면 식당 이름이 한식당이라고 했으니 한족인가. 그때 요리가 놓였으므로 화천은 자리를 고쳐 앉았다. 먹음직스럽게 보였고 냄새도 구수했다. 화천이 목소리를 낮추고 종업원에게 물었다.

"저기, 옆쪽 자리에 앉은 손님들은 어디에서 왔나?"

"예, 한국에서요. 모르세요?"

"한국이라니? 그러면 북쪽인가?"

"북쪽에서 올 리가 있나요? 남쪽이죠."

20대의 여종업원이 웃음 띤 얼굴로 말을 이었다.

"서울에서 왔어요."

"서울이라."

서울은커녕 동울도 알 리가 없는 화천이 숨을 들이켰을 때 마침 종업원이 돌아갔다. 우선 갈증이 난 화천이 음료수 병을 들고 병째로 마셨다가 숨을 멈췄다.

맹물인 줄 알았더니 술이었기 때문이다. 소주다. 술병을 내려놓은 화천이 옆 좌석의 손님들을 보났다. 한식낭의 요리는 한족 서울의 요리인 것 같다. 저놈들의 요리다. 소주라는 술도 저놈들 것이다.

"예, 남한 사람들이군요."

밤에 저택에 돌아가 광준한테 한식당에서 만난 한족, 서울사람들 이
야기를 했더니 대번에 그렇게 말했다.

"우리가 남한 사람들 덕을 많이 보았지요. 중국이 이만큼 잘살게 된
것도 남한 사람들이 중국에 공장을 많이 지어줬기 때문입니다."

"뭔 소린지."

심신비전을 운용하여 몸을 숨길 수가 있지만 화천에겐 귀신이 씨나
락 까먹는 소리 같다. 그때 광준이 컴퓨터 앞으로 다가앉으며 말했다.

"사부님, 제가 설명을 드리지요. 우선 남한이 어느 쪽에 있는 나라인
지부터 알려드리겠습니다."

사부한테 제자가 가르치려고 드는 꼴이지만 화천이 잠자코 모니터
를 보았다.

이제는 모니터에서 난데없는 괴물이 비쳐도 놀라지 않을 정도는 되
었다. 전원을 켠 광준이 마우스를 움직이더니 곧 좌판을 두드렸다. 화
천이 홀린 듯한 표정으로 그것을 본다. 머릿속에 심어두는 것이다.

"이것 보십시오."

광준이 뻐기는 표정으로 모니터 화면을 가리켰다. 화면에는 지도가
나타나 있다.

"이곳이 남한이고 서울이 여기지요."

광준이 대륙의 끝에 있는 반도를 손으로 가리키며 말했다.

"여기가 한민족의 수도 서울입니다. 이곳이 우리가 있는 상하이
고요."

"손바닥만 한 나라로군."

화천이 숨을 들이켰다.

"용제현만 한가?"

"예? 용제현이라니요?"

"내가 살던 현 이름이다."

"아아, 예."

"이 소국(小國)이 이 대륙을 잘살게 해주었단 말이냐?"

"예, 하지만 이제는 우리가 몇 십 배 더 잘삽니다. 처음에 도와줬을 뿐이지요."

"이 소국, 아니, 한족국이라고 했나?"

"한국이라고 합니다."

"이 기계 속에 다 들어 있군."

화면의 지도를 노려본 화천이 쓴웃음을 지으며 말했다.

"마하트."

광준이 힐끗 시선만 주었다가 내린다.

그날 밤 화천이 방안에 서서 심호흡부터 했다. 그러고는 손을 휘둘러 안채의 공간을 정지시킨다. 심신비전을 닦을 때의 공간을 만든 것이다. 안채는 화천의 공간이다. 광준을 시켜 1년쯤 먹을 통조림과 생수, 옷가지들을 쌓아 놓은 것이다.

이윽고 화천이 컴퓨터 앞에 앉아 전원을 켰다. 이제는 화천도 컴퓨터가 만병통치의 신약이나 같다는 사실을 아는 것이다. 컴퓨터 안에는 모든 것이 내장되어 있다. 세상의 모든 정보, 모든 지식, 모든 기술이 다 남겨 있다. 심신비선만큼이나 중요한 비급이다. 이윽고 화면이 펼쳐지자 화천은 '컴퓨터 사용법'이라고 자판을 두드렸다. 이제 시작이다. 다 머릿속에 넣을 것이다.

다음 날 아침, 안채 마당으로 들어선 광준이 놀라 걸음을 멈추고 나서 뒷걸음질을 했다. 안채의 청 마루에 선 괴인을 보았기 때문이다.

"누구요?"

소리쳐 물었던 광준이 그때서야 괴인이 화천인 것을 알았다. 화천은 긴 머리칼을 뒤로 묶었고 수염이 한 뼘이나 자라 있었는데 광준의 놀란 모습을 보자 빙그레 웃었다.

"파출부를 불러서 안채를 치워라."

화천이 밝은 목소리로 말했다.

"아마 서너 명은 불러야 될 거다. 돈은 달라는 대로 주고."

"예, 사부님."

"안에 네가 사다 놓은 캔을 쥐가 다 먹었다. 그러니까 놀랄 것 없다."

"예?"

광준이 눈만 껌벅였다. 어제 아침에 광준은 육류, 생선, 과일까지 포함한 통조림 수천 캔을 사서 안채에 쌓아놓았던 것이다. 화천의 지시였던 것이다. 그때 화천이 마당으로 내려오더니 말을 이었다.

"나 머리 좀 깎고 오겠다."

그러고는 손에 쥔 핸드폰을 들어 보였다.

"무슨 일 있으면 문자 날려라."

광준이 숨을 들이켜면서 입을 반쯤 벌렸다. 화천이 변한 것 같은데 딱 집어서 말할 수가 없는 것이다. 그런데 뭔가 분위기가 이상하다.

성진택시 총경리 황윤이 핸드폰을 귀에 붙이면서 숨부터 들이켰다. 오전 9시 10분, 막 회사에 출근하려는 참이다.

"예, 황윤입니다."

"황 선생, 난 화천 선생의 소개를 받고 온 사람이오."

사내의 목소리가 귀를 울린 순간 황윤이 어금니를 물었다. 왔다. 그날, 상하이역에서 화천 노인과 헤어진 지 벌써 열흘이 지났다. 황윤에게는 그 열흘이 1년 같았던 것이다. 이제나저제나 기다리느라고 피가 마를 지경이었다. 황윤으로부터 내막을 들은 아내이자 지원의 어머니 고단은 매일 아침에 상하이 북쪽에 있는 성복사에 가서 불공을 드리고 왔다. 오늘도 고단은 절에 갔다가 방금 돌아온 참이다.

"아이고, 선생님."

황윤이 버럭 소리치자 안쪽 청에서 하녀에게 뭔가를 지시하던 고단이 두 손을 내밀고 달려왔다. 대번에 기다리던 전화인 줄 안 것이다. 황윤이 소리치듯 물었다.

"선생님, 지금 어디 계십니까? 저희 식구들이 기다리고 있었습니다."

"허어, 그러세요?"

사내의 목소리는 젊다. 그러나 황윤은 상관하지 않았다.

"제가 모시러 가겠습니다. 선생님, 지금 어디 계십니까?"

옆에 바짝 붙어선 고단의 눈에는 벌써 가득 눈물이 고여 있다. 그날 상하이에서 돌아온 날부터 지원은 진이 다 빠진 것처럼 누워 일어나지 못하고 있는 것이다. 병원에서는 중환자실에 입원을 하라고 했지만 특별한 처방도 없었기 때문에 집안에서 전문 간호사의 치료를 받는 중이다. 그때 사내가 말했다.

"장소를 알려주시면 내가 찾아가지요."

"아닙니다, 선생. 그럴 수는 없습니다."

황윤이 펄쩍 뛰었다.

"당장에 제가 모시러 가겠습니다. 말씀해 주시지요."

"그럼 오후 5시 정각에 엠퍼러호텔 로비에서 봅시다."

사내가 말했으므로 황윤은 커다랗게 머리를 끄덕였다.

"예, 선생님. 그때 뵙지요."

핸드폰을 귀에서 뗀 화천이 미용사에게 말했다.

"레오나르도 디카프리오 머리 스타일로 해줘 봐요."

"네?"

미용사가 주춤하더니 옆에 선 보조미용사를 돌아보았다. 이곳은 상하이에서 유명한 미용실로 배우들의 단골이다. 그때 의자에 누워 있던 화천이 주머니에서 1백 위안 뭉치를 꺼내 미용사에게 내밀었다. 1만 위안이다.

"이거 용돈으로 써요.

30대 중반쯤의 여자 미용사가 숨을 들이켜더니 두 손으로 돈뭉치를 받았다. 얼굴이 조금 상기되었고 두 눈이 번들거리고 있다.

"감사합니다, 선생님."

"자, 부탁합시다."

그러고는 화천이 눈을 감고 의자에 몸을 눕혔다.

"예, 맡기십시오."

눈을 감은 화천에게 머리를 숙여 보인 미용사가 가위를 손에 쥐었다. 주윤발도 이렇게 내놓지 않는다.

엠퍼러호텔은 특급 호텔로 35층 건물이었는데 로비는 최상층이다. 5시 10분 전에 로비로 들어선 황윤이 주위를 둘러보다가 곧 창가에 자리 잡고 앉았다. 얼굴을 모르니 연락을 할 생각이다. 종업원에게 커피를 시키고 나서 손목시계를 보았을 때 사내 하나가 앞으로 다가와 섰다. 큰 키, 이목구비가 뚜렷한 용모, 20대 중후반쯤 되었을까? 옷차림도 세련되었고 마치 TV 탤런트 같다. 그래서 엉겁결에 물었다.

"무슨 일이오?"

"내가 화천 선생의 소개를 받은 이광이라고 합니다."

"아아, 이 선생님."

자리에서 일어선 황윤이 두 손을 모으고 인사를 했다.

"화천 선생님한테서 말씀을 듣고 기다렸습니다. 반갑습니다."

자리에 앉았을 때 황윤이 웃음 띤 얼굴로 물었다.

"화천 선생님은 잘 계시는지요?"

"예, 멀리 여행을 떠나시면서 저한테 황 선생 따님을 부탁하시더군요."

"아이고, 이렇게 고마울 수가……."

금방 얼굴이 벌겋게 상기된 황윤이 흐려진 눈으로 화천을 보았다.

"그, 제 딸년이 꾸이양에 다녀온 후로 급작스럽게 상태가 악화되어서……."

"이야기 들었습니다. 상태가 나쁘다고 하더군요."

"부처님의 은덕입니다. 화천 선생님을 만나 제가 목숨을 구했고, 제 딸년도……."

그때 커피가 왔으므로 황윤은 말을 그쳤다.

"이 선생님, 뵐 느시겠습니까?"

황윤이 묻자 화천이 머리를 저으며 말했다.

"따님을 만나러 가십시다."

황윤의 저택으로 들어섰을 때는 오후 7시가 되어갈 무렵이다. 이미 연락을 받은 저택 안에서는 온 식구가 기다리고 있었는데 황윤의 처 고단은 마치 신(神)을 모시듯이 두 손을 합장한 채 맞는다. 저택은 정원과 연못까지 갖추었고 하인이 10여 명이다. 황윤은 운수회사를 운영하는 억만장자인 것이다.

황윤 부부의 안내를 받아 안채의 내실로 들어선 화천은 침대에 앉아 있는 지원을 보았다. 지원은 간호사가 부축하고 있었는데 흰 얼굴이 상기되었고 물기를 머금은 두 눈이 반짝였다.

"선생님, 제발 살려주십시오."

고단이 지원 옆에 붙어서더니 울먹였다.

"우리 집안에 얘 하나뿐입니다."

지원은 시선을 내렸고 이번에는 황윤이 어깨를 늘어뜨리면서 말했다.

"지난번 꾸이양에 간 것도 영험이 있다는 석불사의 부처님께 지원의 병이 낫기를 바라고 시주를 하러 간 것입니다. 그 영험으로 화 선생님을 만나게 된 것이지요."

화천의 얼굴에 쓴웃음이 번졌다. 그러나 그 말의 일부분은 맞다. 우연히 만났지만 영험은 있을 것이다. 그때 지원의 옆쪽 의자에 앉은 화천이 말했다.

"모두 방을 나가 주시오."

누구의 말인데 거부하겠는가? 황윤 부부가 간호사를 데리고 방을 나갔는데 문을 닫기 전에 두 손을 모으고 절까지 했다. 방에 둘이 되었을 때 화천이 지원에게 말했다.

"침대에 반듯이 눕도록."

지원이 침대에 눕더니 가늘고 긴 숨을 뱉었다. 잠깐 동안 일어나 앉아 있었는데도 힘이 들었던 것 같다. 파리한 얼굴에 볼에만 홍조를 띠었고 맑은 눈은 물기가 섞여 반짝였다, 아름답다. 화천이 지그시 지원을 보았다. 침대 옆에 앉아 있는 터라 바로 숨결이 닿는 위치다. 지원한테서 옅은 향내가 맡아졌다. 체취다.

지원은 헐렁한 가운 차림이었는데 안에 브래지어와 팬티만 입고 있는 것 같다. 이제 투약도 중지한 상태여서 목숨은 다 탄 양초처럼 불꽃만 흔들리는 것이나 마찬가지다. 화천은 지원의 명(命)이 사흘쯤 남아 있는 것을 보았다. 지원도 알고 있는 것 같다. 그때 화천이 물었다.

"네 나이가 몇이지?"

"스물다섯입니다."

"그런데 이 미모에 이런 몸을 가지고 아직도 처녀란 말이냐?"

불쑥 화천이 묻자 지원의 얼굴이 순식간에 새빨개졌다. 그러나 대답은 한다.

"네."

"어떻게 견디었느냐?"

"유혹이 많았지만 거부했습니다."

"앞으로 새 생명을 얻는다면 뭘 하고 싶으냐?"

"신(神)을 믿고 살겠습니다."

"신(神)은 과연 존재한다."

화천이 머리를 끄덕이자 지원이 번들거리는 눈으로 올려다보았다. 그 시선을 받은 화천은 지원에게서 쏟아지는 연모의 정을 읽는다. 그때 화천이 말했다.

"네 병을 낫게 해주겠다."

"오시리라 믿고 있었어요."

지원이 열에 뜬 목소리로 말했다.

"그래서 하나도 두렵지 않았습니다."

"옷을 벗어라."

"네, 선생님."

지원이 상반신을 일으키려다 힘이 달려 허덕였다. 화천이 상반신을 일으켰더니 일어나 앉은 지원이 먼저 가운을 벗는다. 그러고는 곧 브래지어와 팬티를 벗은 순간 알몸이 드러났다. 티 한 점 없는 매끈한 몸이었지만 말랐다. 그러나 봉긋한 젖가슴과 짙게 무성한 숲, 선홍색 골짜기는 성숙한 여자임을 나타내고 있다. 그때 화천이 지원의 어깨를 밀어 침대에 다시 눕혔다. 이제 지원은 알몸으로 침대에 반듯이 누워 있다.

"네 병을 없애주마."

지원을 내려다보면서 화천이 말했다. 지원은 잠자코 시선만 준다. 알몸을 모두 펼쳐서 내놓은 자세로 화천의 처분을 기다리는 것이다. 이윽고 화천이 손을 뻗어 지원의 젖가슴을 부드럽게 움켜쥐었다. 순간 지원이 숨을 들이켰다가 손에 잡힌 젖가슴이 뜨겁게 달아오르는 것을 느꼈다. 지원이 숨을 길게 뱉었다.

젖가슴을 움켜쥐었던 손이 이제는 아랫배로 내려왔다. 손바닥이 아랫배를 덮고 있다. 그 순간 지원은 몸에 뜨거운 기운이 생성되는 느낌을 받는다.

"아아아."

저절로 신음이 뱉어졌고 하반신이 비틀렸다. 그때 화천의 손바닥 두 개가 아랫배를 덮었다. 뜨겁다. 지원이 눈을 치켜뜨고 화천을 보았다.

"선생님."

"그대로 몸을 맡겨라."

화천이 부드럽게 말하자 지원이 가쁜 숨을 몰아쉬었다.

"선생님, 제 몸이."

"지금 네 몸 안의 오장육부가 다시 만들어지고 있다."

화천이 배를 누른 채 말했다.

"썩은 부분은 곧 쏟아져 나올 것이다."

"아아, 선생님."

지원이 다리를 비틀며 헐떡였다.

"제 몸이 너무 뜨거워요."

그때 화천이 한 손을 떼더니 바지 혁대를 풀었다. 그러고는 순식간에 팬티까지 내리자 거대한 남성이 드러났다. 검은 남성이 건들거리고 있었지만 지원이 홀린 듯한 시선으로 그것을 보았다. 숨이 턱에 차 헐떡였고 숨소리에 신음이 섞였으며 지원의 두 다리는 요동을 친다. 그때 화천이 지원의 몸 위에 올랐다.

"잠깐이다. 참아라."

화천이 말하자 지원이 허덕이며 대답했다.

"선생님, 어서요."

곧 화천의 몸이 합쳐지자 지원이 입을 딱 벌렸지만 외침은 뱉지 않았다. 화천이 천천히 몸을 움직였고 지원은 두 다리를 벌려 화천의 남성을 받는다. 이윽고 지원이 두 손으로 입을 막더니 절정에 올랐다. 화천이 지원의 몸을 안은 채 말했다.

"곧 네 몸에서 썩은 부분이 쏟아져 나올 것이다."

몸을 뗀 화천이 옷을 입으면서 말을 이었다.

"옷을 입고 기다려라."

지원이 아직도 가쁜 숨을 뱉으면서 브래지어를 찾아 걸치고 팬티를 입는다. 이제 몸에 활기가 있어서 정상인 같다. 가운까지 걸친 지원이 다시 침대에 눕더니 화천을 보았다. 상기된 얼굴이 화장을 한 것처럼 아름답다.

"저, 지금 하나도 아프지 않아요."

"다 나았으니까."

"배에 뭐가 가득 차 있는 것 같아요."

"썩은 조직이 고여 있는 것이다. 그것을 쏟아라."

몸을 돌린 화천이 말을 잇는다.

"사람들을 불러주마."

화천이 손뼉을 치자 곧 방안으로 지원의 부모와 간호사가 들어섰다. 그때 몸을 일으킨 지원이 말했다.

"화장실로."

지원의 목소리에 생기가 차 있다.

한 시간쯤 지난 후에 저택의 청 안에 넷이 둘러앉았다. 황윤 부부와 지원, 그리고 화천이다. 넷 중 황윤 부부가 가장 흥분한 상태였고 그다음이 지원 순서가 되겠다. 지원은 화장실로 가서 밑으로 무려 10리터 가량의 오물을 쏟아낸 것이다. 그러고 나서 씻고 나왔는데 금방 운동을 마치고 나온 19살 때처럼 건강한 모습이 되어 있었다. 지금 지원은 옷까지 갈아입고 화사한 모습이다. 몸이 야위었을 뿐인데 오히려 그것이 더 요염했다.

"세상에, 세상에, 세상에."

아직도 눈물범벅이 된 고단이 두 손을 모으고 말했다. 가쁜 숨을 몰아쉬었고 화천에게서 시선을 떼지 못한다.

"부처님이 보내신 지장보살님이세요. 신이십니다."

"이제 지원은 앞으로 병이 나지도 않을 것이오."

화천이 말하고는 황윤을 보았다.

"황 선생도 마찬가지요."

"은혜를 어떻게 갚아드려야 할는지요."

정색한 황윤이 말했을 때 화천의 시선이 고단에게로 옮겨졌다. 50대 중반의 고단은 미모였지만 피부가 검고 허리가 굽었다.

"부인은 위장이 약하시군. 허리뼈가 아파서 오래 서 있지를 못하는군."

"예? 예."

놀란 고단이 대답했을 때 화천의 손이 머리를 짚었다. 그 순간 뜨거운 기운이 머리에서 밑으로 뻗어 나갔고 고단은 저절로 긴 숨을 뱉었다. 그 자세로 화천이 말을 이었다.

"이제 곧 위벽이 단단해질 것이고 허리뼈에 힘이 붙을 것이오."

이윽고 손을 뗀 화천이 웃었다.

"부인도 앞으로 30년은 더 사시리다. 부부가 따님과 함께 장수하시오."

화천이 자리에서 일어섰다.

"내가 의원 행세나 하려고 여기 온 것이 아니야."

저고리를 벗어 던진 화천이 광준에게 말했다. 오후 10시 반, 화천이 황윤의 저택에서 돌아온 것이다. 소파에 앉은 화천이 광준을 보았다.

"황윤이 나한테 돈을 주겠다고 해서 거절했다."

"예?"

놀란 광준이 일어서려다가 다시 앉았다.

"받으시지 그랬어요? 돈은 많을수록 좋은 법입니다, 사부님."

"그까짓 돈, 필요하면 얼마든지 가져온다."

"요즘은 돈만 있으면 다 됩니다. 자동차, 배, 비행기, 섬까지 사서 왕 노릇도 할 수가 있습니다, 사부님."

바로 어제만 같아도 광준의 말에 솔깃했을 화천이지만 지금은 다르다. 1년 동안 컴퓨터를 뒤져 온갖 지식을 습득한 터라 세상 물정은 광준보다 몇 십 배 더 아는 것이다.

"삼합회 상하이 지부가 가장 강하다고 하던데, 그렇지 않느냐?"

"어떻게 아십니까?"

숨을 들이켠 광준이 화천을 보았다.

"제가 말씀드렸던가요?"

"주경춘이가 수십 개의 기업을 거느리고 있다면서?"

광준이 눈썹을 모았다. 그것까지 말한 기억이 없는 것이다. 졸자인 광준은 주경춘 이름만 들었을 뿐이다.

"황 총경리의 딸이 살아났다네."

오방연이 정색하고 말했다.

"내일모레 곧 죽을 것이라고 병원에서도 포기한 췌장암 환자가 말이야."

"헛소문을 들었구먼."

가청이 쓴웃음을 지었다.

"당신은 만날 헛소문만 물어와. 이 사람아, 황윤의 딸이 곧 죽는다는 건 사실이야, 나도 병문안을 다녀왔다고."

"아니, 내 운전사가 지원이를 보았다는데."

"비슷한 여자를 보았겠지."

"아냐, 내 운전사가 그 집 운전사한테 지원이가 맞냐고 확인까지 했다고."

"장난한 거야."

"그 개자식이."

"누가 개자식이란 거야?"

"그 집 운전사 놈 말이야."

그때 방안으로 호태가 들어섰다. 호태가 그들을 부른 것이다. 오후 3시 반, 이곳은 상하이 남경동로에 위치한 이스턴호텔 스위트룸 안이다. 소파에 앉은 호태가 버릇처럼 찌푸린 얼굴로 둘을 보았다.

"기금이 아직 안 걷혔소?"

"황 총경리가 내일 중으로 준비한다고 했으니까 내일 될 겁니다."

오방연이 바로 대답했다.

"요즘 딸 때문에 정신이 없었거든요."

"그건 나도 들었어요."

입맛을 다신 호태가 눈썹을 더 찌푸렸다.

"나도 회장님한테 시달리고 있단 말이오. 벌써 지난주에 끝냈어야 돼."

"압니다, 고문님."

"우리가 더 내라는 것도 아니고, 두 달 먼저 내는 것 아니오? 솔직히 우리가 막아주지 않으면 기금보다 두 배는 더 뜯길 거요. 알고 있겠지만 말이오."

"알다 뿐입니까?"

이번에는 가청이 맞장구를 쳤다. 황윤과 가청, 오방연은 상하이 남부 지역 운송조합의 대표다. 남부지역에는 160여 개의 택시, 화물차, 버스 회사들이 있는데 그들을 대표하고 있는 것이다. 셋은 그들로부터 기금을 걷어 삼합회에 납부하는 역할을 맡았는데 그렇다고 그들이 내지 않는 것도 아니다. 그때 호태가 생각났다는 표정을 짓고 물었다.

"황 총경리 딸, 위독하다고 들었는데 어떻게 되었답니까?"

"글쎄, 그것이……."

가청의 눈치를 살핀 오방연이 말을 이었다.

"소문으로는 기적이 일어나 살아났다고 합니다. 신의(神醫)를 만났다는 겁니다."

"신의(神醫)?"

되물은 호태가 한심하다는 표정을 짓고 어깨까지 늘어뜨렸다.

"어쨌든 내일까지 끝냅시다."

이번에는 황윤의 전화를 받고 화천이 엠퍼러호텔 로비로 나갔다. 오후 3시 반, 어제 만나고 계속 만나는 셈이다. 오늘도 먼저 와 기다리고 있던 황윤이 화천을 보더니 자리에서 일어섰다.

"아이고, 선생님."

두 손을 모은 황윤에게 주위의 시선이 모였다. 아들뻘인 화천을 상전 모시듯이 하기 때문이다. 자리에 앉은 황윤이 들뜬 표정으로 말을 잇는다.

"글쎄, 제 처가 오늘 아침에 조깅을 하자고 했습니다. 놀란 제가 안 한다고 했더니 혼자 정원을 다섯 바퀴나 달렸습니다. 선생님, 잘 걷지도 못하던 여자가 말입니다."

화천은 쓴웃음만 지었고 황윤이 호흡을 고르고 나서 말을 이었다.

"저기, 제가 오늘 뵙자고 한 것은 아무래도 선생님께 조금이라도 드려야……."

황윤이 화천 앞 탁자에 봉투 하나를 놓았다.

"안에 VIP 카드가 있고 비밀번호가 적힌 쪽지가 있습니다. 5개 은행에 통하는 카드인데 1천만 위엔을 입금시켜 놓았습니다. 하지만 더 필요하시면 얼마든지……."

"난 돈이 필요 없는데…"

이맛살을 찌푸린 화천이 말하자 손바닥을 들어 보인 황윤이 정색했다.

"선생님, 그러시면 안 됩니다. 저와 제 딸, 그리고 처까지 살려주신 은인이올시다. 받지 않으신다면 저희들이 어떻게 하늘을 보고 살 수가 있겠습니까?"

진정이 우러나는 말이어서 화천은 심호흡을 했다.

"좋소, 받지요."

봉투를 집은 화천이 지그시 황윤을 보았다.

"내가 첫 인연을 맺은 분이시니 앞으로 자주 뵙시다."

"언제든지 모시겠습니다."

황윤이 머리까지 숙였을 때 화천이 쓴웃음을 지었다. 이곳 세상은 사방에서 반란군이 들끓고 인육을 파는 주점까지 있었던 지난 세상보다 더 혼란스럽다. 1년간 컴퓨터로 숙독을 하지 않았다면 정신이상이 되었을 것 같다. 그때 화천이 말했다.

"내가 스승과 함께 산속에서 수련만 하는 바람에 내 신분증이 없어요. 내 신분증을 만들어 줄 수가 있소?"

"물론입니다."

말이 끝나기도 전에 황윤이 대답했다.

"지금 사진 몇 장만 가져오시면 제가 며칠 안에 모든 신분증을 만들어 드리지요, 문제없습니다."

"이름은 떠나가신 내 스승 화천의 성함을 그대로 썼으면 좋겠는데."

"화천, 예, 좋습니다. 제 생명의 은인이신 스승님을 뵙고 싶군요."

그러더니 황윤이 자리에서 일어섰다.

"선생님, 저하고 지금 사진관에 가시지요. 사진만 찍으시면 됩니다."

부탁을 받은 것이 고마워서 황윤은 서두르고 있다. 화천이 자리에서 일어섰다. 적응하려면 신분증이 있어야 한다는 것도 배웠다. 다른 세상이다.

"저놈이 시속 1천 킬로로 나는 거야."

마당에 선 화천이 하늘을 올려다보며 말했다. 지금 하늘에 떠 있는 비행기를 보고 있는 것이다. 광준은 힐끗 시선을 주었다가 내렸다. 오후 8시 반, 저택 정원의 바위 위에 앉은 화천과 광준이 이야기를 하고 있다.

"이 시간에 남쪽으로 가는 것을 보면 대한항공이나 아시아나 여객기인 것 같다. 아마 동남아 도시로 가는 것 같은데."

"사부님, 어떻게 그런 걸 다 아십니까?"

놀란 광준이 물었다가 곧 어깨를 늘어뜨렸다. 요즘 매 순간마다 놀라기 때문에 이젠 면역이 된 것 같다. 사흘 전 화천이 갑자기 하룻밤 사이에 장발에다 수염이 긴 도사 행색으로 나타난 후에 이렇게 되었다.

안채에 사다 놓았던 수천 통의 통조림이 하룻밤 사이에 비워진 것도 그야말로 귀신이 곡할 노릇이었다. 그 후로 사부는 세상 물정을 광준보다 몇 십 배 더 알고 있는 것이다.

"사부님, 저한테 마술 한 가지만 가르쳐 주시지요."

광준이 마음먹고 청을 올렸다.

"이 험난한 세상에서 기 좀 펴고 살도록 기술 한 가지만 가르쳐 주십시오."

"기를 펴고 살겠다고?"

되물은 화천의 얼굴에 웃음기가 떠 있었으므로 광준이 그대로 땅바닥에 무릎을 꿇고 앉았다.

"이제는 고향 땅도 밟지 못하고 도망자 신세가 되었습니다. 얼굴은 바꿔주셨지만 먹고살 방도가 없습니다."

"꾸이양에서 가져온 돈이 남았지 않느냐?"

"기술이 있어야 합니다. 사부님, 제발 살아가게 해 주십시오."

"어떤 기술을 배우겠느냐?"

"의원은 안 되겠지요?"

"이놈아, 10년쯤 수련을 할래?"

"안 되겠습니다."

"그럼 신공(身功)으로 손발을 쓰는 기술을 넣어주마."

"손발을 쓰다니요?"

"TV를 보니 격투기라고 하더군."

"그, 그런데 방금 넣어 주신다고 하셨습니까?"

"네놈이 배우려면 5년은 걸릴 테니 네 뇌에 기술을 넣어주마."

화천이 손바닥을 광준의 머리 위에 얹고 심호흡을 했다.

"손발은 뇌에서 운용하는 법, 이제 네 손발은 신공 12장을 실현하게 될 것이다."

광준은 입을 열려다가 숨만 들이켰다. 갑자기 뇌가 뜨거워지더니 뇌 안이 끓는 냄비처럼 느껴졌기 때문이다. 그러나 머리는 물론이고 손가락 하나 까닥할 수가 없다. 이제는 눈도 보이지 않고 온몸이 불덩이가 된 것 같다.

그러더니 생각마저 뚝 끊기면서 저절로 바지에 오줌을 지렸다. 이윽고 눈앞에 사물 윤곽이 드러나더니 머릿속의 뜨거움이 가시기 시작했다. 그러고는 어느덧 눈앞이 맑아지면서 머리가 가벼워진 느낌이 든다. 그때 화천이 말했다.

"자, 일어나라."

어느새 화천의 손이 머리에서 떼어져 있다. 광준이 일어섰을 때 화천이 말했다.

"넌 이제 어느 누구한테도 쉽게 당하지 않을 것이다. 그 신공을 쓰는 인간은 없을 테니까."

황푸강이 내려다보이는 상하이호텔의 스카이라운지는 젊은 남녀의 데이트 코스이기도 하다. 화천이 라운지로 들어서자 창가에 앉아 있던 지원이 손을 들었다. 진주색 투피스 정장이 어울렸고 눈에 띄는 미모여서 주위의 시선이 모였다. 다가간 화천이 앞쪽 자리에 앉으면서 물었다.

"어떻게 살아났다고 했지? 신의를 만났다고 했나?"

거침없이 반말을 썼지만 지원은 고분고분 대답했다.

"기적이라고 했어요. 선생님 이야기를 하면 귀찮게 만들어 드릴 것 같아서요."

"잘했어."

"여기 가져왔어요."

지원이 가방에서 서류봉투를 꺼내 화천 앞에 놓았다.

"신분증, 면허증, 의료보험증, 그리고 선생님의 출생증과 신원확인서까지 모두 만들어왔습니다."

봉투를 연 화천이 각종 증명서를 보고는 웃었다.

"황 총경리가 나보다 더 재주가 있군. 고맙다고 전해줘."

"아직 은혜의 백분의 일도 갚지 못했다고 하십니다."

지원의 얼굴은 밝고 생기가 흐르고 있다. 화천이 머리를 끄덕였다.

"이제 마음 놓고 다닐 수가 있겠다."

"어딜 가실 건데요?"

"세상을 돌아다녀야지."

"꾸이양에서만 계셨나요?"

지원의 시선을 받은 화천이 빙그레 웃었다.

"지원, 네 몸은 좋았다."

그 순간 지원의 얼굴이 순식간에 새빨개졌다. 화천이 지원의 생각을 읽은 것이다. 지원은 방금 제 방에서 보았던 화천의 검은 몽둥이 같았던 남성을 머릿속에 떠올리고 있었다. 화천이 지원을 바라보았다.

"그 날 네 몸을 안은 것은 병을 치료하려는 수단이었지만 오늘은 너에게 섹(色)을 알려주고 싶어, 알겠어?"

그때 지원이 머리를 끄덕였다. 여전히 얼굴은 새빨개져 있지만 시선은 떼지 않는다. 지원이 자리에서 일어서며 말했다.

"방 키를 받아올게요."

화천이 잠자코 머리만 끄덕였다. 오후 5시 반이다. 새 세상에 나온 지 아직 한 달도 되지 않았지만 이제 몇 년이 지난 것처럼 느껴졌다.

그 시간에 황윤은 삼합회 고문 호태와 마주앉아 있었는데 어두운 표정이다. 이곳은 삼합회가 안가로 사용하는 남경서로변의 사무실 안이다. 호태는 황윤과 비슷한 연배의 50대 중반이었지만 대머리에 항상 찌푸린 얼굴이어서 더 나이 들어 보인다. 호태가 담배 연기를 길게 뿜고 나서 말했다.

"황 형, 세금이라고 생각하지 마시고 투자라고 생각하시오, 적어도 2, 3년 후에는 원금을 회수하고 매년 1백 프로 이익을 보장할 테니까요."

삼합회는 이번에 투자금을 모으고 있는 것이다. 각각 할당액을 정해주었는데 거절할 수가 없는 상황이다. 기금을 낸 지 하루 만에 다시 투자금을 모은다. 머리를 든 황윤이 호태를 보았다.

"예, 해보지요, 하지만 시간을 좀 주십시오."

오후 8시 반, 화천이 지원을 안고 천장을 바라보며 누워 있다. 방안은 뜨겁고 습한 열기로 가득 차 있다. 둘은 알몸을 시트로 슬쩍 가렸을 뿐이어서 두 쌍의 사지가 다 드러났다. 지원의 숨결은 아직 거칠다. 얼굴에는 땀방울이 맺혔으며 머리는 헝클어졌다. 화천의 가슴에 얼굴을 붙인 지원은 빈틈없이 안겨 있다. 오늘 지원은 성(性)의 쾌락이 얼마나 황홀한지를 느끼게 되었다. 만족한 성욕을 채운 후에 심신이 얼마나 행복한지도 알게 되었다. 화천이 지원의 숨결이 가라앉기를 기다렸다가 입을 열었다.

"세상 구경을 해야겠어. 이곳저곳을 다니면서 내가 뭘 해야 할지도

64

생각해봐야겠어."

지원이 화천을 올려다보았지만 입을 열지는 않는다.

"옛날에는 사방에서 도둑떼가 들끓었고 서로 왕을 칭하고 군사를 모았지, 도처에서 사람이 죽고 죽이고, 1천 명 도둑무리를 모아놓고 서왕(西王)이라고 칭한 놈도 있어."

그 서왕이 바로 자신인 것이다.

"내가 옛날 책을 보고 말하는 거야."

"어딜 가시게요?"

지원이 묻자 화천은 미간을 모았다.

"내가 필요한 곳이 있을지 모르겠어."

"선생님의 기적은 어느 곳에도 다 통해요, 이곳에 계세요."

지원이 알몸을 붙이면서 말했다.

"제가 도울게요."

"의사 면허증도 없이 병원을 차리란 말이야?"

"아버지 회사 일을 도우실 수도 있어요."

"내가 택시회사에서 뭘 한다고?"

그때 안겨 있던 지원이 손을 뻗다가 화천의 남성을 건드렸다. 잘못 건드린 것이 아닌 것 같다. 지원이 화천의 성난 남성을 손으로 감싸 쥐더니 숨결이 가빠졌다.

"네가 뭘 하고 싶은지는 알겠다."

지원의 몸 위에 오르면서 화천이 말했다.

나이트클럽에서 나온 광준이 뒤를 돌아보았다. 예상했던 대로 사내 셋이 따르고 있다. 클럽 옆쪽 자리에 앉았던 사내들이다. 광준이 양주에 안주를 여러 개 시키고 아가씨까지 불러 앉혔더니 노골적으로 힐끗거리면서 결국 일을 저지르기로 마음을 먹은 것 같다. 이곳은 상하이의 유흥가 중 하나인 남경로 뒤쪽 클럽촌, 밤 10시 반이어서 좁은 길은 인파로 가득 찼다. 지금이 황금 시간대인 것이다. 발을 뗀 광준이 옆쪽 골목으로 들어섰다. 건물과 건물 사이의 좁은 공간, 쓰레기통이 줄줄이 놓였고 지린내가 풍기는 어두운 공간이다. 광준이 벽을 향해 서서 바지 지퍼를 내렸을 때다. 골목 안으로 사내들이 들어섰으므로 입구가 꽉 막힌 것 같았다. 사내들은 다섯, 둘이 늘었다. 앞장선 사내가 광준의 시선을 받더니 씩 웃었다. 건장한 체격, 광준보다 머리통 하나는 크고 체중이 두 배는 더 나갈 것 같다.

"너, 잘 알고 여기 들어와 주었구나, 기특해서 돈만 받고 그냥 보내주지."

다가선 사내가 냄비 뚜껑만 한 손바닥을 펴고 내밀었다.

"지갑, 카드, 카드 비밀번호까지 다 불어라, 그럼 살려주지."

이제 광준의 주위는 다섯 사내로 둘러싸였다. 좁은 골목이어서 광준은 만원 전철 안에서 사람들에게 둘러싸인 것 같다. 그때 광준이 물었다.

"내가 안 준다면?"

"죽는 수밖에."

다가선 사내가 광준의 어깨를 갈퀴 같은 손으로 움켜쥐었다. 그 순간이다. 광준은 자신의 몸이 탄력을 받은 고무공처럼 튕겨 나가는 느낌이 들었다. 먼저 어깨를 움켜쥔 사내에게 와락 다가서면서 머리로 턱을 받았다.

"쩍."

턱뼈가 부서지는 소리가 그렇게 났다. 다음 순간 광준의 발길이 공간을 날아 옆쪽 사내의 사타구니를 찍었다.

"악!"

고환이 터진 사내가 바로 몸을 기역 자로 꺾은 순간 광준의 몸이 숙인 사내의 등을 밟았고 다른 발이 옆쪽 사내의 목을 찍었다.

"컥!"

목의 성대와 숨통이 터진 사내가 외마디 외침을 뱉고 뒤로 넘어졌는데 뒤쪽 사내가 밀렸다. 광준이 몸을 틀어 땅바닥을 디디면서 옆쪽 사내의 머리를 뒤쪽 시멘트 담장으로 밀었다.

"퍽석!"

머리통이 시멘트 담장에 부딪쳐 부서지는 소리다. 나머지 하나, 두 손을 든 사내가 휘둥그레진 눈으로 광준을 보았다.

어떻게 된 영문인지 모르는 표정이다. 광준이 손을 쫙 펴고 사내의 뒷목을 후려치자 나뭇가지 부러지는 소리가 났다.

"뿌직!"

목을 꺾은 사내가 골목 바닥에 구겨지듯 쓰러졌고 이제 골목에 발을 딛고 선 사내는 광준 하나뿐이다. 그때 광준이 입을 딱 벌리더니 지린 골목 안 공기를 흠뻑 들이마시고 나서 말했다.

"이제 됐다."

화천이 넣어준 신공(神功)을 시험해본 것이다. 그래서 나이트 안에서 돈질을 해서 깅도들을 끌어내 왔나. 골목 밖으로 발을 떼면서 광준이 하늘을 우러러보며 말했다.

"사부님, 은혜는 백골난망이올시다."

광준은 백골난망이란 말을 처음 써본다.

"황윤한테는 큰 부담이 아냐."

주경춘이 소파에 등을 붙이고 말했다.

"이번에 1억 위안을 내도 재산이 3억 위안쯤 남아 있어, 그것만으로도 3대는 먹고 살 거야."

"회장님, 황윤이 해본다고는 했지만 꺼림칙합니다."

쓴웃음을 지은 호태가 말을 이었다.

"원체 수단이 좋은 사람이어서요, 눈치를 채고 재산을 빼돌릴 수도 있습니다."

"이 바닥에서 어떻게 장난을 친단 말이냐?"

눈을 가늘게 뜬 주경춘의 살찐 얼굴에 웃음이 떠올랐다. 주경춘은 54세, 호태나 황윤 등과 비슷한 연배지만 관록이 나이를 더 들어 보이게 한다. 10여 년간 주경춘의 고문 역할을 해온 호태는 별명이 제갈공명이다. 모략이 뛰어난 인물인 것이다. 호태가 정색하고 말했다.

"요즘 황윤은 제 딸과 부인이 지병을 앓고 있는 데다 본인이 심근경색으로 꾸이양에서 오던 열차 안에서 죽었다가 살아난 적도 있습니다."

"……."

"갑자기 딸이 기적을 만나 병이 나았다는 말이 들리지만 다 털고 외국으로 이민을 간다는 소문이 오래전부터 떠돌았습니다."

"재산은 어떻게 하고?"

"처분하겠지요."

"어디로 간다는 거야?"

"황윤이 요즘 자주 한국에 갔습니다. 한국에 갈지도 모르지요."

주경춘이 다시 눈을 가늘게 떴다. 비대한 체격이어서 소파에 묻힌

몸이 120킬로가 넘는다. 둥근 얼굴, 반쯤 대머리인 데다 얼굴색이 붉어서 웃으면 인자한 화상처럼 보이지만 잔인하고 욕심이 많다. 주경춘은 이번에 기업가 10여 명에게 투자비 명목으로 자금을 갹출하여 상하이 외곽에 자동차공장을 세울 계획이었다. 자본금 50억 위안의 대기업이 탄생하게 되는 것이다. 그래서 황윤에게도 1억 위안의 투자비가 할당된 것이다. 이윽고 주경춘이 머리를 들고 호태를 보았다.

"손성랑이 다음 달에 베이징 국무원으로 돌아가. 그럼 황윤의 배경 하나가 없어지는 셈이지."

"공안부장 유창은 손만 쓰면 됩니다. 황윤과 친한 인간이 아닙니다."

"돈만 주면 친해지는 거지."

쓴웃음을 지은 주경춘이 호태를 보았다.

"황윤에 대해서 생각을 다시 해봐야겠는데? 투자금도 안 내고 떠날지도 모르지 않나?"

"떠난다면 오히려 우리한테 일이 쉽지요, 회장님."

호태가 번들거리는 눈으로 주경춘을 보았다.

"저한테 맡겨 주십시오."

상하이는 넓다. 버스에 앉아 스치고 지나는 밤거리를 보면서 화천이 감탄했다. 용제현청 마을의 저잣거리가 가장 번잡한 곳으로 알았던 화천이다. 인구가 2만 명쯤 되었을까? 그런데 상하이 인구는 재작년인 2014년 기준으로 2,525만 명이나. 노무지 엄누가 나지 않는 숫자다. 4백 년이 지났을 뿐인데 인구가 이렇게 늘어났단 말인가. 저 고층 빌딩을 보라, 어떻게 저런 건물을 짓는단 말인가.

그때 버스가 멈추더니 승객들이 내리고 올랐다. 늦은 시간이어서 안에는 승객이 몇 명뿐이었는데 이번에는 중년부인 둘이 내렸고 아가씨 하나에 사내 둘이 탔다.

미모의 아가씨다. 화천과 시선이 마주친 아가씨가 다가오더니 통로 옆쪽 빈자리에 앉았다. 그때 사내 둘이 다가와 여자의 앞뒤 쪽 자리에 앉는다. 자리가 다 비어 있었기 때문이다.

사내들에게서 짙은 술 냄새가 맡아졌다. 건장한 체격에 스포츠형 머리, 각각 점퍼 가슴에 비수가 넣어져 있다. 화천은 쇠 냄새를 맡은 것이다. 버스가 출발했을 때 앞쪽 사내가 몸을 돌려 여자에게 말했다.

"이봐, 그렇다면 네 아파트로 가서 미수금을 회수하기로 하지, 우리야 채권자니까 그럴 권리가 있다고."

뒤쪽 사내는 웃기만 했고 여자의 얼굴이 붉어졌다. 외면한 여자가 반대쪽 창밖만 본다.

"닷새간 안 냈으니 원금 5천 위안에 이자가 5천이야, 1만 위안을 내야 돼, 내일이면 원금이 1만 위안이 늘어나 총 7만5천 위안이 되는구면."

사내가 거침없이 말을 잇는다.

"돈 빌려 갈 때는 온갖 조건을 다 들어준다고 사인해놓고 지금은 이자가 비싸다니 협박을 한다니 하지만 경찰에 가도 네가 걸린다고. 우리가 이 일을 일이 년 한 줄 아냐?"

"말 길게 할 것 없이 집에 가지."

뒤에 앉은 사내가 말했다.

"닷새간 원금상환 못 했으니 계약서대로 일단 물건 압류, 담보물 확인할 권리가 있으니까 말이야."

여자는 여전히 창밖을 향한 채 대답하지 않는다. 반대쪽 유리창의 검은 표면에 비친 여자의 시선이 화천과 마주쳤다. 그 순간 화천이 여자의 눈을 통해 마음을 읽는다. '절망', '살기 싫다', '이렇게 살아서 뭐하나', 여자의 눈이 흐려졌다. 그때 앞쪽 사내가 말했다.

"가게에 물어보았더니 거기서도 가불금이 3만 위안이나 있더군. 그렇다고 2차를 나가지도 않고, 언제 원금을 갚을 거냐?"

"차라리 날 죽여."

불쑥 여자가 말했으므로 사내들이 제각기 피식 웃었다. 많이 들어본 말 같다.

"알았어, 네 집에 가서 보자."

앞쪽 사내가 말했고 뒤쪽 사내는 한술 더 떴다.

"네 소원대로 해줄게, 기대해라."

화천은 의자에 등을 붙이고 앉아 이곳도 방법만 다를 뿐이지 철산파, 배돌산파가 날뛰었던 시절과 비슷하다는 생각을 했다. 오히려 더 교활하고 잔인한 방법으로 강도짓을 한다. 마치 피를 빨아먹는 흡혈귀 같다.

이윽고 버스가 멈췄고 여자와 사내 둘이 내렸다. 화천도 따라 내렸는데 이곳은 거리가 지저분했고 오가는 주민 행색도 초라하다. 빈민이 사는 구역이다. 앞장선 여자 뒤를 사내들은 느긋한 자세로 따랐는데 좁은 골목길은 쓰레기가 쌓여서 악취가 진동했다.

10분쯤 가파른 골목 계단을 오른 여자가 닿은 곳은 낡아서 금방 무너질 것 같은 시멘트 2층 건물이다. 다가구 건물이어서 밖에는 빨래가 잔뜩 널렸고 집기가 어지럽게 쌓여 있다. 용제현의 빈민가도 이렇게 구차하지 않았다. 여자가 이 층 계단을 올라가 복도 안쪽의 문에 자물쇠를 넣고 열더니 들어갔고 사내 둘이 따라 들어섰다.

집으로 들어선 양준이 낡은 의자에 앉았다. 15평형 아파트는 40년이 지나 철거 예정 건물이다. 벽에 금이 갔고 문짝은 어긋나서 닫히지도 않는다. 가구는 낡은 데다 개수대에서는 악취가 풍겼지만 집안 정돈은 잘되어 있다. 집안마저 어수선했다면 폐가로 보였을 것이다. 천장에 붙여진 형광등이 깜박이고 있다. 전압기도 고장인 것 같다. 주위를 둘러본 사내들이 제각기 혀를 차고 한숨을 뱉었다.

"이런, 사는 꼴이 말이 아니군."

헝겊 소파에 앉은 사내가 양준을 응시하며 말했다.

"집안 정돈은 깔끔하게 해놓았구먼. 남자가 자고 간 흔적은 없어."

안방까지 들어갔다가 나온 사내가 웃음 띤 얼굴로 말했다.

"자, 그럼 시작해볼까?"

소파에 앉았던 사내가 일어서며 말했다.

"우선 나하고 방에 들어가 이야기하지."

"먼저 계산부터 하고."

양준이 말하자 사내가 쓴웃음을 지었다.

"무슨 계산 말이냐?"

"방에 들어가는 값은 5천 위안이야."

양준이 똑바로 사내를 보았다.

"한 시간에 말이야."

"이 미친년이."

사내가 눈을 가늘게 떴다.

"아직 상황 파악을 못 한 모양인데, 넌 지금 흥정할 입장이 아냐, 이년아."

"그럼 죽여라, 내 시체를 강간해."

자리에서 일어선 양준이 주방 쪽으로 다가갔으므로 둘은 시선만 주었다. 차분한 태도였기 때문이다. 주방으로 다가간 양준이 식칼을 쥐고는 끝을 목에 붙였다.

"자, 너희들 마음대로 해라."

"아니, 저 미친년이."

사내 하나가 한 걸음 다가섰다가 양준의 표정을 보고는 주춤 걸음을 멈췄다. 방에 가자던 사내가 지그시 양준을 보면서 물었다.

"5천 위안, 네 원금에서 깎아주면 되는 거지?"

"그래."

"한 시간에 5천 위안?"

"그래."

"깎을 수 없어?"

"안 돼, 이 새끼야."

"좋아, 두 시간에 1만 위안으로 하지."

사내가 머리를 끄덕였다.

"난 한 시간으로는 부족해, 두 번은 해야 되니까 두 시간으로 하자."

"계약서 써."

"좋아, 종이 어디 있어?"

"탁자 밑에."

"쓰고 나서 같이 방에 들어가는 거지?"

"아냐, 옆집 아저씨 불러서 계약서 밑거야 돼, 경찰서에 갖다 주라고."

"그럼 되는 거냐?"

"그래."

"좋아."

탁자 밑에서 종이와 펜을 꺼낸 사내가 계약서를 쓰기 시작했다. 앞에 선 사내가 시선을 주었지만 사내는 머리를 들지 않는다.

화천이 천장에 붙어서 그들을 내려다본다. 변형술로 몸이 천장의 낡은 기둥과 벽지에 조화되어 있는 것이다. 셋의 일거수일투족을 낱낱이 보고 듣는 중이다. 그때 쓰는 것을 마친 사내가 종이를 양준에게 내밀었다.

"읽어봐라."

사내의 얼굴에 웃음이 떠올랐다.

"읽고 옆집 아저씨를 불러."

양준이 목에 식칼 끝을 댄 채로 다가와 종이를 받았다. 그리고는 뒷걸음질로 물러가 등을 개수대에 대더니 종이에 쓴 글을 읽는다. 그때 읽고 난 양준이 사내에게 말했다.

"사인을 해."

"아, 참."

정색한 사내가 머리를 끄덕이더니 양준에게 다가갔다. 양준이 종이를 내밀자 손을 뻗어 다가갔다. 그 순간이다. 사내의 다른 한 손이 양준의 칼을 쥔 손목을 쳤다. 손에 쥔 칼이 방바닥에 떨어졌고 다음 순간 한 걸음 다가선 사내의 주먹이 양준의 배를 쳤다.

"퍽!"

정통으로 배를 강타당한 양준이 허리를 꺾었을 때 사내가 다가가 뒤에서 허리를 두 팔로 안더니 번쩍 치켜들었다.

"잘했어."

구경하던 사내 하나가 박수를 쳤다.

"그년 죽여."

"내가 방에서 놀 동안 넌 TV나 봐."

사내가 양준을 안은 채 방으로 들어가며 말했다. 사내에게 안긴 양준은 다리를 버둥거렸지만 입에서는 신음만 울린다. 배를 정통으로 맞았기 때문이다.

침대에 던져진 양준이 어금니를 물었다. 창자가 찢어지는 것 같았던 고통은 사라졌지만 온몸의 기력이 다 빠져나간 것이다. 그때 사내가 양준의 스커트 후크를 풀더니 재빠른 손놀림으로 스커트를 벗겼다. 이젠 팬티다. 사내가 팬티를 움켜쥐면서 와락 당겼으므로 찢어지는 소리와 함께 벗겨졌다. 이젠 하반신이 알몸이다. 양준이 두 다리를 오므리고는 상반신을 세우려다가 배의 통증으로 다시 누웠다. 그때였다. 양준은 사내 뒤로 나타난 사내를 보고는 숨을 들이켰다. 누군가? 낯익다. 누군가? 그때 사내의 손이 대부업체 사내의 머리를 덮었다. 손바닥으로 머리를 누른 것 같다. 그 순간 대부업체 사내가 몸을 굳히더니 입을 딱 벌렸다. 바로 양준의 위에 얼굴이 떠 있어서 표정이 다 보인다. 눈을 치켜떴는데 초점이 멀다. 그때서야 정신을 차린 양준이 몸을 비틀면서 침대 시트로 하체를 가렸다. 그때 사내가 대부업체 사내의 머리에서 손을 떼었다. 그러고는 차분하게 말했다.

"밖의 소파에 앉아서 기다려."

"예, 선생님."

사내가 고분고분 말하더니 몸을 돌려 방을 나갔다. 침대 시트로 하체를 감고 구석에 서 있던 양준이 이제는 방에 서 있는 사내에게 물었다.

"누구세요?"

그 순간 양준의 기억이 살아났다. 버스 옆좌석에 앉아있던 사내다. 버스에 탔을 때 이 사내를 보았고 무의식중에 다가가 통로 옆좌석에 앉았었다. 그 후부터는 대부업체 사내들에게 시달려 쳐다보지도 못했던 것이다. 그때 사내가 빙긋 웃었다.

"이제 기억이 난 모양이군. 난, 화천이야."

"어, 어떻게……."

"이놈들한테 당하는 것 같아서 따라 들어왔어, 괜찮지?"

"네, 네에……."

"고맙다는 말을 들으려는 건 아냐."

"고, 고맙습니다."

뒤늦게 인사를 한 양준의 얼굴이 붉어졌다. 아직도 아랫도리는 시트로 감은 채 서 있는 것이다. 그것을 본 사내가 쓴웃음을 지었다.

"옷 갈아입고 밖으로 나와."

옷을 갈아입고 밖으로 나온 양준은 숨을 들이켰다. 화천이 두 사내와 소파에 마주보고 앉아있었기 때문이다. 마치 아무 일도 없었던 것 같다. 자신도 꿈을 꾸는 것 같았으므로 머리까지 흔들어본 양준이 조심스럽게 끝 쪽 자리에 앉았다. 주위는 조용하다. 벽시계가 밤 12시를 가리키고 있다. 그때 화천이 사내들에게 말했다.

"자, 그러면 돈을 받았다는 영수증을 써 주도록 해라."

화천이 눈으로 탁자 밑을 가리켰다.

"종이가 거기 있지? 7만5천 위안을 받았다는 영수증, 양준하고 채권 관계가 없다는 확인서까지 써야겠지?"

"예, 선생님."

고분고분 대답한 사내가 종이를 꺼내더니 쓰기 시작했다. 화천이 옆에 앉은 사내에게 말했다.

"너도 증인으로 서명을 해야겠지?"

"예, 선생님."

"돌아가서 7만5천 위안을 입금시켜야 할 텐데 그땐 어떻게 할 거냐?"

"택시에다 놓고 내렸는데 어떻게 하란 말입니까?"

눈을 치켜뜬 사내가 화천에게 화를 내듯 되물었다. 그때 영수증을 쓰던 사내도 머리를 들고 화천에게 말했다.

"화나는데 물어보지 마십시오, 선생님."

"어떤 택시에 놓고 내린 거야?"

"붉은색이었으니 흥봉 택시인 것 같습니다."

영수증을 쓰던 사내가 말하자 다른 사내가 맞장구를 쳤다.

"맞아, 운전사가 흰머리가 난 노인이었어."

이윽고 영수증과 확인서까지 쓴 둘이 서명까지 마치더니 자리에서 일어섰다. 그러더니 화천과 양준을 향해 절을 하고 이구동성으로 말했다.

"마하트."

사내들이 집을 나갔을 때 그때까지 숨소리도 내지 않고 있던 양준이 화천을 보았다.

"누구세요?"

"내 이름이 화천이라고 하지 않았느냐?"

되물은 화천이 시선을 맞추더니 쓴웃음을 지었다.

"꿈을 꾸는 건 아니다."

"저들이 이 영수증을 쓴 건 어떻게 된 것이죠?"

양준이 탁자에 놓인 영수증과 확인서를 눈으로 가리켰다. 갑자기 감정이 북받쳤기 때문에 양준의 눈에 눈물이 고였다.

"기적이 일어났다고 믿으면 된다."

화천이 정색하고 말을 이었다.

"두 놈의 머릿속에 꽉 박혀 있을 테니 걱정하지 마라. 돌아가서는 너한테 받은 돈을 택시에 놓고 내렸다고 할 테니까."

자리에서 일어선 화천이 말을 이었다.

"네 가게에 진 빚은 네가 갚을 수 있겠느냐?"

"그럼요."

양준이 커다랗게 머리를 끄덕였다. 어느덧 눈에 고여 있던 눈물이 주르르 볼을 타고 흘러내렸다.

"하루에 1천 위안씩 한 달만 갚으면 돼요, 이젠 2차손님도 받겠어요."

현관으로 나간 화천이 웃음 띤 얼굴로 양준을 보았다.

"네가 내 옆으로 다가온 순간에 기적이 시작된 것이야."

"선생님을 언제 또 뵙지요?"

다가선 양준이 다급하게 묻자 화천이 머리를 저었다.

"이젠 네 힘으로 기적을 만들어 보아라, 넌 그럴 능력이 있는 여자다."

"돈 벌어서 가게를 차리겠어요."

"꿈을 꾸면 이루어진다."

"이젠 부모님 부채도 다 청산되었으니까 내 일을 할 겁니다."

"그래야지."

몸을 돌린 화천이 집을 나오자 양준이 골목을 꺾어 화천이 보이지 않을 때까지 배웅했다. 양준은 이제 화천을 잊을지 모르지만 기적은 믿을 것이다.

"총경리님, 춘성빈이 경리 자료를 체크하고 있습니다."

다가선 변광이 목소리를 낮추고 말했다.

"자료 체크의 흔적을 남기지 않으려고 바로 지웠지만 제가 이번에 설치한 보안장치에 걸렸습니다."

변광은 황윤의 심복으로 컴퓨터 보안 책임자다. 황윤은 용의주도한 성품이어서 변광을 고용한 것을 사내에서는 아무도 모른다. 만나는 것도 조심해서 오늘은 증권회사의 객장 손님들 사이에 끼어 서 있다. 변광이 황윤의 저고리 주머니에 USB 하나를 슬쩍 집어넣으면서 말했다.

"춘성빈이 체크한 자료를 복사했습니다. 주로 총경리님 개인 부동산, 현금, 은행 자산을 추적했는데 이건 총무부장이 할 일이 아닙니다."

황윤이 앞쪽 전광판을 응시하며 대답했다.

"그놈 미행해봐, 배후가 누군지를 알아내란 말이야."

"알겠습니다."

"짐작 가는 데가 있지만 확실하게 알고 싶어서 그래."

"그러지요."

변광은 20년이 넘도록 심복으로 고용했지만 전혀 외부에 노출시키지 않았다. 변광은 컴퓨터 보안업체 사장인 것이다. 이윽고 변광이 옆을 떠나자 황윤도 발을 떼었다.

3장
상하이 탈출

"사부님, 이제부터는 제가 돈을 벌겠습니다."

어깨를 편 광준이 화천을 보았다. 오후 2시 반, 밖에 나갔다 온 광준이 청 밖에서 화천을 올려다보고 있다.

"뭐로 돈을 벌겠다는 것이냐?"

청에서 심신비전을 운공하고 있던 화천이 묻자 광준이 웃었다.

"예, 오늘 밤부터 시작합니다."

"글쎄 뭐냐니까?"

심안으로 보았더니 광준의 머릿속에서 격투기 하는 모습이 펼쳐져 있다. 그때 광준이 대답했다.

"이종격투기로 밤에 시합하는 것입니다. 오늘 오전에 테스트를 통과해서 오늘 밤에 첫 시합입니다."

"시합을 해?"

"예, 첫 경기니까 이기면 1만 위안을 받지만 두 번째는 2만, 3번째는 4만, 이렇게 배로 상금이 뜁니다."

어깨를 부풀린 광준의 얼굴이 상기되었다.

"지난번 밤에 사부님께서 전수해주신 무술을 시험해보았지요. 다섯을 때려눕혔는데 모두 중상입니다. 다음날 TV에도 보도가 되었지요. 사건으로 말씀입니다."

"……"

"오늘 테스트에서도 상대를 30초 만에 팔을 부러뜨렸지요. 저 같은 격투사는 처음 보았다고 합니다."

광준이 번들거리는 눈으로 화천을 보았다.

"그것이 도대체 어떤 무술이냐고 묻길래 장백산 동굴에서 15년 동안 수련했다고 꾸몄지요, 스승 이름은 용화라고 했고 무술을 장백술이라고 말해주었습니다."

"잘도 꾸며내는군."

"제 이름을 스톰보이라고 지어주었습니다. 스톰이 폭풍이라는군요."

머리를 끄덕인 화천이 시선을 돌렸을 때 광준이 허리를 꺾어 절을 했다.

"사부님께서 첫 경기를 참관해주시면 영광이겠습니다."

늦은 점심을 먹으면서 황윤이 지원에게 물었다.

"너, 요즘 화 선생님하고 연락하느냐?"

"아뇨."

시선을 든 지원이 황윤을 보았다.

"왜요?"

"화 선생님의 신통력이 의술에만 있는 것 같지가 않아, 네 생각은 어떠냐?"

"잘 모르겠어요."

다시 젓가락으로 국수를 감아올리던 지원이 힐끗 황윤을 보았다. 저택 안 식당이다. 오늘은 황윤이 점심을 먹으려고 집에 들어왔는데 드문 일은 아니다. 부인 고단은 절에 갔기 때문에 둘이 점심을 먹고 있다. 그때 황윤이 말을 이었다.

"요즘 내가 스트레스를 받고 있어. 네 엄마한테는 비밀로 해라."

"무슨 스트레스인데요?"

"돈을 내라는 거다."

젓가락을 내려놓은 황윤이 힐끗 주방 쪽을 보았다. 주방은 열 걸음도 더 되도록 떨어졌고 주방 아줌마는 보이지 않는다.

"삼합회."

지원은 황윤이 삼합회와 공조하고 있다는 것도 알고 있었으므로 차분한 표정으로 물었다.

"또 기부금 때문인가요?"

"기부금은 냈는데 이번에는 자동차회사 설립에 투자를 하라는군, 지분을 주겠다지만 나중에 주는 시늉이나 하고 떼어먹겠지, 그들의 행태야 뻔하지 않냐?"

"얼마를 내라는데요?"

"1억 위안."

지원이 숨을 들이켰다.

"너무 많잖아요."

"지금까지 걷은 돈 중에 가장 크지."

"능력이 되세요?"

"능력이야 되지."

쓴웃음을 지은 황윤이 말을 이었다.

"너하고 네 엄마가 병을 얻고 나서, 내가 생각을 고쳐먹었다. 이렇게 살아서 뭐하겠느냐는 생각이 들더라. 너하고 엄마하고 없는 세상에서 말이다."

"……"

"그래서 내 부동산, 채권, 현금을 모두 정리해 놓았어, 너희들이 떠나면 나도 떠나려고 말이야."

"어디로요?"

"멀리. 상하이는 싫었어, 너하고 엄마의 추억이 배어있는 곳이어서."

"……"

"그런데 기적이 일어난 거야."

"아버지, 그러면……."

"1억 위안을 떼어줘도 남아있는 것이 3억이 넘는다. 그 돈이면 미국 같은 곳에 가도 섬 하나를 사서 왕처럼 살 수 있지."

"아버지, 상하이는 싫으세요?"

"삼합회에 뜯기는 돈이 아깝다는 생각이 들어. 내가 어떻게 모은 재산인데 말이다."

"……"

"마침 정리를 해놓은 마당에 떠나는 것이 어떨까 생각을 했다. 더구나"

심호흡을 한 황윤의 목소리가 낮아졌다.

"삼합회에서 내 회사 총무부장 춘성비이에게 은밀하게 내 재산 조사를 시켰다. 전에도 감시는 해왔지만 이젠 그놈들한테서 벗어나고 싶기도 하다."

오방연이 길게 숨을 뱉고 나서 말했다.

"고문께서도 잘 아시겠지만 우리 회사사정이 좀 안 좋습니다. 그래서 5천만 위안은 좀 힘들겠는데요."

"아, 그래요?"

호태가 웃음 띤 얼굴로 오방연을 보았다.

"어렵다면 할 수 없지요. 그럼 아예 없는 일로 하십시다."

"예?"

눈을 크게 뜬 오방연의 눈동자가 흔들렸다. 호태의 진의를 파악하지 못한 것이다. 그때 호태가 의자에 등을 붙이며 말했다.

"그럼 오 총경리께선 남부지역 이사를 사임하시지요. 다음 주중에 이사가 되실 분을 선임하겠습니다."

숨을 들이켠 오방연이 호태를 보았다.

"그, 그러면……."

"오 총경리님의 오룡택시는 1개월 안에 택시가 50퍼센트 감축이 되어야겠지요."

"……."

"아시다시피 상하이 남부지역의 택시 할당량이 5만 대가 많은 상태 아닙니까? 이건 조합에서 결정할 일입니다만 그렇게 알고 계시도록."

그러고는 호태가 자리에서 일어섰으므로 오방연이 서둘러 따라 일어섰다. 황포강변의 황포호텔 라운지 안이다.

"제가 일주일 안에 5천만 위안 만들어 오겠습니다, 고문님."

호태의 뒤에 바짝 붙어선 오방연이 떨리는 목소리로 말했다.

"죄송합니다. 부동산을 담보로 잡혀서라도 투자금을 만들겠습니다."

경기장은 열기로 가득 차 있다. 8각의 링 주위에 둘러앉은 관중은 대략 1천여 명. 좌석은 빈자리가 없이 꽉 찼고 통로와 뒤쪽 벽에도 구경꾼이 가득 둘러섰다. 이곳은 상하이 남쪽 중산1로 근처의 지하 경기장 안. 지금 막 보조경기가 끝났고 본경기가 시작되려는 참이다.

링 안에는 머리를 붉게 물들인 데다 상반신에 가득 용 문신을 한 사내와 상대적으로 왜소하게 보이는 사내가 서시 주심의 주의사항을 듣고 있다. 그 왜소한 사내가 바로 광준이다. 링 아나운서가 소개한 광준은 지린성 장백산 출신의 스톰보이로 무술은 '장백술'로 전적은 2전 2승, 2케이오승이었지만 물론 거짓말이다. 상대는 흡혈귀이며 무술은 우수와 18계, 전적이 5전 5케이오승인데 정말인 것 같다.

화천은 뒤쪽 벽에 기대서 있었는데 양복 차림에 선글라스를 끼었다. 주심의 주의가 끝나고 코너로 돌아간 둘이 각각 포즈를 잡았을 때 종이 울렸다. 문신의 흡혈귀가 사납게 뛰쳐나가더니 광준에게 다짜고짜 스트레이트를 뻗었고 발길이 날아갔다. 그 순간이다. 광준이 몸을 뒤로 젖혀 발길을 피하고 다시 머리를 눕혀 스트레이트 원투를 피하더니 그대로 주먹을 올려쳤다.

"털컥!"

뼈가 부서지는 소리가 뒷좌석에까지 들리는 것 같았다. 그만큼 정통으로 맞은 것이다. 흡혈귀가 두 손을 벌린 채 큰 대자로 링 바닥에 넘어졌는데 두 다리가 들썩였다. 뒷머리부터 링 바닥에 떨어진 터라 기절을 한 것 같다. 경기징 인은 잠깐 동안 숨소리도 나지 않았다. 그러고 나서 함성이 울렸다. 놀란 함성이다. 웅성거리는 소리도 들렸는데 기가 막혀서 함성을 지르지 못한 사람들인 것 같다.

주심이 헐레벌떡 흡혈귀 옆으로 뛰어가더니 서둘러 손짓으로 의사를 부른다. 그때 화천이 광준을 보고 쓴웃음을 지었다. 광준이 하나도 이상할 것 없다는 표정을 짓고 천천히 제자리로 돌아가 섰기 때문이다. 전혀 날뛰지 않는다. 그래서 안으로 뛰어 들어온 광준의 세컨과 트레이너가 김이 빠진 듯이 웃다가 만 얼굴로 옆에 붙어 선다. 쓰러진 흡혈귀는 광준의 단 한 방의 어퍼를 맞고 뻗었다.

게임 시작 5초 만이었으니 '스톰보이'의 명성이 울려 퍼질 것이다.

"황윤이 지금 관계 체크를 못 하도록 보안장치를 해놓았습니다."

호태가 웃음 띤 얼굴로 말했다.

"춘성빈을 시켰더니 겉만 체크하고 번번이 거부당했는데 황윤은 춘성빈이 체크한 것도 아는 것 같습니다."

"보안회사를 쓰나?"

주경춘이 묻자 호태가 다시 웃었다.

"그래서 보안회사를 체크했지요."

"찾았나?"

"예, 회장님."

호태가 다가와 섰다.

"조그만 컴퓨터 보안회사인데 곧 사장 놈을 잡을 수 있을 것 같습니다."

오후 7시 반, 주경춘이 안가로 사용하는 칼튼호텔 30층의 스위트룸 안이다.

창밖으로 상하이의 화려한 야경이 펼쳐져 있었는데 장관이다. 호태가 말을 이었다.

"보안회사 사장 놈을 잡으면 바로 황윤의 자산 상태를 알 수 있으니다, 회장님.”

“그렇겠지.”

머리를 끄덕인 주경춘이 지그시 호태를 보았다.

“호태, 그렇게 되면 황윤과의 인연도 끝나게 된다는 것 아니냐?”

“그렇습니다, 회장님.”

어느덧 호태의 얼굴에서 웃음기가 지워졌다.

“황윤은 우리가 지금 추적을 하고 있다는 것도 보안회사를 통해 알고 있을 것입니다.”

“그렇군.”

“그래서 총무부장 춘성빈을 영전시켜 영업담당 이사로 발령을 내어서 현장근무를 시켰습니다. 이건 본사에서 떼어 놓은 것이지요.”

“……”

“이런 상황이니 빨리 결정을 하시는 것이 낫다고 생각합니다, 회장님.”

“그렇다면……”

“보안회사 사장을 잡아 다그치면 지금 상황이 다 드러날 것입니다.”

“……”

“황윤의 재산은 3억이 넘습니다, 회장님. 4억이라는 소문도 있습니다.”

이윽고 숨을 들이켠 주경춘이 똑바로 호태를 보았다.

“할 수 없지. 우리가 빨라야겠다.”

객차에 오른 변광이 황윤의 옆을 지나면서 말했다.

“다음 역에서 4번 출구로 나가세요.”

그러고는 옆 칸으로 갔으므로 황윤이 신문으로 얼굴을 가렸다. 전철이 곧 출발했으므로 황윤이 숨을 들이켰다. 오후 8시 반, 변광의 급한 연락을 받고 2호선 남경로역에서 만나 지금 이동 중인 것이다. 곧 다음 역에서 전철이 멈췄으므로 황윤이 승객들 사이에 끼어 내렸다. 주위를 둘러보던 황윤이 앞쪽의 4번 출구를 보고는 서둘러 다가갔다. 앞뒤에 사람이 많아서 밀려가는 것 같다. 그때 주머니에 넣은 핸드폰이 진동을 했다. 핸드폰을 꺼내 든 황윤이 찍힌 문자를 보았다.

"에스컬레이터 위에서 바로 되돌아 내려오는 에스컬레이터를 타세요."

에스컬레이터가 끝에 닿았을 때 황윤이 바로 몸을 돌려 옆쪽의 내려오는 에스컬레이터를 탔다. 그때 올라오는 사내 둘과 시선이 마주쳤다. 둘이 동시에 황윤을 본 것이다. 어금니를 문 황윤이 저도 모르게 주머니에 넣은 핸드폰을 쥐었다. 그때 핸드폰이 진동했다. 내려가면서 꺼내 보았더니 문자가 떴다.

"제가 보고 있습니다. 둘이 다시 내려오는 엘리베이터를 탔네요. 미행자는 둘입니다."

그러더니 문자가 이어졌다.

"저도 지금 미행이 붙었습니다. 둘인데요, 각각 둘씩 달고 있네요."

"어떻게 하지?"

다급한 상황인데도 황윤이 문자로 묻자 바로 대답이 왔다.

"저도 위험합니다. 그래서 다섯을 데리고 나왔지요. 에스컬레이터에서 내리시면 곧장 6번 출구로."

그러고는 문자가 끊겼고 에스컬레이터도 바닥에 닿았다. 6번 출구는 오른쪽이다. 황윤은 인파에 싸여 서둘러 6번 출구로 다가갔다. 그 사이에 다시 전철이 도착했으므로 주위는 인파로 가득 차 있다. 그때 다시 손에 쥔 핸드폰이 진동하더니 문자가 떴다.

"지금 바로 왼쪽 전철에 타세요."

황윤의 바로 옆쪽이다. 옆 사람을 밀친 황윤이 막 문이 닫히는 전철에 탔고 그 순간 문이 닫혔다. 황윤이 가쁜 숨을 몰아쉬었을 때 사람들을 헤치고 변광이 다가왔다. 긴장한 얼굴이다.

"총경리님, 심각합니다."

변광이 손바닥으로 이마의 땀을 닦으면서 말했다. 문 옆쪽에 나란히 선 변광이 주위를 둘러보고 나서 말을 이었다.

"지금 제 경호 역 넷이 삼합회 미행자 넷하고 엉켜 있을 것입니다. 그들이 전철에 타는 것을 막았으니까요."

"괜찮을까?"

"제 가족은 홍콩에 있으니까 별일 없을 것 같습니다만."

"내가 도와줄게."

"그렇지만 총경리님."

이맛살을 모은 변광이 황윤을 보았다.

"총경리님이 위험합니다."

바짝 다가선 변광이 말을 이었다.

"저렇게 노골적으로 미행을 붙일 정도면 마지막 단계라고 생각됩니다만."

"지금 전화를 해야겠군."

"피하시지요."

변광이 말했으므로 황윤이 핸드폰을 꺼내 버튼을 눌렀다.

"다 필요 없어, 집에 있는 돈하고 여권만 가지고 나와. 손가방 하나만 들고."

황윤의 목소리가 수화구를 울렸다.

"지금 바로 나오너라, 엄마하고 같이."

"네, 아버지."

"황푸강 북쪽 국제여객터미널 옆의 2번 대기실 알지, 거기로 와."

"네, 아버지."

"어머니 옆에 계시냐?"

"네."

"집안사람들에게는 식당에 간다고 해. 장주한테 유천식당에 데려다 달라고 해서 차는 세 시간 후에 오라고 돌려보내고 너희들은 바로 뒷문으로 나와서 택시를 타고 와."

황윤의 목소리는 차분했지만 긴장으로 굳어 있다. 핸드폰을 귀에 붙인 지원이 소리죽여 숨을 뱉었다.

"네, 걱정 마세요."

"10시까지는 오너라."

그러고는 통화가 끊겼다.

화천이 전화를 받았을 때는 경기장을 나와 해산물 식당에서 혼자 요리를 시켜먹던 중이었다. 오후 9시 10분, 이것저것 요리를 시킨 바람에 식탁에는 10여 종의 접시가 놓였지만 화천의 입맛에 맞지 않았다. 전에 먹던 음식은 깊은 맛이 우러났는데 이곳은 색깔만 요란했고 온갖 향내가 섞였다. 도대체 향 맛인지 음식 맛인지 구별이 안 된다. 술도 그렇다. 식탁 위에는 술병도 4종이나 놓였는데 다 마시다 말았다. 술에도 향을 탄 것이다. 종업원들은 한 명이 10명분의 요리와 술을 시킨 화천의 시중을 드느라고 애를 썼다. 지배인이 세 번이나 다녀갔고 주방장이 특선 요리라면서 돼지고기 익힌 것을 놓고 갔다. 술잔을 든 화천이 한 모금 향주(香酒)를 삼켰을 때 주머니에 넣은 핸드폰이 울렸다. 핸드폰을 꺼낸 화천은 황윤의 번호가 찍힌 것을 보았다. 화천이 핸드폰을 귀에 붙였다.

"예, 화천이오."

"선생님, 황윤입니다."

"예, 웬일이시오?"

"선생님께 작별인사를 드리려고 연락을 했습니다."

황윤의 목소리가 가라앉아 있다.

"아, 어디 떠나시오?"

"예, 이제는 뵙기가 어려울 것 같아서 연락드렸습니다, 선생님."

"아, 저런. 어디로 가시는데?"

"예, 가족하고 같이 떠납니다. 선생님, 떠나는 곳은 지금 말씀드리기가……."

"저런, 가족하고 같이 떠나신다고? 무슨 일이 있습니까?"

"예, 제가 지금 쫓기는 입장이어서요, 갑자기 그렇게 되었습니다."

"쫓기다니? 누구한테 말이오?"

"삼합회라고, 선생님은 모르실 것입니다."

그때 숨을 들이켠 화천이 가라앉은 목소리로 물었다.

"지금 어디시오? 내가 그쪽으로 가겠소."

그러더니 덧붙였다.

"내가 도와드릴 수 있을지도 모르오."

"황윤을 놓쳤습니다."

호태가 눈만 부릅떴고 임규당의 목소리가 이어졌다.

"전철역에서 변광과 접촉하는 것을 감시하다가 둘을 같이 놓쳤다고 합니다."

"이런 머저리 같은 놈들."

"지금 쫓고 있습니다, 고문님."

"언제 놓친 거냐?"

"8시 50분쯤입니다, 고문님."

머리를 든 호태는 벽시계가 오후 9시 30분을 가리키고 있는 것을 보았다.

"어떻게 쫓고 있어?"

"예, 집에 돌아올 것을 대비해서 집에도 여섯 명을 배치했습니다. 그리고"

숨을 고른 임규당이 말을 이었다.

"황윤의 처 고단과 딸 지원이 집에서 네 블록 떨어진 유천식당에 가 있습니다. 그래서 식당 로비와 현관에도 여섯 명 배치시켰습니다."

"변광 그놈은?"

"집에 다섯 명을 보냈습니다. 회사에도 세 명 보냈고, 그놈들이 탄 2호선 역에 비상을 걸었습니다."

"……."

"황윤의 회사 통화 내역을 체크했는데 이상 없습니다. 내일 회사로도 조원을 보내겠습니다."

겨우 호흡을 가라앉힌 호태는 자신이 조금 서둔 것 같다는 생각이 들었다. 그놈들이 미행을 눈치채고 피하기는 했겠지만 부처님 손바닥위의 손오공이다. 아직 회장에게 보고할 사항은 아닌 것 같다.

"찾아!"

그러나 호태가 이번 작전의 책임자인 임규당에게 소리쳤다.

"오늘 밤 안에 그 두 놈의 소재를 파악해내란 말이다! 알아들어?"

"예, 고문님."

"처벌받지 않으려면 찾아내야 할 거다!"

경고를 한 호태가 핸드폰을 귀에서 떼었다. 만일 무슨 일이 일어난다면 책임은 자신한테도 있는 것이다.

"아버지!"

달려간 지원이 황윤의 팔을 쥐었다. 눈에 벌써 눈물이 고여 있다. 뒤를 따라온 고단이 두 손을 벌리며 다가와 세 식구가 어둠 속에서 엉켰다. 강바람이 불어와 옷자락을 날렸다. 여객선 터미널에서 50미터쯤 떨어진 21번 대기실은 국제선이라 손님이 드물다. 셋은 대기실 현관 옆 기둥 앞에 서 있는 것이다. 그때 옆으로 사내 하나가 다가왔으므로 지원과 고단이 긴장했다.

"아, 나를 도와준 정보회사 사장 변광 씨야."

황윤이 변광을 소개했다.

"안녕하십니까, 사모님, 아가씨."

50대 초반의 변광이 두 손을 모으고 절을 했다. 터미널 대기실 앞은 손님이 그들 넷뿐이다. 유리문 안 대기실에 7, 8명의 손님이 기다리고 있었는데 밤늦게 떠나는 배에 탈 손님인 것 같다. 그때 고단이 물었다.

"여보, 무슨 일이예요?"

"상하이를 떠나야겠어."

어깨를 늘어뜨린 황윤이 주위를 둘러보며 말했다.

"삼합회가 무슨 일을 저지를 것 같아."

"무, 무슨 일을?"

놀란 고단이 말까지 더듬었을 때 황윤이 변광에게 말했다.

"변 사장, 당신이 설명을 해주지."

"예, 총경리님."

변광이 길게 숨을 뱉고 나서 고단과 지원을 번갈아 보았다.

"삼합회에서 총경리님의 재산 내역을 파악하려고 했습니다. 이것은 투자 능력을 체크하려는 정도가 아니었습니다."

"……."

"총경리님의 재산을 노리는 것이 분명합니다, 더욱이……."

그때 황윤이 쓴웃음을 짓고 말했다.

"내 배경이 되어주었던 손성랑 성장이 다음 달에 베이징 국무원 서기로 돌아가. 그럼 여기서 일어난 일에는 손을 쓰지 못 하지."

"……."

"삼합회 주경춘이는 그것을 알고 있어, 그리고 공안부장 유창은 돈만 먹이면 눈을 감아줄 것이라는 것도 알아."

"그럼 어떻게 해요?"

고단이 울음 섞인 목소리로 묻자 황윤이 길게 숨을 뱉었다.

"우선 이곳에서 유람선 한 척을 빌려 홍콩으로 가기로 했어."

그러자 변광이 말을 이었다.

"홍콩에 가시면 중국을 떠날 방법이 많습니다. 제가 이곳보다 더 손을 쓸 수 있고요."

지원의 시선이 변광에게서 황윤에게로 옮겨졌다. 지원의 시선을 받은 황윤이 머리만 끄덕였다. 믿을 수 있다는 표시였다. 그때 어둠 속에서 어른거리는 인기척이 보이더니 장신의 사내가 다가왔다. 대기실의 불빛에 비친 사내의 윤곽이 점점 선명해졌고 곧 얼굴이 드러났다.

"아앗, 선생님."

먼저 소리친 사람이 지원이다.

"오오, 선생님."

고단도 펄쩍 뛰듯이 반겼다. 변광도 눈을 크게 뜨고 놀란 표정이었는데 황윤이 지그시 웃었다.

"선생님한테 작별 인사를 했더니 꼭 오시겠다고 하셔서."

황윤이 화천에게 다가가 두 손을 모으고 절을 했다.

"이렇게 오셔서 작별해주시니 뭐라고 감사를 드려야 할지 모르겠습니다, 선생님."

"아니, 천만에."

화천이 웃음 띤 얼굴로 넷의 얼굴을 차례로 보았다.

"어디로 떠나실 계획이신가요?"

"예, 배를 빌려서 홍콩으로 먼저 떠나려고 합니다."

황윤이 대답하자 화천이 머리를 끄덕였다.

"그럼 같이 가십시다."

"선생님."

놀란 황윤이 화천을 보았다.

"그래도 괜찮으십니까? 저기, 그 제자분은 어떻게……."

"혼자서도 잘살게 될 거요, 그리고 먹고 살 만큼의 재주도 갖춰진 데다 위안도 넉넉하게 있으니까."

"그, 그러면……."

"홍콩이란 곳이 유명하다고 컴퓨터에서 읽었는데 내가 가봐야겠어. 괜찮겠지요?"

"아이고, 같이 가신다면 얼마나 좋아요?"

그때서야 고단이 반색을 했고 지원이 따라 웃었다.

11시 10분이 되었을 때 황윤이 변광에게 물었다.

"11시에 온다고 했어?"

"네, 곧 올 겁니다."

변광이 바다 쪽을 바라보면서 말했다.

"9시 50분쯤에 연락이 왔으니까요, 기름을 싣느라고 조금 늦는 것 같습니다."

"선장한테는 우리가 누구라는 이야기를 하지 않았지?"

"홍콩으로 유람 여행가는 가족이라고만 했습니다."

바다 쪽을 둘러보면서 변광이 말을 이었다.

"부동산 임대업을 하는 분인 줄 알고 있습니다."

변광은 호화유람선을 전세로 빌린 것이다. 선체가 150피트에 시속 60킬로를 내는 전세선으로 하루 임대료가 미화로 15만 불이나 된다. 그때 황윤의 주머니에 든 핸드폰이 울렸으므로 변광이 놀란 표정으로 말했다.

"총경리님, 이제 전화 받으실 것 없습니다. 핸드폰 바다에 던지시지요."

핸드폰을 꺼내 든 황윤은 운전사 장주의 번호가 찍힌 것을 보았다. 장주가 식당에 고단과 지원이 없다는 것을 안 것 같다. 고단과 지원은 핸드폰을 버렸기 때문에 황윤에게 연락한 것이다. 머리를 끄덕인 황윤이 변광에게 물었다.

"내 운전사야, 식당에 둘이 안 보여서 걱정이 된 모양인데 전화 안 받으면 신고하지 않을까?"

변광이 손목시계를 보고 나서 말했다.

"괜찮다고 말씀하시지요."

황윤이 핸드폰을 귀에 붙였다.

"장주, 나 식구들하고 같이 호텔에 있으니까 걱정 말고 집에 돌아가라."

"예? 예, 주인."

20년간 운전사로 지내온 장주는 조금 어리둥절한 것 같다.

"사모님과 아가씨가 식당에 안 계셔서요."

"응, 내가 다른 곳에서 밥 먹자고 해서 근처로 걸어 나왔어."

"아, 그러시군요. 저한테 연락을 해주시지……."

"걱정 말고, 우린 오늘 여기서 놀고 내일 아침에 연락하마."

"알겠습니다, 주인."

핸드폰을 귀에서 뗀 황윤이 길게 숨을 뱉더니 배터리를 분리시켰다. 그때 변광이 바다 쪽을 바라보며 말했다.

"배가 옵니다."

모두의 시선이 바다 쪽으로 옮겨졌다. 배 한 척이 다가오고 있다. 미끈한 선체의 대형 요트다. 어둠 속에서 다가온 요트를 보자 고단이 먼지 탄성을 뱉었다.

"이제 살았다."

"자, 타십시다."

변광이 앞장서 부두로 다가가며 말했다. 뒤를 황윤과 고단, 지원의 순서로 따랐고 맨 뒤가 화천이다.

　요트에 오른 다섯을 맞은 사내는 무표정한 얼굴의 40대 사내다. 반
팔 셔츠에 바지 차림으로 샌들을 신고 있었는데 건장한 체격이다.
　"선장입니다."
　변광이 황윤에게 사내를 소개했다.
　"반갑습니다."
　다가온 선장이 황윤에게 손을 내밀어 악수를 하더니 머리를 돌려 명
령했다.
　"자, 떠나자."
　배에는 승무원이 여럿이 있었고 그들이 승선하자마자 뱃머리를 돌
리고 있다. 배는 넓고 깨끗했다. 선장의 안내로 아래층 선실로 들어선
그들은 소파에 앉았다. 휴게실처럼 꾸며놓은 방이었고 앞쪽에는 대형
벽걸이 TV가 설치되어 있다. 선장이 표정 없는 얼굴로 황윤에게 말을
이었다.
　"방 3개를 준비해 놓았습니다. 구경을 하시고 필요하신 것이 있으면
언제든지 승무원을 불러주시지요."
　"고맙소."
　머리를 끄덕인 황윤이 주위를 둘러보다가 지원에게 물었다.
　"화 선생님은 어디 가셨느냐?"
　"배 구경 하신다고 했어요."
　지원이 대답했다. 그때 배가 속력을 낸 듯 좌우로 흔들렸다.

　화천이 선미에 서서 멀어져가는 부두를 보고 있다. 도시의 야경이

휘황하게 펼쳐져 있었으므로 화천은 홀린 듯이 시선을 떼지 못했다. 배가 흔들리면서 물보라가 일어났다. 속력을 낸 배는 바다로 진입하는 중이다. 이윽고 몸을 돌린 화천이 갑판 위쪽의 조타실로 들어섰다. 조타실에는 세 사내가 서 있었는데 하나는 키를 잡았고 둘은 뒤쪽에 서서 이야기 중이다.

"황윤만 데려가면 돼. 마누라하고 딸은 바다에 던져도 상관없어."

사내 하나가 말했다.

"그, 황윤 따라온 놈, 그놈부터 먼저 처리하지. 건장하던데, 무슨 선생님이라는 거야?"

"변광 이야기를 들으니 주치의 같아."

다른 사내가 대답하더니 키를 잡은 사내에게 말했다.

"이봐, 너무 멀리 나가지 말고 이쯤에서 시작하자고."

그때 배의 속력이 줄어들었다. 뒤쪽 벽에 기대선 화천의 얼굴에 쓴 웃음이 번졌다. 지금 화천은 벽과 일체가 되어서 몸이 보이지 않는다. 화천은 이미 배에 타기 전부터 변광의 변심을 읽고 있었던 것이다. 그때 조타실로 선장이 들어섰다. 셋의 시선을 받은 선장이 말했다.

"그놈, 황윤의 주치의라는 놈을 찾아라. 배 구경을 한다는데 보이지 않아."

사내 하나가 서둘러 조타실을 나갔을 때 선장이 남은 사내 중 하나에게 지시했다.

"우디, 네가 넷 데리고 가서 황윤 식구를 보누 낚아라. 아예 묶어 놓는 것이 낫겠다."

"알겠습니다."

사내 하나도 조타실을 나갔을 때 선장이 핸드폰을 꺼내 버튼을 눌렀다.

"예, 접니다."

핸드폰을 귀에 붙인 선장이 곧 응답했다.

"지금 데려가겠습니다."

휴게실로 내려간 우태는 방안에 앉아있는 셋을 둘러보았다. 우태를 따라 내려온 네 사내가 제각기 옆쪽으로 벌려서더니 다가왔다.

"무슨……."

황윤이 입을 열었으나 말을 다 마치지도 못했다. 사내 둘이 달려들어서 팔 한쪽씩을 잡아 뒤로 비틀어 올렸기 때문이다.

"무슨 짓이야!"

황윤이 소리쳤지만 이미 얼굴은 사색이다. 앞쪽에 앉은 고단과 지원에게도 사내들이 덮쳤다.

"아악! 사람 살려!"

고단의 비명이다.

"변광! 이게 어떻게 된 일이야!"

악을 썼던 황윤이 옆에 앉아있는 변광을 보더니 숨을 들이켰다. 변광은 의자에 등을 붙인 채 앉아 외면하고 있었기 때문이다.

"이놈! 변광!"

악을 썼던 황윤이 곧 어깨를 늘어뜨렸다.

"여보! 여보! 지원아!"

몸부림을 치면서 반항하던 고단이 묶이고 있는 황윤을 보고 나서 머리를 지원한테 옮겼다가 늘어졌다. 기력이 사라진 것이다. 이제는 입을 다물었다. 지원은 처음에 눈만 치켜떴다가 황윤이 묶이는 것을 보고는

100

순순히 몸을 맡겼는데 가장 차분했다. 순식간에 셋을 묶은 사내들은 고단의 입에만 청테이프를 잘라 붙이고는 허리를 폈다. 이제 셋은 팔다리를 청테이프로 묶인 채 다시 소파 위에 앉혀졌다. 황윤과 지원의 입은 테이프가 붙여지지 않았다. 그때 황윤이 옆쪽에 앉아있는 변광에게 물었다.

"변광, 얼마 받았느냐?"

"3천만 위안에 합의를 했습니다. 거금이지요, 총경리님."

변광이 고분고분 대답하더니 길게 숨을 뱉었다.

"어쩔 수 없었습니다. 내가 평생 숨어 살 수는 없지 않습니까?"

"넌 개 같은 놈이다."

"미안합니다."

그때 우태가 부하들에게 말했다.

"여기 둘만 남고 둘은 나하고 그놈 찾으러 가자."

"찾았어?"

방윤이 묻자 공기준이 머리를 저었다.

"기관실 공구함까지 훑고 왔는데 없어."

"그럼 그놈이 바다로 빠졌단 말인가? 이 조그만 배에 어디 숨었단 말이야?"

방윤이 주위를 둘러보는 시늉을 하더니 공기준을 보았다.

"어디 갔어?"

방윤이 물은 것은 그 순간에 공기준이 없어졌기 때문이다. 배는 이제 저속으로 항구를 향해 돌아가는 중이었는데 파도가 뱃전에 부딪쳐 철썩였다. 방윤이 난간에 서서 바다를 내려다보았다. 둘은 배 갑판 좌측 난간에 서 있었기 때문이다. 그 순간이다. 머리에 충격을 받은 방윤이 입을 쩍 벌리더니 신음도 뱉지 못하고 바다로 떨어졌다. 파도가 뱃전에 부딪치는 소리에 섞여 방윤이 바다로 떨어진 소리는 들리지도 않았다.

조타실 계단을 올라가려던 기선창은 머리를 돌려 비윤을 보았다.

"야, 넌 거기 있어, 내가 선장한테 갔다 올 테니까."

그러나 눈앞에는 어둠만 깔려 있었으므로 기선창이 혀를 찼다. 조금 전까지 비윤이 뒤를 따라오고 있었던 것이다.

"야, 비윤."

짜증이 난 기선창이 불렀을 때다. 갑자기 계단 옆쪽에서 인기척이 나더니 지금까지 찾고 있었던 황윤의 주치의가 나왔다. 바로 옆에 서 있는 것이다.

"아앗!"

놀란 기선창의 외침이 끝나기도 전에 목의 급소를 수도로 맞은 기선창이 거꾸러지면서 난간에 엎어졌고 곧 다리가 들려 바다로 떨어졌다. 이번에는 물 튀기는 소리가 났지만 아무도 듣지 않았다.

"우태, 어디 있는 거냐?"

선장 상고찬이 무전기에 대고 불렀다.

"우태, 대답해."

대답이 없었으므로 상고찬이 짜증을 냈다.

"이런 빌어먹을 놈."

무전기를 내린 상고찬이 키를 쥐고 있는 항해사 복호에게 지시했다.

"선내 방송으로 우태놈을 조타실로 오라고 해."

복호가 마이크를 켜더니 곧 방송했다.

"우태, 즉시 조타실로. 선장께서 부른다."

두 번을 반복한 복호가 머리를 돌려 상고찬을 보았다.

"선장, 배를 몇 번 부두에 대지요?"

"잠깐, 내가 호 고문한테 보고를 하고."

핸드폰을 꺼내 든 상고찬이 투덜거렸을 때 엔진음이 멈췄다.

"이게 무슨 일이야?"

복호가 계기판을 노려보며 말했다.

"엔진이 다 꺼졌네."

"기관실 연결해봐."

핸드폰을 주머니에 넣은 상고찬이 지시했을 때 전원이 꺼졌다. 이제 배는 칠흑 같은 어둠에 덮였다. 물 위에 바윗덩이가 떠 있는 것 같다.

휴게실 안이 갑자기 어두워지자 황윤이 지원을 불렀다.

"지원아."

"예, 아버지."

"기운 내라."

"예, 아버지."

지원의 목소리가 차분했으므로 황윤이 길게 숨을 뱉었다. 옆쪽에서 콧숨 소리가 크게 들리는 것은 고단이 말 대신 큰 숨을 뱉기 때문이다. 나도 괜찮다는 표시를 내는 것 같다. 그때 황윤이 말했나.

"난 걱정이 되지 않아, 왜 그런지 알지?"

"예, 아버지."

지원이 말을 이었다.

"지금 불이 꺼진 것도 그것 때문일 거예요."

그때 옆쪽에서 낮은 신음이 울렸으므로 둘은 숨만 들이켰다. 변광이 앉아있던 자리다. 그때 어둠 속에서 화천의 목소리가 들렸다.

"자, 이제 나갑시다."

플래시로 조타실을 비추는 상고찬의 얼굴은 이제 굳어 있다.

"이게, 어떻게 된 일이야?"

"모르겠습니다."

항해사 복호가 스위치를 눌러대면서 비명처럼 말했다.

"이건 누가 일부러 고장을 낸 겁니다."

어깨를 부풀렸던 상고찬은 이제는 무전기를 들 기력도 사라졌다. 겁이 나서 어두운 조타실 밖으로 나가려는 마음도 일어나지 않았다. 배 안에는 8명의 부하가 있는 것이다. 거기에다 손님 다섯을 실었으니 자신까지 총 14명이 있는 셈이다. 그런데 지금 조타실에 둘이 남아있는 외에는 나머지가 확인이 되지 않는다. 황윤 일행은 고사하고 부하 7명은 어떻게 되었는가? 그때 불이 환하게 켜졌으므로 둘은 소스라쳤다.

"이, 이게……."

반가운 것이 아니라 이것도 불안하다. 그때 복호가 재빠르게 스피커 버튼을 누르고 말했다.

"무슨 일이야? 조타실로 연락해!"

스피커음이 조타실에도 울렸다. 요트는 항구 입구에 멈춰서 있었는데 늦은 시간이어서 지나는 선박도 없다. 그때 계단을 오르는 발자국 소리가 들렸으므로 둘은 숨을 죽였다. 어느새 상고찬은 허리춤에 찔러 넣었던 리볼버를 빼내 쥐었고 복호는 옆쪽으로 비켜섰다.

이윽고 소리는 계단 끝 부분에서 멈추었다. 둘은 그쪽을 보았다. 상고찬의 리볼버 총구는 그쪽을 겨누고 있다. 계단 쪽은 문이 없는 것이다.

"누구냐?"

모습이 보이지 않았으므로 상고찬이 총구를 흔들면서 소리쳤다. 목소리가 배 안에 울리는 것 같다. 다음 순간 상고찬이 숨을 들이켰다. 사내 하나가 바로 옆에 서 있는 것이다. 언제 이쪽으로 붙었는가. 리볼버를 옆으로 겨누었던 상고찬의 입에서 신음이 터졌다. 갑자기 오른손이 비틀리면서 비볼버가 바닥으로 떨어졌기 때문이다.

"으으악."

오른손이 완전히 꺾여 어깨 부근부터 거꾸로 매달린 모양이 되었으므로 상고찬의 입에서 비명이 터졌다. 왼손으로 오른팔을 끌어안고 주저앉는다. 그때 사내가 말했다. 사내는 바로 황윤의 주치의로 승선한 사내, 화천이다.

"배를 부두로 붙여라."

화천이 항해사 복호에게 말했다.

"가까운 부두로 붙여."

"연락이 안 됩니다."

핸드폰을 귀에서 뗀 동기주가 호태를 보았다. 얼굴이 잔뜩 찌푸려져 있다.

"곧 데려온다고 했는데요."

"배에 탔다면 다 잡은 것 아니었어?"

눈을 치켜뜬 호태가 묻자 동기주가 입안의 침부터 삼켰다.

"그렇습니다. 다섯을 싣고 바다로 나갔으니까요, 곧 뱃머리를 돌리고 잡아 묶는다고 했습니다."

"무슨 일 생긴 것이 아니냐?"

"그럴 리가 없습니다, 고문님."

동기주가 이마에 배인 땀을 손등으로 닦았다. 변광과 함께 이번 작전을 준비해 놓은 것이 동기주다. 호태의 심복 중 하나인 동기주는 '작전의 천재'라는 소문을 들었다. 기업체 사장을 함정에 빠뜨리거나 미인계로 공무원 잡는 작전에 동기주를 능가할 부하가 없었던 것이다. 이번 작전도 요트 선장으로 배에 전문가인 부두 출신 상고찬을 책임자로 고용하고 부하 8명을 선원으로 가장시켜 놓았으니 작전은 완벽했다. 그런데 상고찬이 지금 데려가겠다는 보고를 한 후에 통신이 딱 끊겼다. 답답해서 변광한테까지 통화를 시도해 보았으나 불통인 것이다. 그때 호태가 참지 못하겠다는 듯이 벌떡 일어서며 소리쳤다.

"부두로 사람을 보내! 이 자식아! 그리고 나하고 같이 가자!"

밤 12시 20분이 되어가고 있다.

지난행 특쾌의 특등실은 2인실이다. 밤 12시 반에 출발해서 오전 10시에 도착하는 터라 잠을 자고 일어나면 산둥성 수도 지난에 닿아있게 될 것이다. 화천은 2인실 방에 황윤과 함께 앉아있다. 고단 모녀는 바로 옆방이다. 자꾸 시계를 내려다보던 황윤이 이윽고 열차가 출발하자 어깨를 늘어뜨리면서 말했다.

"이제 내일 오전 10시까지는 안심해도 되겠지요. 놈들이 특쾌 안에서 무슨 일을 저지르지는 않을 테니까요."

화천이 쓴웃음을 지었고 황윤의 말이 이어졌다.

"제가 상하이에서 도망쳐 나오려는 이유를 말씀드리도록 하겠습니다. 놈들이 저를 잡으려는 이유가 되겠지요."

긴 숨을 뱉고 나서 황윤이 삼합회와의 관계와 이번에 호태로부터 요구받은 투자금 이야기까지를 차분하게 설명하고 나서 말했다.

"제가 돈이 아까워서 그런 것이 아닙니다. 기업가 등을 치는 놈들한테 당하기만 하는 것이 분했고 이 기회에 새 땅에서 새 생활을 하고 싶었기 때문입니다."

특쾌는 고속철이다. 이제 짙은 어둠 속을 총알처럼 달려가고 있다. 다시 황윤의 말이 이어졌다.

"원래 홍콩을 거쳐 한국으로 가려고 했었는데 이제는 지난을 거쳐 칭다오나 웨이하이로 갈 계획입니다."

화천의 머릿속에 중국 지도가 펼쳐졌다. 칭다오, 웨이하이는 산둥성 항구다. 산둥반도에서 한국은 가깝다.

"한국은 왜?"

그렇게 물으면서 화천은 전에 한식당에서 만난 한국인 관광객들을 떠올렸다. 먹었던 고기가 맛이 있었던 기억이 났다. 황윤이 창밖을 바라보며 대답했다.

"한국은 중국과 문화가 비슷하지요. 경제발전이 잘되어 있는 데다 치안상태도 좋습니다. 제가 오래전부터 한국에 대해서 검토를 해왔지요."

"그래요?"

"내 재산으로 기업체를 인수해서 여생을 편안히 보낼 수가 있을 것입니다."

머리를 든 황윤이 화천을 보았다.

"선생님께도 빌딩을 하나 사 드리지요. 그 빌딩으로 평생을 편하게 사실 수가 있을 것입니다."

"난 그러지 않아도 돼요."

웃음 띤 얼굴로 말한 화천이 의자에 등을 붙였다.

"어쨌든 넓은 세상을 보고 싶었는데 잘되었소, 한국까지 같이 갑시다."

"전국의 버스정류장, 기차역, 비행장은 물론이고 항구에도 인원을 배치해라."

주경춘이 이 사이로 말했다.

"전국에 특급 협조전을 띄우란 말이다."

"예, 회장님."

시선을 내린 호태가 몸을 돌렸을 때 등에 대고 주경춘이 말을 이었다.

"잡지 못하면 네 책임을 물을 테니 수단방법을 가리지 않는 것이 너한테 이로울 것이다."

호태는 어깨를 굳히고는 방을 나갔다. 오전 8시 반, 황푸강이 내려다보이는 '황제호텔'의 특실 안, 주경춘이 일어나기를 기다렸다가 지난밤의 작전실패를 보고한 것이다. 복도로 나온 호태의 눈은 충혈되어 있다. 책임을 묻는다는 것은 곧 파멸을 의미한다. 55세에 삼합회 상하이 지부 회장 고문이 되기까지 30년 동안 피땀 흘려 쌓아놓은 업적이 하루 아침에 무너지는 것이다. 주경춘은 자신의 모든 재산을 몰수하고 은밀하게 처형할 것이다. 그것이 조직의 책임을 묻는 방식이다. 그때 앞으로 동기주가 다가와 섰다.

"고문님."

동기주가 불렀으므로 호태가 눈동자의 초점을 잡았다.

"전국에 특급 협조전을 지금 즉시 보내."

호태가 쏘아붙이듯이 말하고는 발을 떼었다. 순식간에 반응하는 것이 호태의 장점이다. 특급 협조전은 모든 삼합회 조직에 황윤의 체포 공문을 띄우는 것이다. 그것은 해당 지역의 공안을 적극적으로 이용하는 것도 포함된다. 물론 그 경비는 협조전을 낸 상하이지부 부담이다. 만일 그 대상이 해당 지역을 무사통과했다는 사실이 알려지면 그 지역의 삼합회도 문책을 당하는 것이다. 그러니 국가에서 대역범을 쫓는 것보다 더 철저하고 더 강력한 수배령인 것이다. 발을 떼면서 호태가 말을 이었다.

"서둘러라! 전 부서에 알려!"

호태는 심복인 동기주에게도 잘못되면 회장이 책임을 묻겠다고 한 말을 말해주지 않았다. 만일 그랬다가는 마음 약한 놈들은 도망칠지도 모르는 것이다.

한 시간 후면 지난에 도착한다는 방송이 끝났을 때 황윤이 화천에게 말했다.

"선생님께 여쭤볼 말씀이 있습니다."

화천은 황윤의 표정이 굳어 있는 것을 보았다. 머릿속은 맑다. 자신에 대해서 물어보려는 생각으로 가득 차 있다. 자신의 정체가 궁금한 것이다. 의심하고는 나르나. 선석으로 신임하고 의지하지만 정체가 궁금하기 때문이다. 황윤이 말을 이었다.

"선생님은 도인(道人) 같으십니다. 아니, 신(神) 같으십니다. 그 능력으로 저희 식구들 목숨을 두 번씩이나 구해 주셨습니다. 저는 도대체 선생님을 어떻게 모셔야 할지…….”

“난 먼 옛날에서 왔소.”

마침내 화천이 입을 열었다. 숨을 들이켠 황윤이 시선만 주었고 화천의 말이 이어졌다.

“지금부터 370년 전 명나라 말기에서 시공을 건너뛰어 이곳에 온 것이지.”

“그, 그러시면…….”

“그 당시에 나는 심신비전을 연마한 마하트 교도였소.”

화천의 머릿속에 정명의 얼굴이 떠올랐다. 그러자 숨이 들이켜졌고 가슴에 통증이 왔다. 시간의 장을 뒤집어 다시 돌아가려면 너무 먼 공간으로 이동하게 된 것이 아닐까? 지금도 이동하고 있다. 눈동자의 초점을 잡은 화천이 말을 이었다.

“적과 싸우다가 불쑥 시공을 뛰어넘어 이곳에 떨어졌던 것이고, 그러니 황 선생만 그렇게 믿고 계시오.”

“믿겠습니다, 선생님.”

두 손을 모은 황윤이 화천을 향해 머리를 숙여 보이더니 가슴 주머니에서 접힌 종이를 꺼내 내밀었다.

“선생님, 받아 주십시오.”

화천이 종이를 보면서 심호흡을 했다. 그것이 무엇인지 알기 때문이다. 그러나 결국 손을 뻗어 종이를 받았다. 그러자 황윤이 말했다.

“제 자금을 예치시켜놓은 5개 은행의 계좌번호와 비밀번호, 그리고 코드번호가 적혀있습니다. 그 3개의 번호에 각 은행별 제 대리인 번호인 이 번호를 대시면 자금이 인출될 것입니다.”

황윤이 다시 종이 한 장을 내밀었다. 화천이 받자 황윤이 긴 숨을 뱉었다.

"이제야 마음이 놓입니다, 선생님."

"걱정하지 마시오, 원하는 대로 한국에 갈 수가 있을 테니까. 내가 도와줄 테니까 말이오."

"선생님은 신통력을 지니고 계십니다만 사람 운명을 바꾸실 수는 없으십니다."

"그렇소."

"소원 하나만 더 말씀드려도 되겠습니까?"

"말하시오."

"제 처자를 부탁드립니다."

"염려하지 마시라는데도."

"놈들의 목표는 저입니다."

황윤이 충혈된 눈으로 화천을 보았다. 밤새 잠을 자지 못한 것이다. 고속철은 맹렬하게 달려가고 있다. 이제 지난까지는 30분 정도가 남은 것 같다.

"5개 은행의 계좌에는 중국 돈 4억2천만 위안이 들어 있습니다."

"큰돈이군."

"선생님, 옛날로 돌아가시지 않으신다면."

잠깐 말을 멈춘 황윤이 화천을 보았다. 그 생각을 읽은 화천이 입맛을 다셨을 때 황윤이 말을 이었다.

"제 딸 지원이를 맡아 주셨으면 합니다. 지원이도 선생님을 사모하고 있는 것 같았습니다."

그것도 알고 있다고 말해줄 수는 없다.

"선생님이 하실 이야기가 있다고 해서."

방으로 들어선 황윤이 고단과 지원을 둘러보며 말했다. 이제 열차는 도시를 지나고 있다. 지방 소도시다. 지난에 가까워지고 있는 것이다. 조금 전에 10분 후면 지난에 도착한다는 방송이 울린 터라 고단과 지원은 내릴 준비를 다 해놓았다. 그때 앞쪽에 앉은 화천이 고단과 지원을 번갈아 보았다.

"역에 삼합회 조직원들이 기다리고 있을 가능성이 많아요. 그래서 내가 얼굴 모양을 바꿔줄 테니까 놀라지 말고 서로 기억해 두도록 해요."

놀란 고단과 지원의 얼굴이 굳어졌다.

"얼, 얼굴을 바꿉니까?"

고단의 목소리는 비명 같다.

"저기, 선생님."

함께 왔지만 황윤도 예상하지 못한 터라 다급하게 화천을 보았다.

"10분도 남지 않았습니다. 어떻게……."

"대여섯 시간만 얼굴이 바뀔 테니까 걱정하지 않아도 돼요."

"저기, 화장품도 없는데……."

당황한 고단이 말했을 때 화천이 머리를 저었다.

"그런 건 필요 없어요. 아프지도 않고 잠깐만 눈을 감고 있으면 돼요."

그러고는 고단이 먼저 옆에 앉은 황윤에게 돌아앉았다.

"자, 눈을 감으시오."

"예, 선생님."

심호흡을 한 황윤이 눈을 감았을 때 화천의 두 손바닥이 얼굴을 덮었다. 얼굴 전체를 덮은 것이다. 고단과 지원이 숨도 죽인 채 그것을 본다. 열차 바퀴가 덜컹이는 소리가 방안을 울렸다. 복도를 오가는 발자국 소리도 난다. 내릴 준비를 하는 성급한 사람들이다. 숨을 다섯 번쯤 쉰 시간이 지났을 때다. 화천이 손을 떼면서 말했다.

"자, 눈을 뜨시오."

그때 황윤이 눈을 떴다.

"아앗!"

앞쪽에 앉은 고단과 지원이 동시에 놀란 외침을 뱉었는데 둘 다 입이 딱 벌어졌다. 두 눈도 치켜떴고 얼굴이 굳어졌다.

"아니, 왜?"

고단과 지원의 반응에 놀란 황윤도 당황한 표정으로 두리번거렸다. 거울을 찾는 것이다. 그때 정신을 차린 지원이 손가방에서 거울을 꺼내 황윤에게 내밀었다. 거울을 본 황윤이 숨을 들이켰다. 다른 사내다. 얼굴의 살이 빠져 홀쭉한 모습이 되었는데 광대뼈가 솟았고 콧날도 높다. 입술은 조금 앞으로 튀어나와서 전혀 다른 사내다. 자신의 얼굴에 놀란 황윤이 거울을 본 채 더듬거렸다.

"이, 이럴 수가……. 이런."

옆에서 보고 있지 않았다면 고단과 지원도 믿지 못했을 것이다. 그때 화천이 고단에게 말했다.

"자, 부인. 대여섯 시간이 지나면 처음 모습으로 돌아올 테니 걱정하지 마시고."

고단이 어깨를 추켜올리더니 화천을 보았다. 결심한 듯 눈빛이 강하다.

"선생님, 제 코가 작은 것이 지금까지 한이었습니다. 코가 큰 미인으로 부탁합니다."

그러고는 눈부터 감았으므로 긴장된 분위기로 굳어졌던 지원의 얼굴에 웃음이 떠오르게 만들었다.

　지난역에 나와 있는 국봉과 변청산은 출구를 맡았는데 둘의 눈썰미
가 좋다고 인정을 받았기 때문이다. 전문 절도범 출신인 둘은 한 번 본
얼굴은 몇 년이 지나도 잊어버리지 않을 뿐만 아니라 눈치가 빠르고 동
작이 기민했다. 지금은 삼합회 지난지부 행동대의 간부가 되어 있지만
아직도 현장에서 뛴다.

　"차에 타기만 했다면 잡아내지."

　열차에서 내려 다가오는 남녀를 선글라스를 낀 채 보면서 국봉이 말
했다. 둘은 출구 옆 가판대 옆에 나란히 서서 마중나온 사람들처럼 둘
러보고 있다. 지난이 종착역이어서 승객은 수백 명이다.

　"저기 모녀가 온다."

　변청산이 다가오는 두 여자를 보면서 말했다.

　"황윤의 처와 딸인 것 같다."

　국봉이 그쪽으로 시선을 돌렸다가 입맛을 다셨다. 전혀 다른 용모의
모녀가 다가오고 있다. 둘의 머릿속에는 고단과 지원의 사진이 박혀 있
는 터라 다가오는 둘은 딴판이다. 변청산이 장난을 친 것이다. 화가 난
국봉이 왼쪽에서 다가오는 중년 사내를 눈으로 가리키면서 말했다. 거
리가 다섯 걸음밖에 떨어지지 않았는데도 노골적으로 가리켰다.

　"저기 황윤이다."

　장난인 줄 알면서도 그쪽으로 시선을 돌렸던 변청산의 이맛살이 찌
푸려졌다. 광대뼈가 튀어나온 다른 얼굴이다. 사내가 옆을 지날 때 변
청산이 아예 대놓고 국봉에게 말했다.

　"자식아, 좀 비슷한 얼굴에다 대고 말해라, 장난을 쳐도 그럴듯하게

쳐야지."

그 소리를 듣고 황윤은 숨을 들이켰다. 바로 옆을 지나간 다른 얼굴의 사내가 바로 황윤이었던 것이다. 바로 앞쪽 두 모녀는 고단과 지원이다.

지난에서 다시 고속열차인 특쾌로 갈아타고 칭다오에 도착했을 때는 오후 6시가 되어갈 무렵이다. 이곳에서도 신분증이 필요한 특급호텔에 묵을 수는 없었기 때문에 넷은 화천의 신분증으로 오피스텔식 주거시설을 빌려서 들어갔다.

하루 사용료가 3천 위안이나 되었지만 방이 4개에 응접실과 주방까지 갖춰진 숙박 대체 시설이다. 칭다오는 국제도시여서 온갖 편의시설이 발달되었다. 한국에서 가장 가까운 대도시라는 이점이 있기 때문이기도 할 것이다.

중국의 경제부흥이 시작될 때 칭다오는 한국 사업가가 가장 먼저, 그리고 많이 몰려든 도시이기도 했다.

"얼굴을 고쳐서 다시 여권을 만들어 비행기를 타는 수밖에 없겠는데요."

응접실 소파에 앉은 황윤이 쓴웃음을 띤 얼굴로 화천에게 말했다.

"선생님이 계속해서 제 식구들 명줄을 잇게 해주십니다."

시간이 지나면서 셋은 제 얼굴을 되찾았다. 그것이 신기한지 고단은 계속해서 거울에디 제 얼굴을 비춰보는 중이나. 황윤이 말을 이었다.

"이곳에도 여권을 만들어주는 사람들이 있을 것입니다."

황윤은 하루라도 빨리 한국으로 가고 싶은 것이다. 고단과 지원도 마찬가지 심정이다. 그때 화천이 말했다.

"가짜 얼굴로 가짜 신분증을 만들면 한국에 가서는 다시 제 얼굴로 신분증을 만들 작정이시오?"

"그것은⋯⋯."

어깨를 늘어뜨린 황윤이 화천을 보았다. 지원은 이쪽에 등을 보인 채 주방에서 음식을 만들고 있다. 슈퍼에서 음식 재료를 사 왔기 때문이다. 화천이 물었다.

"어떻습니까? 배로 밀항을 하는 것이? 이번에는 내가 배를 알아보겠소."

화천의 시선을 받은 황윤이 이윽고 머리를 끄덕였다.

"선생님 말씀이 맞습니다. 제 얼굴로 밀항을 하고 한국에서 자수를 하든지 얼굴을 바꾸든지 하는 것이 낫겠습니다."

"그래요."

주방에서 듣고 있던 지원이 몸을 돌리며 말했다.

"바꾼 얼굴로 공항에 나가 비행기를 타는 것, 무서워요. 가짜 여권이 걸릴 수도 있고요."

"빈 껍질뿐이군."

주경춘이 이 사이로 말하고는 서류를 탁자 위에 놓았다. 황윤의 재산 조사서다. 성진택시는 물론이고 황윤이 소유한 주택, 주식, 은행 잔고 등을 모두 조사한 내역인 것이다. 앞에 선 호태는 숨을 죽이고 있다.

오후 8시 반, 앞쪽 창밖으로 상하이의 야경이 휘황하게 펼쳐 있지만 호태의 눈에는 어지러운 불빛일 뿐이다. 제정신이 아닌 것이다. 방으로 들어선 후부터 주경춘은 한 번도 시선을 맞춰주지 않았다. 그것은 곧 두 번 다시 안 본다는 것을 의미한다. 작년에 행동대 부대장 위사춘은 바로 이 자리에서 주경춘의 지시를 받는데 5분 동안 한 번도 시선을 주지 않았다. 그리고 다음 날 저녁 위사춘은 실종되었다. 시체는 바다에 수장되었을 것이다. 그때 주경춘이 외면한 채 말했다.

"놓친 고기가 커 보인다는 말이 맞아."

맞장구 칠 말이 아니었으므로 숨만 죽인 호태의 귀에 다시 주경춘의 말이 이어졌다.

"4억 위안이야, 자동차공장 투자금의 십분의 일에 가까운 돈이 날아갔어."

"……."

"그런데도 황윤의 종적도 찾지 못하고 있단 말이지?"

"회장님, 그것은……."

"호태, 네 재산이 대충 5천만 위안 정도가 되더군."

그 순간 호태가 숨을 들이켰다. 눈을 치켜떴지만 주경춘은 여전히 외면한 채다. 비대한 몸을 의자에 깊게 파묻고는 옆쪽 벽을 보고 있다. 호태는 입안에 고인 침을 삼키지도 못했다. 주경춘이 옆에 놓인 버튼을 누르기만 하면 경호 역인 왕변이 들어올 것이다. 그때 주경춘이 입술도 달싹이지 않고 말했다.

"호태, 이틀 기간을 주마."

그러고는 버튼을 눌렀다.

칭다오는 군항이기도 하다. 위쪽 바닷가에 중국해군 기지가 있어서 수십 척의 군함, 경비정이 정박하고 있다. 화천이 여객선 선착장 아래쪽의 일반선 정박장 휴게소에 앉아 커피를 마시고 있다. 이제는 쓰기만 했던 커피가 입맛에 맞는다.

오후 1시 반, 오전 11시에 이곳에 나와 오가는 배를 보았고 사람들의 이야기를 듣고 있었던 것이다. 일반선 정박장에는 연안을 왕래하는 부정기선, 어선, 낚시 및 관광선, 놀이용 모터보트, 요트 등이 꽉 차 있었는데 눈에 띄는 배 한 척이 있다. 주위 사람들에게 물어보았더니 세계 일주 요트 여행을 하는 미국인 갑부의 요트다. 길이가 1백 미터 정도였으니 어지간한 여객선만 했고 강력한 엔진이 두 개 장착되어서 시속 50킬로를 낼 수 있다고 했다. 승무원은 20명 정도, 5백 톤급 초호화 요트다.

"지금 해롤드 씨는 시내 프린스 호텔에 투숙하고 계십니다."

제3부두 관리사무소 직원이 화천에게 말했다. 화천은 관리사무소 안에 들어와 있었는데 공안 행세를 하고 있다. 방금 다이앤호의 주인이 어디 있느냐고 물은 것이다. 제복 차림의 직원이 정색하고 화천을 보았다.

"무슨 일로 해롤드 씨를 찾으십니까?"

"난 경제부서에 있는데 그 사람의 주식투자 관계를 확인하라는 지시를 받았기 때문이요."

"아, 그러시군요."

"그럼 프린스 호텔로 가봐야겠군."

입맛을 다신 화천이 창밖에 보이는 베이지색 선체의 다이앤호를 보았다.

"근사한 배로군, 꽤 비싸겠소."

"1억 불이랍니다."

자리에서 일어선 40대의 직원이 같이 창밖을 내다보면서 말했다.

"얼마 전에 TV에도 나왔어요. 세계 일주를 하고 있는 겁니다. 그런데 무슨 문제가 있습니까?"

"주식 갖고 장난을 친 것 같아요, 그래서 정부에서 조사 중이오."

"우리 중국 주식으로 말입니까?"

"그건 조사를 해봐야 확실하게 말할 수 있소."

이 정도까지는 컴퓨터에서 배운 실력이다. 화천이 몸을 돌렸을 때 직원은 완전히 협조적이 되었다. 사무실 문까지 따라 나오면서 말했다.

"프린스 호텔에도 하룻밤에 3천 불짜리 스위트룸에서 지낸답니다. 선원 이야기를 들었는데 딸 둘이 쇼핑하는 액수가 하루에 수만 불씩 된다는군요."

해롤드는 와이프와 딸 둘, 그리고 작은딸의 남편까지 5명이 세계 일주를 하는 중이다. 화천은 부두를 떠나 시내로 돌아왔다.

4장
추적자

"이렇게 기다릴 수만은 없다."

마침내 고채형이 결심한 표정으로 말했다. 고채형이 둘러선 셋을 차례로 보았다.

"그렇다고 넷이 다 쫓을 수는 없고, 누가 놈을 잡을 테냐?"

"제가 끌고 왔으니 제가 가야지요."

선뜻 선우가 나섰을 때 고채형이 이맛살을 찌푸렸다.

"당할 수 있겠느냐?"

"제가 놈을 가장 잘 압니다."

"놈의 역량을 가볍게 보지 마라."

그때 송지가 나섰다.

"사형, 저도 가겠습니다."

고채형의 시선이 송지에게로 옮겨졌다.

"너희들 둘이라면 가능하겠지."

"저 혼자서도 됩니다."

어깨를 부풀린 선우가 말했을 때 고채형의 표정이 엄격해졌다.

"내가 곽지용하고 이곳 일을 마무리한 다음에 너희들의 뒤를 따라갈 테다."

선우의 시선을 받은 고채형이 말을 이었다.

"방심하지 마라, 놈도 외계인의 제자인지 모른다. 이 세상의 온갖 무도(武道)에서 시간 이동을 하는 곳은 없어."

"명심하겠습니다."

"시공 이동을 했을 경우 가장 중요한 것이 적응이야, 명심하도록."

고채형의 시선이 송지에게로 옮겨졌다.

"네가 선우를 이끌어라."

"예엣?"

놀란 선우가 고채형을 보았다.

"사형, 송지는 제 아우올시다."

"전쟁에 형과 아우 구분이 있더냐?"

정색한 고채형이 선우의 말을 막고는 송지에게 말했다.

"시공을 함께 운용하면 그놈이 가 있는 시간과 공간으로 옮겨갈 것이다."

"예, 사형."

"그럼 먼저 적응을 해야 된다. 알았느냐?"

"예, 사형."

고채형의 시선이 다시 선우에게로 옮겨졌다.

"지금부터 네 사매는 조장이야, 알았느냐?"

"예, 사형."

어깨를 부풀린 선우가 대답했을 때 고채형이 말했다.

"자, 가라."

그때 송지가 손을 뻗어 선우의 옷자락을 잡았다. 같이 옮겨가야 하는 것이다.

　소파에 앉은 화천이 황윤과 고단, 지원을 차례로 보았다. 오후 5시 반, 셋의 표정은 어둡다. 중국을 빠져나갈 길이 막막했기 때문이다. 그래서 시내에 나갔다가 온 화천이 부르자 금방 모였다. 황윤은 물론 고단과 지원도 핸드폰을 모두 버린 데다 아직 아무한테도 연락을 하지 않았다. 친척은 물론 모든 지인에게 삼합회의 정보망이 붙어 있을 것이기 때문이다. 누구보다도 더 삼합회에 대해서 잘 아는 황윤이다. 어느 한 곳에 한 가닥 연락만 닿았더라도 거미줄에 붙은 곤충처럼 떨어지지 못한다는 것을 겪어왔기 때문이다. 세 쌍의 시선을 받은 화천이 입을 열었다.

　"방법이 있어요."

　셋이 모두 숨을 죽였고 화천의 말이 이어졌다.

　"부두에 미국 갑부 조지 해롤드가 타고 온 초호화 요트가 있어요, 5백 톤급 요트는 승무원이 20명, 방이 15개나 되는 데다 시속 50킬로를 냅니다."

　화천의 얼굴에 웃음이 떠올랐다.

　"조지 해롤드의 다음 목적지는 일본 도쿄인데 한국의 인천항으로 바꾸도록 할 거요."

　셋 중 황윤이 입은 열었지만 말은 나오지 않았다. 화천이 말을 이었다.

　"우리는 해롤드의 초청을 받고 다이앤호에 승선하게 될 겁니다. 그리고 인천으로 가는 것이지요."

"그, 그것이."

입안의 침을 삼킨 황윤이 번들거리는 눈으로 화천을 보았다.

"해롤드 씨의 초대를 받게 될까요?"

화천이 시선만 주었으므로 누군가 침 삼키는 소리를 내었다.

오전 8시 반이 되었을 때 캐서린이 하녀 루시에게 물었다.

"루시, 저 사람 일어났나 가봐."

"네, 마담."

캐서린의 시녀 노릇을 2년째 하는 터라 루시는 부부간 비밀을 속속들이 안다. 몸무게가 80킬로나 나갔지만 재빠른 루시가 해롤드의 침실로 다가가 노크를 했다. 똑똑똑.

"주인님."

다시 노크를 세 번 했던 루시가 문의 손잡이를 잡았을 때 문이 열리면서 해롤드가 가로막고 물었다.

"왜?"

"마님이 일어나셨는가 보고 오라고 해서요."

해롤드의 시선을 받은 루시가 눈웃음을 쳤다. 오입쟁이 해롤드가 건드리지 않은 여자가 드물지만 거구의 루시는 해롤드의 취향이 아니다.

"마님한테 내 방으로 들어오라고 해."

해롤드가 말하고는 문을 닫았으므로 루시는 어깨를 들었다가 내렸다. 해롤드와 캐서린이 각방을 쓴 지 1년이 넘는 것이다. 55세의 해롤드는 아직도 정력이 왕성해서 일주일에 한 번은 꼭 여자를 안아야만 한다. 그래서 항구에 도착하면 개인 대리인 유스프가 여자를 대기시켜 놓는 것이다. 그래서 캐서린이 독수공방을 하는 것도 아니다. 배 안에서

만 해도 항해사, 갑판장, 요리사를 침실로 끌어들였고 항구에 내리면 나름대로 헌팅을 한다. 딸들도 비슷하니 발정 난 가족이다.

방으로 들어선 캐서린은 늘씬한 키에 볼륨이 풍부한 몸매다. 금발에 매끄러운 피부, 한때 모델로 명성을 떨치다가 해롤드의 3번째 부인이 되었다. 32세, 결혼한 지 3년이 되었는데 자식이 없다. 지금 배에 탄 해롤드의 두 딸은 첫 번째 부인 소생인 것이다.

"왜 불렀죠?"

눈을 크게 뜬 캐서린이 묻더니 창가로 다가가 섰다. 이쪽은 선수 맨 위층의 정면이어서 전망이 좋다. 창가에 등을 붙이고 선 캐서린이 해롤드를 보았다. 침대 옆 의자에 앉아있던 해롤드가 말했다.

"오늘 오후 1시쯤 내 고객 가족이 올 거야, 버튼한테 말해서 방 세 개를 준비해줘."

"누군데 그러죠?"

"중국인 거부인데 제임스 윤이라고 해. 그 사람하고 부인, 그리고 딸이야."

"그들도 우리하고 여행을 해요?"

"아니, 인천까지만. 바다에서 2박 하고 모레 저녁에 인천항에 들어가려는 거야."

"알았어요, 그런데."

눈을 가늘게 뜬 캐서린이 해롤드를 보았다. 어제저녁을 시내 호텔에서 같이 먹고 배로 돌아왔을 때는 밤 10시쯤 되었다. 오늘 오후에 출항하려고 일주일간의 호텔 생활을 마치고 돌아온 것이다. 그런데 해롤드의 분위기가 달라졌다. 물론 호텔에서도 각방을 썼고 손 한번 잡지 않았다. 시내에 있는 일주일 동안 캐서린은 다른 방 하나를 빌려놓고 항해사 피터를 불러 즐겼다. 해롤드는 정박지마다 먼저와 기다리고 있는 뚜쟁이 대리인 유스프가 현지녀를 조달해줬을 것이다. 캐서린이 물었다.

"그럼 인천에 들렀다가 도쿄에 가는 건가요?"

"아니, 난 인천에서 내려."

"유스프가 벌써 가 있겠군요."

"프린스 호텔 1212호실."

불쑥 말한 해롤드가 캐서린의 시선을 받더니 빙그레 웃었다.

"피터가 그날 방에서 나와 쇼핑을 2천 불어치나 했어, 돈 많이 주지 마, 버릇 돼."

"그래요?"

따라 웃은 캐서린이 머리를 기울였다.

"그 자식한테 5백 불밖에 안 주었는데."

"지난번 홍콩에서 준 돈도 모았을 테니까. 그땐 마린 호텔 702호실이었던가?"

"사생활에 상관하지 않기로 해놓고, 약속 어길 건가요?"

"네가 먼저 유스프 이름을 꺼냈잖아?"

"어쨌든."

창틀에서 엉덩이를 뗀 캐서린이 눈썹을 모으고 해롤드를 보았다. 창을 통해 들어온 햇살이 방안을 환하게 비추고 있다. 반팔 티셔츠에 반바지 차림의 해롤드는 장신이다. 검은 머리에 남색 눈동자, 55세지만 아직 체력이 강했고 지금도 바다 10킬로 정도를 수영으로 왕복하고 있다.

"당신 오늘은 왠지 달라진 것 같군요."

그때 캐서린의 시선을 받은 해롤드가 다시 웃었다.

"캐시, 너답지 않군. 느낀 대로 말해, 내가 성적 매력이 풍긴단 말이지?"

"그래요."

"얼굴이 달아올라 있군, 캐시."

"왜 이런지 모르겠어."

"이리와."

해롤드가 자리에서 일어서며 말했다.

"내가 일 년 동안 막혀 있던 네 스트레스를 깨끗하게 없애줄 테니까."

"내가 미쳤나봐."

바지 지퍼를 내리면서 캐서린이 말했다. 얼굴은 상기되었고 두 눈은 번들거리고 있다. 셔츠를 벗어 던진 캐서린이 브래지어 훅을 풀어 던지자 풍만한 젖가슴이 드러났다. 그때 이미 바지를 벗은 해롤드의 거대한 남성이 드러났다. 숨을 들이켠 캐서린이 그것을 보더니 주춤거리며 다가갔다.

"허니, 당신 물건이 이렇게 컸어요?"

동해상에 떠 있는 다이앤호 식당 안에서 저녁 만찬이 시작되었다. 장방형 테이블에 둘러앉은 주인과 손님은 모두 8명, 해롤드와 캐서린은 나란히 앉았고 앞쪽에 중국인 기업가 부부와 딸, 옆쪽에 해롤드의 딸 로잘린과 마리, 마리의 남편 타운젠트다.

식탁 분위기는 화기애애했다. 주방장 안드레이가 2년 전부터 부부를 지켜봤지만 오늘 같은 분위기는 처음이었다. 둘 다 들떴고 주고받는 시선이 꼭 처음 만나 끌리는 남녀 간 같았다. 그것을 두 딸 로잘린과 마리가 모를 리가 없다.

26살인 로잘린은 아직 미혼이었고 24살 마리는 결혼한 지 1년째였는데 벌써부터 남편 타운젠트와 갈등을 일으키고 있다. 사진작가인 타운젠트는 33세, 마리의 사진을 찍다가 대망을 이룬 셈이지만 지금은 배에서 내리고 싶어도 내릴 수도 없는 상황이다. 이혼을 하게 되면 어떤 조건이든지 위자료는 한 푼도 없다는 계약서를 최근에야 알게 되었기 때문이다.

"아버지, 무슨 일 있으세요?"

마침내 로잘린이 그렇게 묻자 해롤드가 빙긋 웃었다.

"무슨 일? 난 그대로인데 네 엄마가 달라진 것 같구나."

모두의 시선이 캐서린에게로 옮겨졌다. 포도주잔을 들었던 캐서린이 눈을 가늘게 뜨고 웃었다. 캐서린의 모델 시절 별명이 산탄총이다. 그것은 말을 뱉으면 앞에 선 인간들은 대부분 맞고 쓰러지기 때문이다. 그만큼 직설적이라는 뜻이다. 캐서린이 말했다.

"오늘 오전 8시 반에서 10시 반 사이의 두 시간 동안 때문이야."

"그때 무슨 일이 있었는데요?"

이번에는 마리가 묻자 캐서린이 외면한 채 대답했다. 마리는 남편 타운젠트가 배 안에 있는데도 주방보조, 갑판원하고도 바람을 피웠다. 주방 탁자 위에서 밤에 일을 벌였다가 캐서린에게 발각된 적도 있다. 비슷한 성품들은 서로 맞지 않는 법이기도 해서 캐서린과 마리는 앙숙이다.

"마리, 너한테는 말해주고 싶지가 않아."

"아유, 그럼 그만둡시다."

마리가 말했을 때 해롤드가 머리를 돌려 황윤을 보았다.

"저, 어떻습니까? 어울려요?"

"예?"

숨을 들이켰던 황윤이 곧 커다랗게 머리를 끄덕였다. 얼굴이 굳어 있다.

"그럼요, 해롤드 씨."

"다행입니다."

해롤드의 시선이 고단과 지원을 훑고 지나갔다. 그들은 해롤드가 화천인지를 안다.

주위를 둘러본 송지가 곧 선우를 찾아내었다. 선우는 벽에 등을 붙이고 앉아있었는데 어리둥절한 표정이다. 이곳은 바닷가, 건물 안이다. 책상과 의자가 놓였고 천장에는 환한 등이 붙어 있었는데 유리창 밖으로 검은 바다가 보인다.

"미래야, 우리가 몇 백 년을 건너뛰었어."

창가로 다가간 송지가 아래쪽 손잡이를 만지작거리다가 곧 창문을 열었다. 바다 냄새가 풍겨왔고 파도소리가 크게 울렸다.

"그놈이 여기로 왔단 말인가?"

주위를 둘러보던 선우가 옆으로 다가와 서면서 말했다.

"긴물이 신기하군, 나무로 만들지 않았어. 책상과 의자 재료가 처음 보는 거야."

"사형, 놈이 바다에 있어."

바다를 응시하면서 송지가 말했다.

"그렇군."

선우가 머리를 끄덕였다.

"동쪽으로 이동하고 있구나."

그때 뒤쪽에서 발자국 소리가 들리더니 문이 열렸다. 몸을 돌린 둘은 방으로 들어선 사내를 보았다. 제복을 입은 사내가 둘을 보더니 눈을 크게 떴다.

"당신들, 어떻게 들어왔어?"

사내의 눈동자가 분주하게 굴렀다.

"그 옷은 뭐야?"

둘은 긴 두루마기에 가죽신 차림이다. 허리에는 장검을 찼고 머리에 두건을 썼으니 괴이하게 보일 만했다. 그때 송지가 다가가자 사내는 허리에 찬 쇠뭉치를 빼 들었다.

"움직이지 마!"

사내가 겨누고 있는 쇠뭉치에 새끼손가락이 들어갈 만한 구멍이 뚫려 있다.

"이것들이 공안 사무실에 마음대로 들어오다니! 아니, 너희들 사극에 나오는 배우 흉내를 내는 거야? 손들어!"

사내가 쇠뭉치를 흔들면서 소리치자 복도에서 발자국 소리가 다가왔다. 떠들썩한 소리를 듣고 오는 모양이다.

머리를 든 화천이 서쪽에서 울리는 소음을 들었다. 우르릉대는 소리는 천둥 같기도 하고 철판이 떠는 것 같기도 하다. 이것은 화천란이 느는 소리다. 앞에 서 있는 캐서린은 듣지 못한다.

"허니, 잘까?"

창가에 서 있던 캐서린이 눈웃음을 치면서 물었는데 얼굴이 상기되어 있다. 밤 10시 반, 배는 소리 없이 동진하고 있다. 검은 바다는 잔잔했고 선장은 시속 30킬로의 저속으로 미끄러지듯이 배를 항진시키고 있다. 화천이 머리를 끄덕이자 캐서린이 다가왔다.

"불 켜놓을까?"

"왜?"

"당신을 보고 싶어서."

"뭘?"

"당신을 보고 만지고 싶어."

"미쳤군."

"이런 감정 처음이야, 허니."

침대 끝에 선 캐서린이 가운을 벗어 바닥에 떨어뜨리면서 말했다. 가운 밑은 알몸이었으므로 둥근 배가 가쁘게 오르내리고 있다. 짙은 숲 사이로 붉은 골짜기도 다 드러났다.

캐서린이 일부러 다리를 조금 벌리고 섰기 때문이다. 캐서린이 번들거리는 눈으로 화천을 보았다.

"허니, 당신하고 같이 살면서 오늘 아침 같은 쾌감은 맛보지 못했어."

"네가 그동안 딴짓만 했기 때문에 잊고 있었던 거야."

"아냐, 당신은 달라졌어."

시트를 들치고 들어온 캐서린이 화천의 남성을 두 손으로 움켜쥐었다. 화천의 남성은 이미 단단해져 있다.

"봐, 전에는 이렇게 크지 않았어."

"네가 제대로 보기나 했나?"

"그렇지만……."

이미 눈이 풀린 캐서린이 말을 더듬었을 때 화천은 어깨를 당겨 눕혔다. 소음이 들리고 있었지만 아직 변동은 없다. 이것은 곧 시공이 열렸다는 것을 의미한다. 가까운 곳에서 시공이 열렸다는 것은 놈들이 따라 들어왔다는 것이다. 화천은 헐떡이는 캐서린을 눕히고 위로 올랐다.

그러나 이 시대에 적응하려면 최소한 며칠은 기다려야 할 것이다. 그동안은 시간이 있다. 그때 캐서린이 비명 같은 탄성을 뱉었다. 몸이 합쳐졌기 때문이다.

다음 날 아침 식탁에 다시 둘러앉았을 때 화천은 지원의 얼굴이 굳어 있는 것을 보았다. 그와 대조적으로 캐서린의 표정은 밝다. 웃음 띤 얼굴로 혼자서 떠들었는데 덕분에 식탁의 분위기는 떠들썩해졌다. 둘째 딸 마리가 장단을 맞추었고 마침내 큰딸 로잘린도 쓴웃음을 짓더니 따라 웃었다. 황윤과 고단은 지원의 분위기가 걸리는지 자꾸 눈짓을 하더니 식사를 하는 둥 마는 둥 하고 일어섰다. 그때 화천이 말했다.

"내가 상의드릴 일이 있으니까 곧 방으로 찾아가 뵙지요."

"예, 알겠습니다."

황윤 가족이 식당을 나갔을 때 캐서린이 물었다.

"허니, 저 사람들하고 한국에서도 같이 지낼 건가요?"

"아니, 인천에 내려놓고 헤어질 거야."

"아버지, 드릴 말씀이 있어요."

로잘린이 말했으므로 화천이 머리를 들었다. 로잘린은 금발에 푸른 눈의 미녀다. 조지 헤롤드는 로잘린에게 기업을 싱속해줄 에징이어서 지금 후계자 수업 중이라고도 볼 수 있을 것이다. 로잘린이 말을 이었다.

"어젯밤에 도미니크 전자를 체크해봤더니 주식이 모두 처분되었더군요."

화천이 머리만 끄덕였고 로잘린이 말을 이었다.

"우리가 대량으로 사놓은 알파사, 쥬닌제약, 모로코 국채까지 약 10억 불어치가 처분되었는데 어떻게 된 거죠?"

"내가 재투자를 위해서 비축금으로 만들어 놓은 거다."

화천이 부드러운 시선으로 로잘린을 보았다.

"나머지는 네가 관리해라, 내가 비밀번호를 줄 테니까."

"네, 아버지."

로잘린의 눈동자에 생기가 돌아왔다. 비밀번호를 준다는 것은 자금 운용을 맡기겠다는 말인 것이다. 남아있는 자금만 해도 10억 불 가깝게 된다. 캐서린과 마리의 얼굴에 부러운 기색이 덮였다가 곧 사라졌다. 이미 로잘린이 후계자로 지명된 지 1년이나 지난 것이다.

황윤의 방으로 들어선 화천이 창가의 의자에 앉았다. 방안에는 황윤 가족 셋이 모두 모여서 기다리고 있다.

"오늘 밤에 인천항에 입항을 할 텐데 우리 넷만 하선하는 겁니다."

화천이 셋을 둘러보며 말했다.

"배가 정박한 후에 모터보트로 아래쪽 바닷가로 내려가 밀입국을 하는 수밖에 없어요."

"그럼 헤롤드 씨가 없어지면 가족들이 찾지 않을까요?"

황윤이 걱정스러운 표정으로 묻자 화천이 쓴웃음을 지었다.

"지금 조지 헤롤드는 칭다오 호텔에서 여자하고 놀고 있어요."

"아아."

"우리가 한국에 입국한 후에 내일 오후쯤 배에 남아있는 헤롤드 가족에게 연락을 해서 내가 갑자기 일이 생겨서 혼자 비행기로 칭다오에 돌아왔다고 하면 됩니다."

"아아."

"그럼 가족들이 다시 칭다오로 돌아가 헤롤드를 만나게 되겠지요."

지원의 시선을 받은 화천이 얼굴을 펴고 웃었다.

"헤롤드는 지난 사흘간의 일은 하나도 기억하지 못할 겁니다. 그러니 예전의 난봉꾼 조지 헤롤드로 돌아가게 되겠지요."

그러고는 화천이 헤롤드의 얼굴을 손바닥으로 쓸면서 말을 이었다.

"덕분에 나도 거금을 쥐게 되었습니다."

"감사합니다, 선생님."

황윤이 다시 사례했고 고단도 머리를 숙였다.

"머릿속에 넣을 것이 엄청나군."

송지가 컴퓨터를 응시하며 말했다. 이곳은 칭다오 연안 여객선 부두 위쪽의 공안 파견소 안. 이 층 사무실 안에는 불이 환하게 밝혀졌고 송지와 선우가 각각 컴퓨터를 들여다보는 중이다.

방구석에는 목이 꺾인 공안 네 명이 나란히 눕혀져 있었는데 그들로부터 컴퓨터 사용법까지 배운 후에 죽인 것이다. 제각기 한 명씩을 골라 손바닥을 머리에 얹고 뇌에 박힌 컴퓨터 운용법을 이식받은 터라 자판을 두드리는 손놀림도 날렵하다.

둘은 공안의 제복까지 빼앗아 입고 있는 데다 머리까지 나듬어서 얼핏 보면 공안 같다.

"380년을 건너뛰다니."

송지가 자판을 두드리며 말했다.

"사형, 현재 지식만 쓸어 담도록 해, 내일 아침이면 교대자들이 올 테니까."

"한 달이면 충분해."

방안에 쌓아놓은 식량은 한 달분이다. 사무실 안의 공안은 내일 아침 7시까지 8시간 동안에 한 달로 따로 운용된다. 화천이 동굴 속에서 7년 4개월간을 지낸 것과 같은 방법이다.

"명이 망하고 청이 일어섰구먼. 종광도 아니고 주왕 호공도 아니야."

선우가 탄식했다.

"이자성이란 놈이야, 이놈이 청을 세우고 황제가 되는구먼."

"사형, 그쯤은 건너뛰라고, 청도 멸망했지 않아?"

송지가 다시 주의를 주었다.

"지금은 중화민국이야, 바깥으로 나가려면 택시를 어떻게 타는가? 신분증은 무엇이 필요한가? 화폐는 어떻게 쓰는가를 머릿속에 넣어야 된다고."

둘은 열중했다. 이것도 내공(內功) 수련이나 같다.

"그놈이 동쪽 바다에 떠 있어."

컴퓨터를 두드리면서 선우가 말했다.

"기다려라, 이놈."

공간을 뚫고 온 인간에게는 울림소리가 난다. 수백 리 떨어져 있더라도 바로 옆에 있는 것처럼 천둥소리 같은 울림이 느껴지는 것이다. 이것은 공간을 이동한 존재들끼리만 들리고 느끼는 현상이다. 거리가 멀면 느끼지 못하겠지만 자석처럼 끌리는 기운이 있기 때문에 멀어지지도 않는 것이다.

"저곳에 배를 붙여라, 피터."

화천이 말하자 피터가 바닷가로 모터보트를 틀었다. 이곳은 인천 아래쪽의 이름 없는 어항. 짙은 밤이어서 어항의 부두만 희미하게 보인다. 속력을 늦춘 보트가 천천히 어항으로 다가가 부두에 선체를 붙였다. 부두에는 10여 척의 어선만 매여 있을 뿐 인기척도 없다. 가로등 하나가 길가에 밝혀져 있었으므로 그 뒤쪽 도로는 보인다. 그때 화천이 피터에게 말했다.

"피터, 우리는 이곳에 내릴 테니까 넌 배로 돌아가."

"네?"

"가서 연락 기다려라. 우린 이곳에서 만날 사람이 있다."

"알겠습니다."

화천이 황윤 가족과 함께 부두에 내리자 곧 피터는 뱃머리를 돌리더니 검은 바다를 향해 나갔다.

"자, 이제 한국에 온 겁니다."

화천이 웃음 띤 목소리로 말했으므로 지원이 시선을 들었다가 숨을 들이켰다.

눈앞에 화천이 서 있는 것이다. 헤롤드가 사라지고 화천이 나타났다. 화천을 본 황윤과 고단도 탄성을 뱉었다.

"이제 살 것 같아요."

고단이 밝은 목소리로 말했다.

"선생님의 본 얼굴을 뵙게 되어서 안심이 돼요."

"자, 이제 차를 잡아타고 서울로 들어갑시다."

화천이 선창 밖으로 앞장서 나오면서 말했다.

"여긴 한국이오, 나는 지금부터 한국인 행세를 할 거요."

"한국말 아십니까?"

황윤이 묻자 화천이 빙그레 웃었다.

"한국말도 다 배워놓았소."

서울, 대한민국의 수도. 테헤란로의 작고 아담한 호텔 커피숍 안, 오전 11시, 화천이 황윤 가족과 함께 앉아있다. 커피숍은 손님이 많았는데 이곳저곳에서 중국말이 들린다. 관광객들이다. 화천 일행은 어젯밤 늦게 이곳에 투숙했지만 여권을 제시하지 않아도 되었다. 돈만 내면 되었기 때문에 방 3개짜리 스위트룸을 빌려 투숙하고 있다.

"은행에서 현금을 찾을 수가 있습니다. 그래서 선생님께 인사를 해야겠는데요. 저하고 같이 은행에 가시지요."

"아니, 난 헤롤드의 주식 판 돈이 있소."

화천이 웃음 띤 얼굴로 말하자 황윤은 물론 고단과 지원의 시선이 모였다. 화천이 말을 이었다.

"헤롤드의 재산 일부를 내 구좌로 옮겨놓았거든요. 아마 황 선생 재산보다 많을 거요."

그러더니 탁자 위에 놓았던 핸드폰을 들면서 말했다.

"참, 인천항에서 기다리고 있는 헤롤드 가족에게 연락을 해줘야 겠군."

화천이 세 쌍의 시선을 받으면서 버튼을 누르고는 핸드폰을 귀에 붙였다.

"아, 캐시."

캐서린의 애칭이다. 화천이 유창한 영어로 말을 잇는다.

"나, 서울에서 잠깐 일을 보고 비행기로 칭다오에 돌아갈 테니까 다시 칭다오로 돌아가도록 해."

"알았어요, 허니."

캐서린이 고분고분 대답하자 화천이 말을 이었다.

"지금 출발해. 난 오후 비행기로 떠날 테니까 내가 먼저 도착해 있을 거야, 프린스 호텔의 그 스위트룸에서 기다리고 있을게."

핸드폰을 귀에서 뗀 화천이 웃음 띤 얼굴로 황윤 가족을 보았다.

"자, 이제 끝났소."

"선생님, 그럼 어떻게 하시려고……."

불안한 표정으로 고단이 묻자 화천이 쓴웃음을 지었다.

"나도 당분간 이곳에서 기반을 굳힐 거요, 그러나 자주 연락을 하십시다."

자리에서 일어선 화천이 세 가족을 둘러보았다. 셋은 따라 일어섰는데 모두 안타까운 표정들이다.

"어려운 때는 바로 연락을 하시도록."

화천이 몸을 돌렸다.

"선생님."

뒤에서 부르는 소리에 화천이 몸을 돌렸다. 지원이 다가오고 있다. 호텔 현관 앞이다. 햇살이 환하게 쪼이는 맑은 날씨다. 다가선 지원이 화천을 보았다.

"언제 연락해주실 거죠?"

지원의 눈동자가 똑바로 화천을 응시하고 있다. 눈동자가 깊게 느껴졌다. 금방이라도 화천의 가슴에 안길 것 같은 표정이다. 그때 화천이 말했다.

"나하고 떨어져 있어야 돼."

"왜요?"

"날 쫓는 놈들이 있어."

"삼합회인가요?"

화천의 얼굴에 쓴웃음이 번졌다.

"아냐, 시공 이동으로 내 뒤를 따라온 초능력자들이야."

"선생님보다 강한가요?"

"그건 잘 모르지만 내 주위에 있다가 놈들에게 해를 입을 수가 있어."

"하지만……."

"내가 어려울 때는 찾을 테니 걱정하지 마."

화천이 지그시 지원을 보았다. 지원의 뜨거운 몸이 떠올랐고 이어서 부드러운 촉감까지 느껴졌다. 화천이 손을 뻗어 지원의 손을 쥐었다. 그 순간 뜨거운 기운이 지원의 팔을 통해 온몸으로 옮겨졌다.

"아."

순간 놀라 입을 딱 벌린 지원의 얼굴이 붉게 상기되었다. 다리의 힘이 풀린 지원이 허물어지듯 주저앉으려고 했으므로 화천이 다른 손을 뻗어 겨드랑이를 부축했다.

"아아아."

지원의 입에서 신음이 터졌고 눈이 감겼다. 지원이 순식간에 절정에 오른 것이다. 그때 화천이 지원의 몸을 바로 세워주면서 말했다.

"자, 정신 차려."

지원이 새빨개진 얼굴로 눈을 뜨더니 화천을 보았다.

"마하트."

지원의 입에서 저절로 터진 말이다.

여의도 대동교회 안, 토요 예배가 끝난 오후 7시 반, 담임목사 이광수가 부목사 양기철, 장로 유병진, 권사 서영미와 함께 회의를 하고 있다. 대동교회는 아파트단지 사이에 위치해 있지만 요즘 급격한 교세 감소로 비상이다. 그래서 청년반, 장년반을 동원, 강남 지역에까지 파견해서 교인을 모집했지만 두 달 동안에 오히려 1백여 명이 감소했다.

현재 매주 성금을 내는 교인은 350명, 1년 전만 해도 1,500여 명 가깝게 되던 대동교회의 교세가 1년 만에 거의 30퍼센트 수준으로 줄어들었다. 그 가장 큰 원인은 담임목사인 이광수의 무능이며 두 번째는 1년 전에 분가한 부(副)목사 박찬성의 배신이다.

박찬성은 5백 미터도 안 되는 가까운 거리에 새롬교회를 창립, 대동교회 교인 1천여 명을 빼갔다. 지금도 빼가는 중이어서 대동교회는 곧 망한다는 소문이 났다.

"나쁜 놈입니다."

장로 유병진이 분개한 표정으로 말했지만 목소리가 공허했다. 벌써 이런 말을 수백 번 썼기 때문이다. 75세의 유병진은 대동교회의 창립 공신이기도 하다. 이광수가 25년 전 여의도에서 30평짜리 사무실을 임대해서 개척교회를 세웠을 때 같이 피땀 흘려 교인들을 모았던 것이다.

지금 배신하고 나간 박찬성은 10년 전에 다 된 밥에다 숟가락만 들고 들어왔던 놈이다. 그러나 박찬성은 언변이 좋았고 첫째 훤칠한 용모의 미남이었다. 여자 교인들의 전폭적인 지지를 받고 승승장구하다가 배신하고 나간 것이다.

"주께서 기적을 내려 주시기를 기도하십시다."

유병진이 떨리는 목소리로 말하자 어깨를 늘어뜨린 이광수가 두 손을 마주 쥐었다. 언제나 회의는 이렇게 끝나는 것이다.

화천이 손에 팸플릿을 쥐고 빈 교회에 앉아있다. 오후 8시, 문이 열려있었기 때문에 안으로 들어온 것이다. 전등이 환하게 켜져 있었지만 교회당 안에는 화천 혼자뿐이다. 2층 좌석까지 1,500석 규모인 교회다. 강남 호텔 근처에 떨어져 있던 팸플릿을 우연히 집어 들고 읽었던 것이 이곳을 찾아온 계기가 되었다.

"주님이 내려다보고 계신다."

"시공을 뛰어넘어 주 예수께서 오셨다."

"주님을 믿으라, 바로 네 위에 계신다."

"믿으라, 그러면 얻을 것이다."

등이 쓰여 있는 대동교회 팸플릿이다. 화천에게는 이 예수라는 존재가 자신을 따라 시공을 뛰어넘어온 존재로 느껴졌던 것이다. 그래서 약도에 적힌 대로 찾아왔더니 십자가에 못으로 박혀있는 사내가 보였다. 그 사내가 건물 중앙에 있는 것을 보니 그가 예수인 것 같다. 그가 살아 돌아왔다는 말인가? 그때 정면 연단 왼쪽의 문이 열리더니 노인 하나와 여자가 나왔다. 연단을 내려오던 둘이 화천을 보더니 놀란 것 같다. 주춤거리면서 둘이 다가왔다. 빈 교회당에 혼자 앉아있는 것이 이상한 데다 처음 보는 얼굴이기 때문일 것이다. 다가선 노인이 먼저 입을 열었다.

"오늘 예배는 다 끝났는데, 누구 찾아오셨습니까?"

화천이 노인을 보았다. 주름살투성이의 얼굴이었지만 눈이 맑다.

"예수를 찾아왔는데."

화천이 존댓말을 빼버렸다. 한국말은 물론이고 중국어, 영어, 일본어, 러시아, 독일어 등 15개국 언어를 머릿속에 넣었지만 한국말이 까다롭다. 존댓말을 넣으면 말이 길어진다.

그때 노인과 여자가 서로의 얼굴을 보더니 머리를 끄덕였다. 화천의 시선이 여자에게로 옮겨졌다. 화장기 없는 얼굴, 점퍼에 바지 차림이었지만 군살이 없는 몸매다. 그러나 성숙한 몸이어서 익은 여자의 향기가 맡아졌다. 화천의 시선을 받은 여자의 얼굴이 조금 붉어졌다. 눈빛을 느낀 것이다. 그때 노인이 말했다.

"그러시군요. 예수 그리스도를 찾아오셨군요. 반갑습니다."

"지금 안에 있어?"

"예?"

"지금 만날 수 있느냐고?"

"저기 계시지 않습니까?"

노인이 십자가에 박힌 조각상을 가리켰으므로 화천이 입맛을 다셨다.

"저건 조각상 아닌가?"

"예?"

"이 종이에는 이곳에서 만날 수 있다고 해서 찾아왔는데."

그때 다시 서로의 얼굴을 마주본 노인이 쓴웃음을 짓고 화천에게 말했다.

"예, 맞습니다. 지금 주 예수 그리스도를 만나고 계십니다."

"어디 있느냐니까? 저 조각상 말고."

"지금 내려다보고 계십니다."

노인이 천장을 가리켰으므로 화천이 그쪽을 보았다. 없다. 쓴웃음을 지은 화천이 긴 숨을 뱉고 말했다.

"거짓말을 하면 안 된다, 노인."

"장로님, 그만 가시지요."

여자가 말했는데 목소리가 울림이 있다. 그 순간 화천이 여자를 보았다.

"그대는 아이가 하나 있구나."

화천의 머릿속에 다섯 살짜리 여자아이의 모습이 떠올랐다. 유아원 제복을 입은 가슴에 이선주라는 이름표가 붙어 있다.

"이름이 이선주구나."

"누, 누구세요?"

눈을 크게 뜬 여자가 물었을 때 노인이 바짝 다가섰다. 거짓말하지 말라는 소리를 듣고 화가 났던 참이다.

"너, 누구냐?"

그때 화천이 얼굴을 펴고 웃었다.

"유병진, 너는 마음이 선하고 곧다."

"누, 누구냐? 이놈."

노인의 얼굴이 하얗게 굳어졌다. 그때 화천이 말했다.

"나는 화천, 먼 세상에서 왔다."

그 순간 화천의 몸이 사라졌으므로 둘은 숨을 들이켰다.

"이, 이게 어떻게 된 일이야?"

의자를 둘러본 유병진이 서영미를 보았다. 텅 빈 예배당에는 그들 둘뿐이다.

"장로님, 무서워요."

서영미가 어깨를 움츠리더니 떨기 시작했다.

"이, 이건 분명히……."

"귀, 귀신은 아니야, 귀신은 아냐."

교회에 귀신이 나타날 리 없는 것이다. 유병진의 목소리도 떨렸다.

오후 8시 40분이었으니 9시 20분 전이다. 유아원 안에는 선주 혼자 앉아서 장난감을 갖고 놀고 있었는데 원장도 보이지 않았다. 그것을 본 서영미의 가슴이 미어지면서 숨이 들이켜졌다. 그러더니 저절로 눈에서 눈물이 주르르 흘러내렸는데 멈추지가 않는다. 손바닥으로 황급히 눈물을 훔치고 난 서영미가 문을 열면서 속으로 말했다.

"내가 미쳤지."

그때 머리를 든 선주가 서영미를 보았다.

"엄마아!"

장난감을 내던진 선주가 두 손을 벌리며 달려왔다. 서영미가 선주를 안아 들었을 때 안쪽 문이 열리더니 보육원 원장 천금숙이 나왔다.

"왔어?"

"언니, 늦어서 죄송해요."

"괜찮아, 선주가 착해서."

웃음 띤 얼굴로 말한 천금숙이 주춤거렸을 때 서영미가 말했다.

"언니, 보육비 내일 드릴게요."

"응, 그래."

"죄송해요, 그것도 늦이시."

"괜찮다니까 그러네."

천금숙이 긴 숨을 뱉더니 서영미의 어깨를 어루만졌다. 둥근 얼굴에 그늘이 졌다.

"영미, 너도 언제 밝아질래?"

"아니?"

유아원을 나온 서영미가 숨을 들이켰다. 앞에 사내가 서 있다. 교회에서 본 사내다. 여기까지 따라왔는가? 저도 모르게 선주의 손을 끌어당긴 서영미가 사내를 보았다. 사내가 말을 가로막듯이 서 있었기 때문이다. 밤 8시 50분, 도로에는 행인도 오가지 않는다.

"누구세요?"

저도 모르게 그렇게 말이 나왔다. 그때 사내가 한 걸음 다가와 섰고 서영미는 반걸음 뒤로 물러섰다.

"엄마."

사내를 올려다본 선주가 서영미의 손을 당겼다.

"나, 이 아저씨 좋아."

"응?"

놀란 서영미가 선주를 보았다. 머릿속이 뒤죽박죽되면서 공포심이 잠깐 지워졌다. 그때 선주가 말했다.

"이 아저씨하고 같이 집에 가자."

"응?"

그때 사내가 말했다.

"아이들은 때 묻지 않은 눈으로 사람을 본다. 그리고 있는 그대로를 말하지."

"누구세요?"

이제 서영미의 눈빛이 강해졌고 목소리도 조금 날카로워졌다. 그때 사내가 말했다.

"예수."

"이것 보세요."

"위에서 다 내려다보는 존재."

"말조심하세요."

"기적을 일으킬 수도 있어."

"저, 우리 가겠어요."

서영미가 발을 떼자 선주가 사내에게 말했다.

"아저씨, 같이 가."

"선주야."

서영미가 선주를 잡아끌며 인도를 걷는다. 인도는 가로등이 환했고 차도를 오가는 차량 대열이 끊이지 않았으므로 서영미는 조금 마음이 놓였다. 이곳은 당산동의 아파트단지 뒤쪽에 새로 뚫린 도로다. 서영미의 집은 아직 철거되지 않은 주택 지하 셋방이다. 유아원에서 5백 미터 거리였지만 오늘은 5킬로는 되는 것 같다. 걸음을 열 발짝쯤 걷는 동안 사내는 서영미의 옆을 따라왔는데 입을 열지 않는다. 조금 안정을 찾은 서영미가 입을 열었다.

"조금만 더 가면 파출소가 있어요, 아저씨 더 따라 오면 신고할 테니까 돌아가세요."

"대동교회에 교인이 빠져나가는 것이 문제냐?"

불쑥 사내가 물었으므로 서영미가 눈을 치켜떴다. 사내가 말을 잇는다.

"이광수가 기를 쓰고 있지만 안 되는구나. 할 수 없지, 언변도 부족하고 박찬성보다 멀끔하지도 못한 데다 거짓말도 못 하니."

"파출소 다 왔어요."

서영미가 눈으로 앞쪽을 가리켰다. 파출소다. 불을 환하게 밝힌 파출소 안에서 오가는 경찰관들이 보였다. 그때 사내가 말했다.

"옛날 백상교도 그런 경우가 있었지. 그때도 기적이 필요했다. 너희들이 바라는 것처럼 말이다."

사내는 화천이다. 끌리듯이 서영미를 따라온 것이다. 그때 화천이 말했다.

"아이까지 유아원에 맡기고 교회 일로 아침부터 밤늦게까지 돌아다니는 너도 정상인이 아니다."

"이것 보세요."

파출소가 30미터 거리였으므로 서영미의 목소리가 높아졌다. 서영미의 얼굴을 본 화천이 쓴웃음을 지었다.

"약점을 찌르니 아픈 모양이구나. 아픔을 느낄 정도면 아직 가능성이 있지."

"당신이 뭔데, 상관이야!"

서영미가 소리치자 선주가 손을 당겼다.

"엄마, 소리치지 마."

"넌 가만있어!"

선주를 나무랐을 때 화천이 말을 이었다.

"아이 유아원비도 못 내고 집세도 두 달이나 밀려 있지 않느냐? 내일 유아원비는 어떻게 낼 작정이냐?"

"당신 누구야!"

다시 서영미가 소리쳤지만 목소리가 떨렸다. 눈에는 눈물이 고여 있다. 화천의 얼굴에 웃음이 떠올랐다.

"예수라고 하지 않았느냐?"

그때 선주가 웃음 띤 얼굴로 화천에게 말했다.

"예수 아저씨."

"그래, 선주야 네가 착하구나."

"우리 엄마가 화내도 혼내지 마세요."

"오냐, 네 엄마는 화를 내는 것이 아니란다. 슬퍼서 그런단다."

선주에게서 시선을 뗀 화천이 정색하고 서영미를 보았다.

"네가 내일 유아원비 낸다고 했지만 어디서 돈 빌릴 곳도 없고 빌릴 만한 비위도 없다. 그래서 내일은 교회 나가지 않고 선주 데리고 집에 있을 생각이었지?"

"……."

"요즘 죽고 싶다는 생각을 많이 한 것 같더구나, 그래서 더 자주 예수한테 갔지만 방법은 나오지 않았고."

"……."

"그래서 내가 온 거다. 이것도 기적이다."

그때 화천이 주머니에서 지폐 뭉치를 꺼내 서영미에게 내밀었다.

"이것, 받아라."

서영미가 돈뭉치를 보았다. 5만 원권 뭉치, 5백만 원이다.

"이거 받고 집세 밀린 것, 선주 유아원비 다 내고 내일 옷도 사 입혀라. 신발도 사준다고 했지 않느냐? 그렇지, 명품으로 사. 요즘 애들은 명품을 안다."

서영미의 점퍼 주머니에 돈을 쑤셔 넣은 화천이 말을 이었다.

"그리고 내일 오후 2시에 이광수하고 유병진까지 교회에서 기다려라. 내가 찾아간다고 전해, 예수가 간다고."

그 순간 서영미가 숨을 들이켰다. 눈앞에 서 있던 화천이 사라졌기 때문이다. 교회에서처럼 없어졌다. 그래서 꿈이 아닌가 눈을 두어 번 껌벅였다가 손을 점퍼 주머니에 넣었다. 돈뭉치가 잡혔으므로 꺼내 보았더니 5만 원권이 그대로 있다. 5백만 원, 그때 선주가 서영미의 손을 흔들며 물었다.

"엄마, 아저씨 어디 갔어?"

"됐다."

어느덧 수염이 덥수룩하게 자란 얼굴로 선우가 웃었다.

"이제 이 새 세상이 다 머릿속에 들어왔다."

선우가 손으로 제 머리를 가리켰다. 어느덧 창밖이 밝아지고 있다. 아침이다.

그러나 방안에서 둘은 한 달을 보낸 것이다. 한 달 동안 먹고 마신 통조림과 빈 병이 방구석에 어지럽게 쌓였고 선우는 옷을 갈아입지 않아서 노숙자 수준이다.

"자, 걷을 거야."

송지가 말하더니 선우의 옷자락을 잡고 손을 휘둘러 방안과 밖의 시간을 일치시켰다. 그 순간 둘은 동시에 천둥소리 같은 울림을 듣는다.

"바다 건너편이군."

선우가 창밖 바다를 응시하며 말했다.

"저쪽은 한국이야."

"자, 사형, 이제 나가서 옷차림부터 꾸며야지."

앞장서 문밖으로 나오면서 송지가 말했다. 오전 7시가 되어가고 있다.

"그렇군. 우선 헤어숍부터 들러야겠다."

이제 선우의 입에서 저절로 영어까지 흘러나온다.

"만들 것이 많아. 여권, 카드, 자동차 운전면허증."

"우선 돈부터 구해야겠다."

말을 받은 선우의 목소리도 활기를 띠고 있다.

"돈이면 다 되는 세상이라고 하지 않느냐?"

컴퓨터에서 다 습득한 지식인 것이다. 둘은 곧 새 세상인 칭다오 시내로 들어선다.

"왔어?"

서영미를 맞는 천금숙의 눈동자가 흔들렸다. 오전 11시 반. 8시 반에 선주를 유아원에 데려다주었는데 세 시간이나 늦었으니 오늘 안 오는 줄 알았을 것이다.

더구나 오늘 밀린 유아원비 50만 원을 주기로 했던 터라 돈이 없으니 안 보냈을 것이라고 믿었던 터다.

"언니, 애 옷 좀 사 입히느라고."

서영미가 선주를 앞쪽으로 밀면서 말했을 때 천금숙의 눈이 커졌다.

"어머, 민풀이네."

민풀은 외제 명품이다. 선주는 민풀 패딩자켓을 사 입혔는데 30만 원짜리다. 3만 원짜리를 입다가 10배나 비싼 명품으로 바꿨다. 그때 서영미가 천금숙에게 봉투를 내밀었다.

"언니, 1배만 윈 넣었어요."

"응?"

놀란 천금숙이 봉투부터 받았을 때 서영미가 웃음 띤 얼굴로 말했다.

"언니가 요즘 돈 필요하시다고 해서 다음 달 유아원비까지 미리 낼

게요."

"아유, 어쩜 좋아."

착한 천금숙의 눈에 금방 눈물이 고였다. 연립주택에서 아이들 넷을 돌보고 있는 천금숙은 항상 돈에 쪼들렸다.

"고마워, 선주 엄마."

봉투를 두 손으로 움켜쥔 천금숙이 울먹였다.

"돈이 들어온 모양이지?"

"네, 주님이 도와주셔서……."

"아이고, 그래."

무신론자인 천금숙이 보통 때 그런 말을 듣는다면 대꾸도 안 했을 것이다.

"언니 부탁해요."

이미 동무들하고 놀이에 빠져있는 선주를 보면서 서영미가 말하자 천금숙이 문 앞까지 따라 나왔다.

"걱정 말고 일봐, 나한테 맡기고."

천금숙의 목소리가 전보다 더 다정하게 들렸다.

화천이 앉아있는 곳은 PC방이다. 어둑한 PC방에는 온갖 소음으로 가득 차 있었는데 손님은 초등학생부터 30대까지 다양했다. 모두 게임을 하는 중이다. 그러나 화천은 인터넷 검색을 하고 있다. 바로 이 세상의 종교다. 기독교와 천주교를 샅샅이 검색하다가 불교와 이슬람교까지 섭렵하는 중이다. 이윽고 모니터 화면을 닫은 화천의 얼굴에 쓴웃음이 번졌다.

지난 세상에서 백상교와 마교 등으로 나뉘어 세력을 모아왔던 것과 비슷하다. 이곳은 마교 대신 예수그리스도를 믿는 기독교와 석가모니를 믿는 불교, 마호메드가 창시한 이슬람교 등이 거대한 교세를 이루고 있다. 그런데 기독교도들은 각 지역마다 교회를 세우고 교인확보 전쟁을 치르는 모양이다. 그것은 교인들이 바로 세력이기 때문이다. 그때 옆자리에서 담배 연기가 넘어 왔으므로 화천이 이맛살을 찌푸렸다. 15살이 겨우 넘은 것 같은 아이가 게임을 하고 있다.

화천이 손을 뻗어 아이의 뒷머리를 가볍게 치자 입이 딱 닫혔다. 눈을 치켜뜬 아이가 입에 물고 있던 담배를 뽑아내다가 필터만 입안에 남았다.

"ㅇㅇㅇ."

신음을 뱉은 아이가 벌떡 일어섰지만 입도 열리지 않았다.

"영구야, 왜 그래?"

옆쪽 자리에 앉은 친구가 놀라 물었지만 아이는 이제는 두 손으로 입을 벌리려고 입술을 쥐어뜯었다. 그러나 이가 딱 악물린 입은 열리지 않았다.

"어어."

놀란 옆쪽 친구가 일어나 소리쳤을 때 아이는 얼굴을 쥐어뜯었다. 화천은 자리에서 일어나 PC방을 나왔다.

아이는 사흘쯤 턱이 굳어져서 입이 열리지 않을 것이다. 숨만 쉬고 그동안 콧구멍이나 목에 구멍을 뚫고 음식물을 넣어야 될 것이다. 병원에 가 본다고 해도 무슨 방법이 있을 리가 없다. 턱이 완전히 굳어져 버린 터라 톱으로 잘라내야만 입이 열릴 것이다. 이것이 기적이다.

PC방을 나온 화천이 손목시계를 보았다. 오후 1시다. 이제 여의도 대동교회에 가 볼 시간이다. 서영미가 이광수와 유병진에게 말해놓았을까?

"말씀드릴 것이 있는데요."

오늘도 결론 없는 비상대책회의를 끝낸 후에 서영미가 입을 열었다. 자리에서 일어서던 모두가 움직임을 멈췄고 목사 이광수는 눈까지 크게 떴다. 회의 때 서영미가 발언하는 경우는 드물었기 때문이다. 서영미가 상기된 얼굴로 말했다.

"두 시까지 좀 기다려주실 수 없겠어요?"

"아니, 왜?"

이광수가 부드럽게 물었다. 오후 1시 40분이 되어가고 있다. 부목사 양기철이 몸을 돌려 서영미를 보았다.

"서 권사, 무슨 일 있어?"

서영미처럼 헌신적인 교인은 드물다. 젊은 나이지만 남녀노소 교인들로부터 신망을 얻고 있어서 이광수나 양기철에게는 기둥 같은 존재다. 그때 서영미가 시선을 내린 채 대답했다.

"누가 두 시에 온다고 해서요."

"누가?"

이광수가 물었고 모두의 시선이 모였다.

"저기, 어떤 사람인데요……."

서영미가 눈만 끔벅이는 유병진을 보았다.

"유 장로님, 어제 교당에서 보았던 남자분 말이에요."

"응? 어제?"

되물었던 유병선이 '아' 하는 표정을 지으면서 서영미를 보았다.

"그 사라졌던 젊은이 말인가? 그, 마술사 같은 사람……."

"누군데요?"

이광수가 묻자 유병진이 대답했다.

"예, 어제 회의 끝나고 교당에서 만났는데 이상한 소리만 해대는 젊은이였는데, 조금 실성한 것 같기도 하고……."

"그래서요?"

"그런데 이야기하다가 휙 사라졌단 말입니다. 멀쩡한 교당 복판에서 말이오."

유병진이 이제는 서영미에게 물었다.

"그런데 그 사람이 2시에 온다고? 그 사람 만났어?"

그때 뒤쪽에서 목소리가 들렸다.

"나, 여기 있어."

대경실색한 넷이 일제히 뒤쪽을 보았다. 십자가가 박혀 있는 기둥 밑에 사내가 서 있다. 건장한 체격, 웃음 띤 얼굴로 네 쌍의 시선을 받은 채 사내가 말을 이었다.

"너희들이 바라는 기적을 내가 보여주기로 하지, 그러면 빼앗겼던 교인뿐만 아니라 다른 교회의 교인들까지 구름처럼 밀려올 거야."

"당신 누구야?"

성격이 깐깐한 양기철이 한 걸음 다가서며 물었다. 양기철은 45세, 박찬성 대신 부목사가 되었지만 언변이 부족했고 성격이 거칠었다. 다만 신심(神心)이 강한 데다 이광수에 대한 충성심이 뛰어나서 신임을 받고 있다. 그때 사내가 말했다.

"내가 기적을 보여주마."

화천이 지그시 양기철을 보았다. 심신공 심법 70장의 심안(心眼)이다.

153

상대의 눈을 보면 마음을 읽고 과거까지 주르르 머릿속에 들어오며 한 걸음 더 나아가면 마음을 조종하고 눈빛만으로 쾌락을 느끼게 되는 것이다. 그때 화천의 시선을 받은 양기철이 입을 열었다.

"그렇습니다. 제가 박찬성하고 같이 음모를 꾸몄습니다. 대동교회의 모든 전략이 박찬성에게 흘러가는 것은 제가 박찬성에게 정보를 주기 때문입니다."

"아니, 부목사?"

놀란 이광수가 엉겁결에 불렀지만 화천을 응시한 채 양기철이 말을 이었다.

"예, 회의 끝나면 바로 박찬성에게 내용을 다 말해주었지요, 그러니 박찬성이 한걸음 먼저 대책을 세우고 교인을 빼내 갈 수 있었던 것입니다."

"너하고 박찬성이는 언제부터 계획을 세웠느냐?"

화천이 묻자 양기철이 머리까지 끄덕이며 대답했다.

"계획은 3년쯤 전부터 세웠지요, 교회를 증축하고 교세를 확장시키자고 박찬성이 주장했을 때 목사님이 그럴 자금으로 복지사업을 해서 어려운 신자들을 돕자고 했을 때부터입니다."

"그래서 너희들 계획은?"

"올해 안에 대동교회를 문 닫게 하고 새롬교회가 이곳으로 이전해 오는 것입니다. 이 부지가 넓고 위치도 좋거든요."

그러더니 덧붙였다.

"제가 박찬성의 후계자처럼 부목사가 되기로 했습니다."

"에이, 나쁜 놈!"

그때 유병진이 버럭 소리쳤고 아연해진 이광수는 벌린 입을 다물지 못했다. 놀라지 않은 사람은 서영미뿐이다. 그때 양기철이 말을 이었다.

"박찬성에게 이번 달에 교인이 1백 명 가깝게 옮겨갈 것입니다. 그럼 대동교회에는 2백여 명만 남게 되지요. 옮겨갈 교인들은 며칠 전에 서약서까지 다 작성해서 바쳤습니다."

"이, 나쁜 놈들!"

유병진이 다시 외쳤지만 목소리가 공허했다. 그때 시선을 뗀 화천이 이광수를 보았다.

"이제 곧 양기철이는 제정신이 돌아와서 제가 방금 무슨 말을 했는지도 잊게 될 것이다. 자, 보아라."

그 순간 양기철이 부르르 몸서리를 치더니 주위를 둘러보았다. 시선이 화천에게 옮겨졌을 때 양기철이 물었다.

"아니, 이 사람이 누굽니까?"

"내가 불렀어."

이광수가 그렇게 대답했으므로 화천의 얼굴에 웃음이 떠올랐다.

"부목사님, 방금 무슨 말했는지 아시오?"

유병진이 굳어진 목소리로 물었을 때 양기철의 이맛살이 찌푸려졌다.

"장로님, 내가 이 사람이 누구냐고 물은 것이 잘못된 겁니까?"

"아니."

손을 저은 유병진이 길게 숨을 뱉었을 때 이광수가 화천에게 밀했다.

"자, 믿겠소. 그럼 지금부터 어떻게 하면 되겠습니까?"

그때 서영미가 입을 열었다. 얼굴이 상기되어 있다.

"예수님, 기적을 내려주세요."

"비행기를 타고 가는 것이 낫겠다."

동쪽을 응시하며 선우가 말했다.

"변신해서 비행기 안으로 들어갈 수도 있겠지만 좌석제야, 앉아서 갈 좌석이 없으면 통로에 서서 가야 돼."

"동쪽이 한국이야, 한국어 배웠지?"

송지가 묻자 선우는 쓴웃음을 지었다.

"사매, 내 의욕은 너보다 강하다. 다만 성취력이 조금 뒤지지만 말이야."

"그럼 한국인 관광객 남녀 둘을 잡아서 그것들 행세를 하기로 하지."

송지가 결정하더니 주위를 둘러보는 시늉을 했다. 오후 4시 반, 이곳은 칭다오 시내 번화가의 커피숍 안이다. 이제 둘은 명품 의상을 걸치고 각각 유행하는 헤어스타일로 다듬어진 젊은 한 쌍이다. 돈이 필요할 것 같아서 둘의 손가방에는 1만 위안권 뭉치가 서너 개씩 들어 있다. 은행에서 집어온 돈이다.

"저기 한국인이 있군."

먼저 한국인을 발견한 선우가 눈으로 구석 쪽 자리를 가리켰다. 중년 남녀가 앉아 있었는데 남자는 왜소했고 여자는 흰머리에 거구다. 입맛을 다신 송지가 시선을 떼면서 말했다.

"서둘지 말고 조금 더 어울리는 사람을 찾아봐."

"하긴 그렇다."

"관광객으로 찾아, 저 사람들은 이곳에서 사는 한국인이야."

"그런 모양이군."

"그런데 왜 그놈이 바다를 건너갔지?"

이맛살을 찌푸린 송지가 동쪽을 보았을 때 한 쌍의 남녀가 들어왔

156

다. 둘 다 명품 등산복 차림에 배낭을 메었는데 영락없는 관광객이다. 그리고 남녀 모두 훤칠한 키에 잘생긴 용모의 젊은 남녀다. 송지와 선우의 시선이 마주쳤고 동시에 웃음이 떠올랐다.

"적당하구나."

선우가 말하더니 남자의 얼굴을 똑바로 보았다. 그때 남자가 여자에게 낮게 말했다.

"한국 놈 맞다, 방금 한국말로 손님 많다고 했어."

선우가 말하더니 지그시 송지를 보았다.

"저것들이 부부라면 우리도 부부 행세를 해야 될 것 아니냐?"

"시끄러워."

눈을 치켜뜬 송지가 꾸짖고는 머리를 끄덕였다.

"좋아, 저것들로 하지."

오후 4시, 이번에는 이광수와 유병진, 서영미와 화천 넷이 목사실에 둘러앉았다. 양기철은 심부름을 보낸 것이다.

그러나 아직 화천에 대한 의구심은 풀리지 않았다. 불안감도 섞여 있다. 홀리지나 않았나 하고 유병진이 자꾸 머리를 흔들었고 이광수는 속으로 맹렬하게 기도를 하는 중이다. 아직 기적이라고 말할 상황도 아니다. 다만 서영미가 가장 차분한 편이다. 이미 어젯밤 한차례 겪었기 때문이기도 할 것이다.

이윽고 화천의 얼굴에 웃음이 떠올랐다.

"아직도 믿고 싶지 않은 것 같구나."

화천은 스스로 상석에 앉아 있었는데 시선이 이광수에게로 옮겨졌다.

"내가 이곳의 교주가 되마."

"아니, 그럼."

숨을 들이켠 이광수가 화천을 보았다.

"젊은이, 그것이 무슨 말인가?"

"난 젊은이가 아니다."

화천이 손바닥으로 얼굴을 쓸어내린 순간 셋의 입이 딱 벌어졌다. 순식간에 화천의 얼굴이 주름살투성이의 노인으로 변해 있는 것이다.

"얼굴로 판단하지 마라."

눈을 부릅뜨고 쳐다보고만 있는 셋을 향해 말한 화천이 다시 손바닥으로 얼굴을 쓸자 본 얼굴이 돌아왔다.

"나는 너희들이 말하는 예수가 되마."

화천이 말을 이었다.

"재림 예수 화천이다."

"재림 예수……."

유병진이 혼잣말처럼 따라 했을 때 화천이 머리를 끄덕였다.

"나를 그렇게 알려라, 그럼 기적을 일으켜 대동교회의 교세를 순식간에 확장시켜 주마."

화천의 시선이 유병진의 몸을 훑었다.

"너는 다리 관절이 못쓰게 되었구나."

유병진이 숨을 들이켰다. 관절염이다. 20년째 관절염을 앓고 있어서 1백 미터 이상은 걷기가 힘들다. 교회 나올 때만 기를 쓰고 지팡이를 짚지 않을 뿐이다.

"네 다리를 고쳐주마."

자리에서 일어선 화천이 유병진 앞으로 다가갔다.

"아, 아니, 난……."

놀란 유병진이 다리를 오므렸지만 어느새 화천에게 두 다리가 들렸다. 화천이 두 다리를 잡아 올리더니 손바닥을 무릎에 대었다. 그 순간 유병진이 입을 딱 벌렸다. 무릎에 뜨거운 기운이 느껴졌기 때문이다.

"아앗!"

놀란 유병진이 소리쳤을 때 뜨거운 기운이 무릎뼈 안을 녹일 듯이 휘저었다.

"아이고!"

그때 손을 뗀 화천이 제자리로 돌아가더니 앉았다. 그러고는 유병진에게 말했다.

"일어서라."

유병진이 홀린 것처럼 일어서서 화천을 보았다. 어느덧 얼굴도 붉게 달아올라 있다. 다시 화천이 말했다.

"그 자리에서 뛰어올라 보거라."

"아, 아니."

숨을 들이켰던 유병진이 눈을 치켜뜨더니 제자리에서 껑충 뛰었다. 전 같으면 어림없는 일이었다. 그랬다가는 무릎 관절이 박살나는 것 같은 통증이 밀려올 것이고 그 자리에 쓰러졌을 것이다. 그래서 20년 동안 이렇게 뛰어보지 못했다.

"앗!"

뛰어올랐다가 떨어진 유병진의 입에서 터진 놀란 외침이다. 다리가 멀쩡한 것이다. 통증도 없다. 오히려 몸이 더 가뿐해졌다. 그때 화천이 말했다.

"더 뛰어라. 더 높이, 힘껏."

"예."

저도 모르게 대답한 유병진이 껑충껑충 뛰기 시작했다. 그러더니 뛰면서 소리쳤다.

"기적이 일어났다! 기적이다!"

5장
화천교(和天敎)

오후 6시, 대동교회 목사실에 이광수와 서영미, 유병진까지 셋이 모여 있다. 이광수가 할 말이 있다면서 둘을 부른 것이다.

바늘과 실처럼 항상 따라다니던 부목사 양기철은 이광수가 심부름을 보냈다. 양기철이 제 입으로 자백을 한 터라 믿을 수밖에 없다. 그리고 서영미는 물론이고 유병진까지 화천의 기적을 믿고 있는 상황이다.

이광수의 눈빛이 번들거렸고 입술은 꾹 닫혔다. 밖의 빈 교당에는 화천이 혼자 앉아있다. 이광수가 잠깐 비켜달라고 했기 때문이다. 둘의 시선을 받은 이광수가 입을 열었다.

"내가 주님을 믿은 지 40여 년이 되었지만 이런 기적은 처음이오, 지금도 꿈을 꾸는 것 같은데."

"그건 내가 그렇습니다."

참지 못한 유병진이 끼어들었다. 유병진은 지금도 얼굴이 붉게 상기되었고 두 다리를 번갈아 들었다가 내렸다가 한다. 예전에는 이러지도 못했다. 발을 딛고 있기만 해도 무릎이 아팠다.

"이건 기적입니다, 목사님."

"잠깐만."

손을 들어 막은 이광수가 심호흡을 했다.

"우리 한 번만 더 저분께 기적, 아니, 뭘 좀 보여 달라고 하고 나서……."

입안의 침을 삼킨 이광수가 번들거리는 눈으로 둘을 보았다.

"결정을 하십시다."

"무슨 결정인데요?"

서영미가 묻자 이광수는 바로 대답했다.

"저분 이름이 화천이라고 하셨으니 화천교회로 이름을 바꾸는 것입니다."

이광수의 목소리가 열기를 띠었다.

"저분을 교주로 모시고 나는 담임 목사가 되지요."

"그럼 예수님은."

"하느님의 기적을 가져오신 대리인이 바로 화천 님이시니까요."

"그거지요."

유병진이 대번에 찬성했다.

"저분은 예수님의 대리인이오, 틀림없습니다. 저분 이름으로 교회 이름을 바꾸는 것입니다."

그때 서영미도 머리를 끄덕였다.

"저도 찬성합니다."

"그럼 저분을 불러 다시 한 번 확인하는 의미에서……."

어깨를 부풀렸다가 내린 이광수가 말을 이었다.

"주님께서 보내신 분이 맞는가를 확인해야겠습니다."

서영미가 부르러 갔을 때 교당 복판에 혼자 눈을 감고 앉아있던 화천이 물었다. 눈을 감은 채였다.

"돈 잘 썼어?"

갑작스런 질문에 주춤했던 서영미의 얼굴이 빨개졌다.

"네, 잘 썼습니다."

"내 기적을 확인하러 왔구나?"

"네? 네."

숨을 들이켰던 서영미가 대답했을 때 화천이 눈을 떴다.

"가지, 그런데 너한테 할 말이 있다."

서영미의 시선을 받은 화천이 빙그레 웃었다.

"난 남자야, 그것도 아주 건강한."

그 순간 서영미의 얼굴이 붉어졌다. 저도 모르게 두 손으로 가슴을 가렸지만 시선은 떼지 못한다.

"너도 남자가 필요하지?"

"네."

제 입에서 뱉어진 말에 놀란 서영미가 손바닥으로 입을 가렸다. 그때 화천이 다시 물었다.

"몸이 뜨거워졌어?"

"네, 뜨거워요."

"내가 오늘 밤 너한테 갈 테니 기다려라."

"그래도 돼요?"

"나도 남자라고 했다, 알겠지?"

"알겠습니다."

"몇 시에 가면 좋겠니?"

"선주가 10시에는 자거든요, 그러니까…."

"그럼 10시 반에 가지."

그러고는 화천이 자리에서 일어서며 말했다.

"이 목사 생각이 그럴듯하다. 화천교가 곧 교세를 떨치게 될 것이다."

방으로 들어선 화천에게 이광수가 말했다.

"말씀드릴 것이 있어서 오시라고 했습니다. 기다리게 해서 미안합니다."

그때 화천이 머리를 끄덕였다.

"내 기적을 마지막으로 한 번 더 확인하고 싶다는 말이지?"

이광수와 유병진이 입만 딱 벌렸을 때 화천이 쓴웃음을 지었다.

"이건 기적도 아니야, 교당 안에서 이곳 이야기를 들었을 뿐이야, 청력이 개 수준은 되지."

"그, 그럼 기적을 한번 보여주시렵니까?"

더듬대며 이광수가 묻자 화천이 정색하고 말했다.

"내가 전능(全能)한 존재는 아니야, 나도 예수님처럼 죽는다."

세 쌍의 시선을 받은 화천의 목소리가 방을 울렸다.

"내 능력을 말해주마, 들어라."

숨을 죽인 세 남녀를 향해 화천이 말을 이었다.

"없는 팔다리가 생겨나게 할 수는 없지만 내상은 고칠 수가 있어, 너희들에게는 기적이겠지."

화천의 얼굴에 웃음이 떠올랐다.

"그 인간의 눈을 보면 과거와 생각까지 읽는다. 그리고 진심을 토해내게 할 수가 있지."

"오오."

유병진이 감탄했고 화천의 시선이 셋을 훑고 지나갔다.

"이건 기적도 아니지만 변신한다."

그 순간 앞의 화천이 없어졌으므로 셋은 대경실색했다.

"오오, 화천 님."

유병진이 털썩 무릎을 꿇었을 때 이광수가 뒤를 따랐다. 서영미가 상기된 얼굴로 맨 나중에 무릎을 꿇는다. 그때 화천의 목소리만 들렸다.

"교회 재정이 열악하구나."

"어떻게 된 거야?"

눈을 치켜뜬 박찬성이 양기철을 노려보았다. 오후 8시, 둘은 새롬교회 근처의 카페에서 마주보고 앉아있다. 방에 둘뿐이었지만 양기철이 목소리를 낮추고 말했다.

"이 목사가 교회 이름을 바꾸면서 나한테 새롬으로 가라고 했단 말입니다."

"알았나?"

"그런 것 같습니다."

"알아도 이젠 늦었지."

의자에 등을 붙인 박찬성이 쓴웃음을 지었다.

"우리가 법을 어긴 것도 아니고 목사 따라서 교인들이 이동하는 것은 당연한 일이지."

박찬성이 말을 멈추고 물었다.

"화천교회라고?"

"예."

"강원도 화천?"

"그게 아니고 사람 이름입니다."

"누군데?"

"이 목사가 예수님 대리인으로 모신다는 사람입니다."

"이 목사가 드디어 미쳤군."

박찬성이 이를 드러내고 활짝 웃었다.

"이제 갈 때까지 갔어, 이단이야."

"부흥집회를 한다는데요."

"얼씨구, 언제?"

"내일 한답니다. 전단지를 돌리고 있습니다."

양기철이 전단지를 꺼내 박찬성에게 내밀었다. '기적을 보시라! 주 예수의 대리인 화천이 강림하셨다!'

커다랗게 쓰인 구호를 읽은 박찬성이 다시 웃더니 양기철에게 말했다.

"자, 당신이 대동에서 할 일은 이제 끝났어, 지금부터 내 부목사가 돼."

"김은숙 씨세요?"

세관원이 묻자 김은숙이 머리를 끄덕였다.

"네, 왜 그러세요?"

오후 8시 40분, 인천공항의 입국심사장, 여권을 쥔 세관원의 얼굴에 웃음이 떠올랐다.

"돌아오셨군요."

"네?"

"자수하시려고 오신 것이군요."

"무슨 말씀이신지……."

그때 공항경찰 둘이 다가오더니 김은숙의 좌우에 붙어 섰다. 김은숙이 눈을 치켜떴을 때 세관원이 다시 웃었다.

"무사히 한국을 빠져나가셨다고 생각했는데 자진 귀국하셨군요. 형량에 참고가 될 것입니다."

"가시죠."

옆에 붙어 선 경찰이 김은숙의 팔을 쥐면서 말했다.

"어디로요?"

김은숙이 묻자 다른 쪽 경찰이 혀를 찼다.

"아휴, 빨리 가십시다. 사람들이 기다리고 있잖여?"

뒤에 서 있던 선우가 숨을 들이켰다. 이게 웬일인가? 방금 송지가 경찰에 끌려간 것이다. 김은숙, 박기명 이름의 두 남녀를 칭다오 바닷속에 수장시키고 여권과 소지품 일체를 빼앗은 후에 변신하고 날아온 참이었다. 그때 세관원이 오라고 손짓을 했으므로 선우는 발을 떼었다. 여기서 도망칠 수는 없다. 다가간 선우가 여권을 내밀었을 때 세관원이 여권과 선우를 번갈아 보면서 컴퓨터 자판을 두드렸다. 그러더니 어깨를 부풀렸다가 내리고는 손을 뻗어 안쪽의 버튼을 눌렀다. 선우가 긴장한 채 주시하고 있었으므로 세관원이 머리를 들더니 이제는 얼굴을 일그러뜨리며 웃었다.

"같이 오셨군요."

"예?"

선우가 되묻자 세관원의 얼굴에 웃음기가 지워졌다.

"김은숙 씨하고 같이 자수하려고 오셨냐고 물은 겁니다."

167

"자수하다니요?"

"아유, 내가 오늘은……."

세관원이 입맛을 다셨을 때 옆쪽 사무실에서 이번에는 경찰 하나와 사복차림 사내 둘이 서둘러 다가왔다. 경찰은 선우 옆으로 다가와 섰고 사복 둘은 세관원한테 다가가더니 함께 컴퓨터를 본다. 그리고 나서 사내 둘이 허겁지겁 선우의 앞을 가로막았다.

"박기명 씨, 가십시다."

"어디로?"

"아유, 어디야?"

사복 하나가 선우의 한쪽 팔을 움켜쥐었다. 강한 완력이다.

"어쨌든 박기명, 당신은 살인, 강도, 사기혐의로 지명수배 중이야. 당신은 변호사를 선임할……. 아앗!"

사복이 선우의 팔을 움켜쥐고 말하다가 갑자기 놀란 외침을 뱉었다. 박기명이 눈앞에서 사라졌기 때문이다. 팔을 쥐고 있었는데도 홀연히 사라졌다. 그때였다. 옆쪽 사람들이 넘어지면서 비명이 일어났다. 누군가 밀친 것 같다.

"잡아라!"

경찰로 보이는 사내들이 소리쳤지만 잡을 상대가 없어졌으니 두리번거리면서 소리친다.

"살인범이 도망쳤다!"

이제 입국 심사대 앞은 난장판이 되었다. 사방에서 경찰이 달려왔고 입국심사대가 폐쇄되었기 때문이다. 줄을 서 있던 남녀노소가 뒤엉켰고 이쪽저쪽에서 놀란 외침이 일어났다.

"어엇!"

입국심사대 옆쪽 공항경찰사무실 안, 여기서도 갑자기 놀란 외침이 일어났다. 바로 조금 전까지 의자에 다소곳이 앉아있던 김은숙이 사라졌기 때문이다.

"어디 갔어?"

앞쪽 테이블에 앉아있던 김세창 경위가 소리쳤다.

"아니, 이것 봐."

의자로 다가간 오병수 경사가 의자 위에 떨어져 있는 수갑을 집어들고 소리쳤다.

"수갑이 풀렸어!"

조금 전에 김은숙에게 수갑을 채웠던 것이다. 김은숙은 15일 전에 대창증권의 공금 155억을 횡령하고 중국으로 도망친 사기범이다. 언론에 크게 보도되어서 유명인사다.

"그 연놈들이 죄를 짓고 중국으로 도망쳐 나온 것을 우리가 알 수가 없잖아?"

송지가 화를 냈다.

"얼굴에 쓰여 있나? 배 속에 들어있나? 여권에 적혀 있는 것도 아니지 않아?"

"그럼 재수 탓으로 돌리는 거냐?"

화가 난 선우도 눈을 치켜떴다. 둘은 본래의 선우와 송지의 모습으로 돌아와 있었는데 이곳은 서교동 길가다. 밤 10시 반, 공항버스를 타고 이곳에 내렸는데 버스 안에서도 긴장으로 간이 졸아드는 것 같았다. 선우가 손바닥으로 제 얼굴을 쓸면서 말했다.

"이제 한국에 들어왔으니 이 얼굴로 살아야겠다. 어느 놈 신분으로 위장했다가 공항에서처럼 또 난리가 날지도 모르니까 말이야."

"그래야겠어."

버스 안에서는 사람이 많았기 때문에 대놓고 말도 못했던 송지도 어깨를 늘어뜨렸다.

"당분간 신분증 없이 본래 모습으로 살자고."

"그놈이 이곳에서 어떤 모습으로 행세하고 있는지 궁금하군."

주위를 둘러보면서 선우가 쓴웃음을 지었다. 이제 뇌성 같은 진동은 느껴지지 않는다. 그것은 그놈과 같은 구역에서 생활하고 있다는 증거다. 그리고 그놈도 그것을 알고 있을 것이다.

"자, 파고들자고."

송지가 발을 떼면서 말했다. 얼굴은 송지로 돌아왔지만 차림새는 공항에서의 그 모습 그대로다. 송지가 말을 이었다.

"먼저 김은숙의 옷부터 바꿔 입어야겠어."

벨을 눌렀더니 문 앞에서 기다리고 있었던 것처럼 금방 문이 열렸다. 그러나 서영미는 시선을 내린 채 잠자코 옆으로 비켜섰다. 들어오라는 시늉이다. 화천이 서영미를 스치고 지나면서 짙은 향내를 맡았다. 색향(色香)이다. 서영미는 몸을 씻은 것이다. 그러나 비누칠만 했는데도 몸에서 색(色)을 원하는 색향이 뿜어 나오고 있다. 색향은 몸의 기(氣)에서 뿜어 나온다. 그래서 색기(色氣)라고도 부른다.

화천이 누구인가. 바로 심신색락의 원전인 심신비전을 통달한 마하트교의 창시자, 이제는 시공을 건너뛰어 화천교를 이룩하려는 본인 아닌가. 집안은 깨끗하게 정돈되었고 조용하다. 건넌방에서 희미한 숨소리가 들린다. 선주가 잠이 들었다. TV도 꺼 놓아서 작은 거실에서는 서영미의 숨소리만 울린다. 화천이 들고 온 가방을 탁자 옆에 놓고는 소파에 앉았다. 밤 10시 45분, 서영미가 10시 넘어서 오라고 했지만 조금 늦었다.

"씻었구나?"

화천이 묻자 서영미의 굳어졌던 얼굴이 금방 새빨개졌다.

"여기 앉아."

화천이 손바닥으로 옆자리를 가볍게 두드렸다.

"긴장하지 마라, 난 괴물이 아냐."

그러나 서영미는 주춤거릴 뿐 다가오지 않는다. 서영미는 헐렁한 원피스 차림이었는데 맨발이다. 원피스 밑에는 브래지어와 팬티만 입었다. 그때 화천이 다시 물었다.

"내가 갈아입을 옷은?"

"없어요."

화난 것처럼 서영미가 대답하더니 어깨를 늘어뜨렸다.

"이 집에서 남자를 재운 적이 없어요."

"내일 갈아입을 옷을 준비해."

"……."

"이리와."

화천이 다시 부르자 서영미가 겨우 발을 떼더니 멀찍이 떨어져 앉았다. 그러더니 조심스럽게 물었다.

"정말 저, 괜찮은 거죠?"

"네 마음을 따르면 돼."

화천이 부드럽게 말했다.

"넌 지금 색욕을 느끼고 있어, 그렇지 않으냐?"

"그래요."

서영미의 숨결이 가빠졌다. 상기된 얼굴에서 더운 기운이 뿜어 나오는 것 같다. 바로 색기다. 그때 화천이 손을 뻗어 서영미의 손을 잡았다.

"벗어라."

방안의 열기는 마치 장마철의 습기가 뒤덮여 있는 것 같다. 서영미는 아직도 가쁜 숨과 함께 목구멍으로 앓는 것 같은 신음을 뱉고 있다. 침대 위의 이불은 어지럽게 뒤엉켰고 그 위에 알몸의 서영미가 사지를 팽개치듯 늘어뜨린 채 누워 있다.

온몸은 땀으로 젖어 번들거렸고 머리카락이 이마에 달라붙었다. 반쯤 뜬 눈으로 천장을 바라보는 서영미는 아직도 눈동자의 초점이 멀다. 밤 12시 반, 사방은 정적에 덮여 있다. 서영미 옆에 누운 화천은 고르게 숨을 쉰다. 화천 역시 건장한 알몸을 드러낸 채다. 서영미는 오늘 난생 처음으로 색락(色樂)을 맛보았다.

색락은 인간이 몸으로 느낄 수 있는 가장 강하며 가장 아름다운 쾌락이다. 지금까지 수백 번 성교를 했지만 오늘 밤 서영미는 그야말로 천국에 오르는 경험을 한 것이다.

이런 낙이 있는 줄은 꿈에도 생각하지 못했던 서영미다. 두 시간 가깝게 한 몸이 되어서 구름 위에 떠 있다가 수없이 폭발하고는 이제 지상으로 내려왔다. 그러고 나서도 그 쾌락의 여운을 지금 즐기고 있는 중이다. 서영미는 손끝 하나 움직일 수 없었지만 가슴은 환희에 차오르고 있다. 앞으로 이 색락을 느낄 생각만 해도 온몸이 뜨거워졌고 다리가 오므려지는 것이다. 이윽고 서영미의 숨결이 가라앉았을 때 화천이 말했다.

"내가 가져온 가방에 돈이 있어. 그 돈으로 독채 주택을 사도록 해."

서영미가 숨을 죽였고 화천이 말을 이었다.

"내가 영미한테 들락거리는 것을 사람들이 보면 좋지 않아, 그렇지?"

"네."

그때서야 시트로 몸을 가리면서 서영미가 대답했다. 서영미가 시트 한쪽을 당겨 화천의 몸도 덮어주었다.

"돈은 얼마든지 있으니까 정원이 있는 넓은 저택을 사라. 당장 내일부터 알아봐."

"네."

대답한 서영미가 머리를 돌려 화천을 보았다.

"거기로 매일 오시는 거죠?"

"그래."

"시골에 있는 어머니 오시라고 하면 안 돼요?"

"오시라고 해."

"화천 님을 뭐라고 해요, 어머니한테?"

"재혼한 남편이라고 해."

"정말요?"

"그래, 선주한테는 아빠라 부르라고 해라."

그때 서영미가 숨 들이켜는 소리를 내더니 가만있었다. 방의 불을 켜놓아서 화천은 서영미의 눈가로 눈물이 흘러내리는 것을 보았다.

"꿈이라도 좋아요."

서영미가 혼잣소리처럼 말했다.

"깨지 않으면 되니까."

"교회 밖에서는 날 남편으로 불러."

"여보라고 해요?"

"그래."

그때 숨을 들이켠 서영미가 머리를 돌려 화천을 보았다.

"여보."

서영미의 두 눈이 반짝였고 상기된 얼굴이 환했다. 서영미가 혼잣소리처럼 말했다.

"이 꿈이 깨지 않았으면 좋겠어요."

"다시 안아줄까?"

화천이 묻자 서영미가 눈을 크게 떴다.

"괜찮아요?"

"부흥회라면 유명 목사를 부르든지 해야지."

오달규 집사가 투덜거렸다.

"이제는 교인이 2백 명도 안 남았는데 뭘 어쩌겠다는 것인지 모르겠어. 부흥회를 하려면 진즉 했어야지."

"교회 문 닫기 전에 마지막으로 한다고 하던데."

부녀회장 양순영이 긴 숨을 뱉고 나서 말을 이었다.

"이 목사님 불쌍해, 아무것도 모르고 박찬성한테 뒤통수 맞은 것이."

"능력 차이야."

오달규가 머리를 저었다.

"박찬성이 교회법 어긴 것도 없어, 능력이 있으니까 교인이 옮겨가는 거지."

174

"그래도 배신한 거라고, 안 그래?"

양순영의 목소리가 높아졌다.

"믿고 맡긴 사람한테 그럴 수 있어? 더구나 예수 믿는 목자가."

"목자 좋아하네."

어느덧 교회 앞에 다가선 둘이 안을 들여다보았다. 오전 9시 40분, 부흥성회는 11시였으므로 아직 시간은 있다. 그러나 교회 앞은 썰렁하다. 교인이 한 명도 보이지 않는다.

1년 전 부흥성회 때는 2시간 전에 교회당이 꽉 찼었다. 강남의 유명 교회 진복음교회의 담임목사 유수호를 초청한 때문이기도 할 것이다. 그런데 지금은 무언가?

'기적을 보시라! 주 예수의 대리인 화천이 강림하셨다!'

오달규가 손에 쥐고 있던 전단지를 다시 읽고는 땅이 꺼질 듯이 긴 숨을 쉬었다.

오달규는 55세, 이광수가 대동교회를 세울 때부터 교회에 다녔던 열성 신도였다. 술을 좋아하고 가끔 주사가 나왔기 때문에 인심을 잃었지만 부녀회장 양순영과 함께 대동교회에 남아있는 몇 명 중의 하나였다.

"아이고, 이런 내용은 50년 전에도 쓰지 않았는데 정말 목사님이 막 가려고 하는구먼."

전단지를 구겨 땅바닥에 던진 오달규가 다시 투덜거렸다.

"화천은 어디서 데려온 임시 목사여? 당신은 알아?"

"몰라, 나 요즘 집안일이 바빠서 교회 안 나왔으니까."

교회 문 앞에서 얼쩡거리면서 양순영이 대답했다. 오달규가 눈을 가늘게 떴다.

"당신 혹시 박찬성이한테 들락날락 한 것 아녀?"

"내가 미쳤어? 그 겉만 뻔지르르 한 놈한테 가게?"

"교당 안에 들어가 봐, 난 간이 떨려서 못 보겠어."

"아, 싫어. 당신이 가봐."

둘은 동갑내기라 친구처럼 지낸다. 양순영이 등을 밀어 오달규를 교회 안으로 밀어 넣고는 길게 숨을 뱉었다. 조용한 것을 보니 교당 안은 텅 비었을 것이다.

오늘 부흥성회에 한 1백여 명이나 올 것인가? 그것도 불확실했다. 며칠 전 3백여 명 남아있었던 교인 중 1백 명 가까운 인원이 박찬성에게 가겠다고 서명을 했다는 것이다. 그때 양순영이 눈을 크게 떴다.

서영미가 다가오고 있었기 때문이다. 서영미는 성실했고 착했다. 그래서 남녀노소 교인 모두의 신임을 받았다. 박찬성도 서영미를 끌어가려고 시도했다가 포기했지만 험담은 못 한다. 그랬다가는 제 얼굴에 오물을 끼얹는 꼴이 되기 때문이다.

양순영도 서영미를 좋아했기 때문에 다가가 손부터 잡았다.

"고생 많지? 부흥회가 잘되어야 할 텐데 걱정이야, 근데 화천이란 목사님은 어디에서 모시고 왔어? 갑자기 하루 만에 부흥회 광고를 하면 어떡해? 나한테도 어젯밤에야 알려주고?"

일찍 알려줬다고 해도 나와 보지도 않았을 것이지만 쏟아 붓듯이 물었더니 웃기만 하면 하던 서영미가 대답했다.

"목사님 아녜요."

"그럼 누구야?"

"예수님 대리인이죠."

"어휴."

전단지하고 같은 말이었으므로 양순영이 한숨을 쉬었다.

"그건 알겠는데 지금이 어떤 세상이라고 그런 부흥회를 해? 더구나 교회가 이렇게 되었는데……"

양순영은 이 부흥회를 끝으로 대동교회가 문을 닫을 것 같다고 믿었다. 그때 서영미가 말했다.

"보시면 알 거예요, 회장님. 오늘 기적이 일어나거든요."

교당에 모인 교인은 150여 명, 이것이 대동교회의 현실이다. 1천여명이 박찬성이 세운 새롬교회로 빠져나가고 겨우 150여 명이 남은 것이다. 신도석 맨 앞에 오달규와 나란히 앉은 부녀회장 양순영은 길게 숨을 뱉었다. 소문대로 이 부흥회를 마지막으로 이광수 목사가 교회 문을 닫을 것이라고 믿었다. 설령 그럴 마음이 없었더라도 교당에 모인 교인들을 보면 낙담해서 그만둘 것 같았다.

"안 되겠어."

오달규가 낮게 말했다. 목소리가 잔뜩 가라앉았다.

"이 목사가 가엾구먼. 마치 촛불이 꺼지기 전에 한번 반짝하면서 빛나는 것 같지 않아? 오늘이 말이야."

"쓸데없는 소리 마시오."

양순영이 낮게 꾸짖었지만 오달규가 교단 위에 쳐놓은 현수막을 눈으로 가리키며 혀를 찼다.

"저게 뭐야? 도대체."

후줄근하게 늘어진 현수막에 이렇게 쓰여 있다.

"기적을 믿어라! 예수님의 대리인 화천이 화천교회를 일으킨다."

길게 숨을 뱉은 오달규가 말을 이었다.

"화천이 언놈이야? 화천에서 얼음낚시 하다가 온 놈인가?"

"시끄럽다니깐."

그때 교단 옆문으로 이광수가 나왔다. 부흥회가 시작된다.

김옥주는 교단에 선 이광수를 보았다. 가슴이 무거웠지만 이광수를 보고 나서 조금 희망이 우러나는 것 같았다. 대동교회에 다닌 지 3년 반, 단 한 번도 주일예배에 빠진 적이 없고 새벽 기도도 마찬가지, 일수 돈은 밀렸지만 십일조는 빠진 적이 없다. 그만큼 정성을 다해 교회에 나가 예수님을 모셨다. 이제 구체적으로 바라는 건 없다. 전에는 돈 생기기를, 5년 전 위암 판정을 받아 작년에 재발한 남편 백준규가 낫기를 바랐지만 이젠 마음의 평온만 기원한다. 주님의 새 세상에서 세 식구가 다시 행복하게 살기를 바랄 뿐이다. 교회에 나가 열심히 기도하고 있으면 평안이 찾아온다. 그것이 행복인 것이다. 오늘도 부흥회가 열린다고 해서 청소 일을 오후로 미루고 온 참이다. 그때 이광수가 기도를 시작했으므로 김옥주는 다시 집중했다. 주에게 집중하는 것이다.

"주님, 감사합니다. 저에게 평온을 주셔서 저는 행복합니다."

고병수가 두 손을 모으고 이광수의 기도를 따라 외웠다.

"주여, 빛을 주소서. 믿사오니 힘을 주소서. 주 예수 이름으로 기도하나이다."

그 순간 파란만장한 인생이 한순간에 눈앞을 스치고 지났으므로 고병수의 눈에 눈물이 맺혔다.

"여보, 기운을 내."

누워있던 이성희가 젓가락 같은 손을 들면서 웃었다. 해골에 피부만 씌운 것 같은 웃음이다. 성희는 왜 저렇게 자주 웃는가? 요즘 너무 자주 웃는다. 38세, 결혼 12년째며 큰딸 세미가 초등학교 4학년으로 11살, 둘째 딸 연미가 2학년으로 9살, 지금 가장 행복할 시기 아닌가? 중소기업 과장으로 큰 출세는 못 했지만 3년 전까지만 해도 남부럽지 않았다, 성희가 불치의 병이라는 백혈병에 걸리기 전까지는. 이제 성희의 생명은 두 달 남았다. 의사의 진단이 그렇지만 성희는 그보다 더 빨리 가고 싶어 하는 것 같다.

"자, 기도합시다."

그때 이광수가 소리쳤다.

"함께 기도합시다."

고병수는 다시 집중했다. 주여, 성희에게 평온을 주소서, 두 딸에게 행복을 주소서, 저는 더 바랄 것이 없나이다.

뒤쪽 열에 앉아있던 한관영은 이광수의 말을 듣자 긴 숨을 뱉고 나서 두 손을 모았다. 75년 인생을 살았으니 미련을 버릴 때도 되었다. 실명한 지 3년, 당뇨에 의한 실명이어서 앞으로의 인생은 장님으로 살아야 한다. 그러나 한관영이 두 손을 모은 채 이광수의 기도를 따라 했다.

"축복을 주소서, 기적을 주소서."

그 순간 보이지 않는 두 눈에서 눈물이 흘러내렸다. 집에서 기다리는 아내 유옥경은 3년 동안 자신의 시중을 드느라 요즘은 자면서 앓는 소리를 낸다. 장성한 자식들이 셋이나 있지만 모두 제 가정을 꾸리느라 한 달에 한 번 전화를 하는 것이 고작이다. 말단 공무원 35년을 지낸 터여서 연금으로 먹고는 살지만 내가 이렇게 되었으니 유옥경은 앞으로 어떻게 살 것인가. 작년부터 자꾸 죽음을 생각하고 있었지만 유옥경이 걸린다. 그때 이광수가 소리쳤다.

"주님의 대리인 화천께서 오셨습니다."

부흥 목사가 나올 차례가 되었다.

화천이 설교단에 서서 교당에 앉은 교인들을 둘러보았다. 오늘은 말쑥한 명품양복 차림에 머리도 잘 다듬었다. 몇 백만 원대 양복을 사면 코디가 넥타이까지 골라준다는 것도 처음 알았다. 153명이다. 153쌍의 눈이 이곳을 보았지만 1쌍의 눈은 시력이 없다. 153명에 152쌍의 눈, 그때 화천이 입을 열었다.

"나는 신의 대리인이다."

주 예수 이름은 찾지 않기로 했다. 화천이 만난 적이 없기 때문이다. 마하트를 외치고 싶었지만 이곳은 예수그리스도 교회다. 이곳에서 예수의 이름을 빌려 화천교를 확산시키리라. 모두 화천의 한마디에 긴장했고 다음 말을 기다리고 있다. 그때 화천이 말했다.

"저기 맨 오른쪽 끝자리의 노인, 이리 나오도록 하라."

화천이 손가락으로 오른쪽을 가리켰고 모두의 시선이 그쪽으로 모였다. 설교단 뒤쪽에 앉아있던 이광수와 유병진도 그쪽을 보았다. 한관영이다. 눈이 보이지 않으면서도 꾸준히 교회에 나오는 노인, 말이 없고 열심히 기도를 하다가 돌아가는 노인, 교인들이 집까지 데려다준다고 해도 폐를 끼치기 싫다면서 한사코 사양하는 노인, 그래서 모두 존경은 하면서도 가깝게 지내는 사람이 없다. 그때 한관영이 놀란 듯 보이지 않는 눈으로 주위를 두리번거렸다. 그때 화천이 다시 말했다.

"옆에서 저 노인을 부축해서 이곳으로 모셔오도록 해라."

그때 뒤쪽에 앉아있던 유병진 장로가 설교단 끝 쪽에 나와 소리쳤다.

"어서 모시고 나오세요! 화천 님이 모시고 나오라고 하지 않습니까!"

180

교당이 술렁거렸고 교인 서너 명이 일어나 한관영의 팔을 잡고 일으켰다.

"아니, 난, 왜?"

당황한 한관영이 머뭇거렸지만 설교단에 선 유병진이 다시 소리쳤다.

"화천 님께서 부르십니다, 어서!"

교인들은 유병진이 오늘은 허리가 뻣뻣하게 세워져 있는 것을 보았다. 다른 때는 항상 무릎이 아파서 구부정하게 서 있었던 것이다. 한관영이 교인들의 부축을 받아 설교단으로 올라왔다. 교당 안이 술렁거렸고 앞 열에 앉은 부녀회장 양순영과 집사 오달규는 대놓고 수군거렸다. 둘 다 이맛살이 찌푸려져 있다. 이런 짓은 50년 전에도 잘 쓰지 않았다. 그때는 모두 짜고 사기를 쳤지만 지금 이런 수단을 쓰면 당장 교회 문 닫는다. 아마 150여 명 중 몇 명이 휴대폰으로 지금 이 장면을 동영상 촬영을 하고 있을지도 모른다. 그럼 몇 시간 만에 SNS에 떠돌고 수만 개의 댓글이 달리게 된다. 오달규의 목소리가 교단 위까지 들렸다.

"정말 교회 문 닫을 작정인가?"

화천이 다가선 한관영을 보았다. 한관영을 데려온 교인은 세 명, 여자 둘, 남자 하나, 유병진은 그 뒤쪽에, 목사 이광수는 오른쪽 끝에 서 있다. 그 순간 교회 안이 조용해졌다. 화천이 심호흡을 한 번 했다. 문득 계양산의 용문사가 떠올랐다. 정명은 지금 뭘 하고 있을까?

어깨를 편 화천이 한관영 앞으로 다가가 섰다. 난 350년 후의 한국, 서울에서 이러고 있다. 화천이 소리쳤다.

"자, 주님의 대리인 화천이 기적을 일으킨다."

화천이 두 손을 뻗어 한관영의 두 눈을 덮었다. 놀란 한관영이 주춤했다가 굳어진 듯 두 팔을 늘어뜨린 채 몸을 굳혔다. 한관영은 보이지 않는 눈을 뜨고 다녔다. 장님이 잘 쓰는 선글라스도 끼지 않아서 얼핏 보면 정상인 같다. 그러나 눈동자가 움직이지 않았고 초점이 멀다. 죽은 눈이다. 이윽고 화천이 손을 떼더니 한 걸음 물러서며 말했다.

"보아라!"

한관영에게 한 말이다.

"내가 보이느냐!"

한관영은 눈을 통해 뜨거운 기운이 몸으로 흘러들어오는 것을 느끼고는 먼저 겁에 질렸다. 뜨거운 기운이 점점 더 심해지더니 금방 눈이 녹는 것 같았지만 참았다. 먼눈이 녹은들 무슨 상관이냐 싶었기 때문이다. 그리고 고통이 없었기 때문이기도 했다. 이윽고 손이 떨어지면서 사내의 목소리가 들렸을 때 눈의 뜨거운 기운이 가시기 시작했다.

"내가 보이느냐!"

사내가 다시 소리쳤을 때 무의식중에 눈의 초점이 잡혔다. 그 순간 눈앞의 사내가 보였다. 선명하게 보였다. 젊은 사내, 잘생겼다. 시선을 돌린 한관영이 오른쪽 끝에 서 있는 이광수를 보았다. 가운을 입고 있는 것이 목사 같다. 한관영의 입에서 저절로 말이 나왔다.

"보입니다."

그때 주변 사람들이 술렁거렸다. 믿지 못하는 것이다. 한관영이 두 손을 펴고 제 눈앞에 대고 이번에는 조금 크게 소리쳤다.

"보입니다!"

머리를 돌린 한관영이 교인들을 둘러보면서 다시 소리쳤다.

"보입니다!"

"주여!"

그렇게 소리친 사내는 유병진이다. 그러나 교당의 교인들은 술렁거리기만 할 뿐이다. 아직 실감하지 못했다. 그때 한관영이 화천에게로 다가가면서 소리쳤다.

"기적이오! 기적! 내가 보입니다!"

"할렐루야!"

이광수가 그때서야 소리쳤다.

"이 노인을 자리에 앉히도록 해라."

화천이 자신의 옷자락을 잡고 울먹이는 한관영을 부축하며 말했다. 화천의 얼굴에 쓴웃음이 떠올라 있다. 유병진과 서영미가 다가와 한관영을 떼어놓았다. 교인들이 술렁거렸고 교단을 내려가면서 한관영이 계속해서 소리친다.

"기적이야! 주여! 기적이야!"

그때 화천이 교인들을 내려다보면서 말했다.

"너희들은 주님을 믿는다면서 아직도 의심을 품고 있다. 기적을 믿지 않느냐?"

화천의 목소리가 교당을 울렸다. 화천의 시선이 김옥주에게 머물렀다. 152쌍의 눈을 훑어보았을 때 가장 간절한 표정을 짓고 있던 사람 중의 하나였다.

"너, 일어서라"

김옥주가 홀린 듯이 일어섰을 때 화천이 물었다.

"기적을 바라느냐?"

"네, 주님."

화천의 심안이 김옥주의 머릿속에 떠 있는 백준규를 보았다. 암세포가 폐까지 전이되어 검게 변색된 얼굴, 머리를 끄덕인 화천이 말했다.

"119를 불러서 네 남편을 이곳으로 데려오도록 해라."

숨을 들이켠 김옥주가 화천을 보았고 교인들이 다시 술렁거렸다.

"데려와! 불러! 어서!"

다시 설교단에 선 장로 유병진이 소리쳤다. 발까지 구르고 있다.

"화천 님의 기적을 아직도 믿지 못해?"

"내 눈이! 내 눈이 보이는 이 기적을?"

앞쪽 자리에 앉은 한관영이 두 손을 흔들면서 아우성치듯 소리쳤을 때 교인들이 웅성거리기 시작했다. 기적이라는 말이 튀어나온다. 그때 화천이 또 하나의 간절한 표정을 짓고 있던 고병수를 손으로 가리켰다.

"너, 너도 네 처를 이곳으로 데려오너라!"

소동이 일어났다. 그러나 아직 기적에 대한 감동의 폭발은 아니다. 한관영이 계속 소리치고 있었지만 전염되지는 않았다. 아직 얼떨떨한 상태, 들뜨기 시작한 단계다.

이광수 목사의 신심(神心)을 부인하는 것이 아니다. 그만큼 기적을 의심하는 각박한 세상이기 때문이다. 그리고 요즘 세상에 기적이 일어나지도 않았다. 그러나 믿고 싶은 마음으로 김옥주와 고병수는 제각기 119, 112에다 신고를 하고 나서 집으로 달려갔다. 신고만 하고 기다릴 수가 없었기 때문이다. 그동안 교회 안에서는 한관영을 가운데 세워두고 이광수, 유병진의 주도로 찬송가를 불렀다.

그러자 점점 분위기가 달아올랐다. 5분쯤 지났을 때 우는 신도가 서너 명 생기더니 10분쯤 지났을 때 오달규와 양순영까지 눈물을 글썽이며 힘차게 찬송가를 불렀다. 그때 119대원들이 김옥주의 남편 백준규와 고병수의 아내 이성희를 싣고 교회 안으로 들어왔다. 119대원들의 표정은 찌푸려져 있다. 119신고를 하고 병자를 교회에 데려다주는 것은 규칙에서 어긋나기 때문이다. 그러나 환자 상태를 보고 마음을 바꾼 것 같다. 둘 다 사색(死色)이 짙었기 때문이다.

"환자가 왔다!"

유병진이 버럭 소리치면서 교회의 열기가 더 뜨거워졌다. 노랫소리가 더 커졌고 일부는 주님을 외치기도 한다. 이제 50여 년 전의 열띤 분위기로 돌아간 것 같다. 그때는 미친 듯이 노래 불렀고 외쳤다.

화천이 설교단 위에 나란히 눕혀진 백준규와 이성희를 보았다. 백준규의 아내 김옥주와 이성희 남편 고병수가 옆에 쪼그리고 앉아있다. 백준규와 이성희는 일어날 수는 있었기 때문에 바닥에 눕혀졌을 때 상반신을 일으키려다가 다시 누웠다. 119대원들이 낮게 투덜대면서 교회를 나갔다. 둘 다 이미 죽음의 문턱을 밟은 얼굴이다. 시선이 마주치자 둘은 숨을 죽였는데 눈빛에 조금씩 희망의 기색이 어른거렸다.

이윽고 교회 안이 차츰 조용해졌다. 모두 일어서서 찬송가를 계속해서 부르고 있었는데 마침 노래가 끝나고 이광수가 입을 다물었기 때문이다. 이광수가 뒤로 몇 걸음 물러서서 설교단 위의 화천과 두 환자, 그리고 두 보호자만 부각되었다. 교당에 서 있는 신자들도 하나둘씩 앉기 시작하더니 모두 앉았다. 한과영이 설교단을 올려다보면서 소리쳤다.

"기적이다! 내 눈이 보인다!"

목소리가 떨렸고 그것이 모두의 가슴을 울리고 있다. 이제 모두 받아들일 자세가 되어있는 것이다. 오달규와 양순영도 두 손을 기도하는 자세로 모은 채 설교단을 주시하고 있다. 그때 화천이 환자에게로 다가 갔다. 먼저 백준규 앞으로 다가간 화천이 옆쪽에 앉더니 손바닥을 펴서 가슴과 배에 얹었다. 그러고는 두 눈을 감았다.

"하느님, 기적을 일으켜 주십시오!"

뒤쪽에 서 있던 유병진이 버럭 소리쳤다.

"주님! 기적을!"

이광수도 따라 외쳤다.

"기적이 일어난다!"

아래쪽에 앉아있던 한관영이 벌떡 일어나 소리쳤다. 화천은 두 손에 열기를 넣었다. 심신비전 144장이 머릿속에서 연쇄반응을 일으켜 몇 장으로 늘어났는지 세어볼 수도 없다. 지금도 화천의 능력은 시간이 흐를수록 배양되는 중이다. 마치 암세포가 번식하는 것처럼 스스로 부딪쳐서 증가한다. 그때 백준규가 감았던 눈을 뜨면서 화천을 보았다.

"뜨겁습니다."

그러더니 다시 눈을 감았다. 이제 교당 안이 조용해졌다. 아무도 소리를 내지 않는다. 화천은 손바닥을 통해 진기(眞氣)가 뿜어지는 것을 느낄 수가 있다. 대기에서 뽑아 들인 진기가 박준규의 몸 안으로 쏟아져 들어간다. 이윽고 화천이 머리를 들면서 두 손을 떼었다.

"됐다."

그때였다. 눈을 감고 백준규 옆에서 두 손을 모은 채 기도를 하던 김옥주가 눈을 뜨더니 소리쳤다.

"어머니!"

주님 대신에 어머니를 불렀다.

"아앗!"

백준규를 본 이광수, 유병진도 소리쳤다. 보라, 조금 전까지만 해도 흙빛이었던 백준규의 얼굴이 붉게 변했다. 드러난 피부도 깨끗하게 붉다.

"아아! 기적이다!"

이광수가 소리쳤을 때 백준규가 상반신을 일으켰다. 아직 뼈만 남은 몸이었지만 두 눈을 크게 떴고 놀란 듯 입이 벌어졌다.

"아프지가 않아!"

백준규의 목소리가 교당 안을 울렸다.

"내 몸이 깨끗해졌어!"

"하느님!"

김옥주가 백준규의 팔을 쥐고 소리쳤다.

"기적이다!"

아래쪽에서 한관영이 소리치더니 두 손을 모았다.

"화천 님께서 기적을 일으키셨다!"

그때 백준규가 일어섰다. 반년 전부터 백준규는 일어서지도 못했다.

"이것 봐! 나 뛸 수도 있어!"

백준규가 일어선 채 껑충껑충 뛰었다. 눈에서 눈물이 쏟아졌고 이제 교당 안은 환성과 외침으로 가득 찼다. 모두 두 손을 휘저으며 주님과 화천 님을 부르다가 노래를 했고 백준규도 따라 부른다. 그것도 서서 부른다. 그때 화천이 두 손을 들어 보이더니 지금까지 기뻐 소리치면서 기다리고 있던 고병수의 옆으로 다가갔다. 이제 이성희를 치료하려는 것이다. 다시 기적을 일으키려는 것이다. 이광수의 손짓으로 교당 안은 갑자기 숨소리도 들리지 않았다. 화천이 다가가 앉더니 이제 이성희의 가슴에 두 손을 펴고 얹는다.

"화천 님이시어!"

누군가 버럭 소리쳤다가 다시 조용해졌다.

10분쯤 후에 다시 대동교회 교당 안에서 떠나갈 듯한 환성이 울렸다. 이번에는 더 컸고 더 길었으며 울음소리와 함께 외침으로 이어졌다. 외침 소리 대부분이 '화천'이었다.

"부흥회가 잘되었다는군요."

새롬교회 담임목사 박찬성에게 하준호가 말했다. 하준호는 박찬성의 처남으로 교회 재정을 맡고 있다.

"기적이 일어났다면서 야단입니다."

"뭐? 기적?"

쓴웃음을 지은 박찬성이 보고 있던 설교문을 내려놓았다. 오후 3시 반, 새롬교회 안이다. 사무실에는 둘뿐이었지만 하준호가 목소리를 낮췄다.

"소문이 확 퍼졌습니다. 내일 주일 집회에 가보자고 서로 연락들을 하고 있다는군요."

"미친 것들."

박찬성이 코웃음을 쳤다.

"부흥회에 데려온 놈이 기적을 일으켰단 말이냐?"

"예, 장님을 눈뜨게 하고 백혈병, 폐암 걸린 사람을 벌떡 일어나 뛰게 만들었다고 합니다."

"하하하하."

소리 내어 웃은 박찬성이 의자에 등을 붙였다.

"이 목사가 이제 끝까지 갔네, 사기까지 치다니."

"그것이……."

"요즘이 어떤 세상이라고? 그거 휴대폰 동영상으로 찍은 사람이 있을 거다."

"예, 그렇습니다."

"그 영상이 금방 SNS로 퍼지고 아마 5분도 안 되어서 사기라는 증거가 수천 건 나온다. 이건 국과수 이상이야, 영상 파고드는 건……."

"예, 그 영상이 여기 있습니다."

어깨를 늘어뜨렸던 하준호가 주머니에서 휴대폰을 꺼내 버튼을 눌렀다. 처음에는 보여주지 않을 생각이었던 것 같다.

"여기 있습니다."

화면이 나오자 하준호가 휴대폰을 내밀었고 박찬성이 눈을 빛내면서 받아 들었다.

"이 기적은 이미 세상에 알려졌어요."

유병진이 들뜬 목소리로 말했다. 교회 목사실 안이다. 교당 안은 떠들썩했는데 50여 명의 신도가 남아있었기 때문이다. 평일 오후 4시, 이 시간에는 대동교회 전성기 시절에도 교당이 비었을 때다. 그런데 아직 흥분이 가시지 않은 교인들이 삼삼오오 모여 떠들었고 일부는 교당 청소를 한다. 그중 오달규와 양순영의 목소리가 제일 컸다.

"김옥주, 고병수 씨 집에도 10여 명씩 교인들이 몰려가서 수시로 소식을 전해주고 있어요."

유병진이 헛웃음을 띠면서 이광수에게 말했다.

"아, 글쎄, 고병수 씨 부인이 밥을 먹고 싶다고 해서 줬더니 반 공기나 먹었답니다."

"글쎄, 이건 완전한 기적이라니까요."

이광수가 다짐하듯 말했다.

"병원에 가서 확인할 필요도 없어요."

일부 교인들이 화천을 의심하는 것이 아니라 오히려 기적을 입증하려고 한관영까지 셋을 병원에 데려가 확인을 시키자고 주장하고 있었던 것이다.

"화천 님은 언제 오신다고 했지?"

이광수가 생각난 듯 묻자 서영미가 벽시계를 보고 나서 대답했다.

"4시쯤 오신다고 했어요."

"그런데 화천 님 숙소가 어디신가? 누구 아는 분 없어요?"

이광수가 유병진까지 보고는 대답이 없자 혼잣소리를 했다.

"우리가 모셔야겠는데 화천 님에 대해서 지금까지 아무것도 아는 것이 없군."

그때 방문이 열리더니 화천이 들어섰다. 두 손에 묵직한 가방을 들고 있었는데 안으로 다가와 탁자 위에 놓았다.

"가방을 열어봐."

화천이 뒤로 물러서며 말했으므로 유병진과 이광수가 다가가 가방 하나씩을 맡고 지퍼를 열었다.

"아앗!"

유병진이 놀란 외침을 뱉었고 이광수는 입만 딱 벌렸다. 옆쪽에 서 있던 서영미는 가방 안에 가득 차 있는 5만 원권 지폐를 보았다. 10개 묶음으로 비닐 포장이 되어있는 것이 은행 금고에서 금방 꺼낸 돈뭉치 같다. 그때 화천이 말했다.

"필요하면 더 가져올 테니까 교회 자금으로 써."

"이, 이게 얼맙니까?"

더듬대며 묻던 유병진이 뭉치를 세더니 눈을 치켜뜨고 이광수를 보았다.

"5천만 원 뭉치가 8개면 4억 맞지요?"

이광수는 숨만 들이켰다. 기적을 일으켜준 데다가 자금까지 대준 부흥목사다. 이광수가 겨우 한마디 했다.

"화천교회로 바꾸지요."

기적이다. 지금 다섯 번째 휴대폰 영상을 보면서 박찬성은 창자가 뒤틀리는 느낌을 받으면서 인정했다. 기적이 틀림없다. 119대원들이 신고 올 때부터 다 녹화가 되어있어서 촬영은 어색했지만 조작한 증거가 없다. 백준규와 이성희가 일어나고 피어나는 장면은 머리칼이 솟을 만큼 감동적이었다. 이 SNS가 지금 퍼지고 있는 것이다. 이윽고 휴대폰을 건네준 박찬성이 하준호에게 물었다.

"이놈은 어디서 데려왔다더냐?"

"화천이랍니다."

"이름이 화천이라면서?"

"예, 화천에서 낚시하던 사람이라는 말도 있고 그렇습니다."

"낚시를?"

"예, 산속에서 나왔다고도 하고 소문만 무성합니다."

"이광수 씨가 그쪽에 아는 사람이 없을 텐데   …."

"어쨌든 대동교회에서 넘어온 교인들이 흔들리고 있습니다."

"흔들리기는, 이광수한테 무슨 면목으로 돌아가려고?"

"그것이."

눈치를 살핀 하준호가 말을 이었다.

"이광수 목사가 다 용서해준다는 소문이 퍼졌습니다."

박찬성이 소리죽여 숨을 뱉었다.

SNS의 위력이다. 대동교회 안에서 한관영, 백준규, 이성희에 대한 동영상이 나가고 나서 번지기 시작한 조회 수가 만 하루가 지났을 때 금방 1천만을 돌파했다.

이틀째 되는 날 아침에는 3천만 뷰가 되었는데 교인들이 백준규와 이성희의 상태를 계속해서 올렸기 때문이다. 그러자 종편 방송이 달려들었다. 인터뷰 방송의 시청률이 당장 15퍼센트로 치솟더니 이제 한관영 등 세 집 앞은 사람들로 인산인해가 되었다. 결국 세 집이 인터뷰를 사양하고 경찰의 보호를 요청하게 되었지만 사흘째 되는 날 대동교회 안은 그야말로 '박'이 터지도록 사람이 몰려들었다.

오달규와 양순영은 교당 안으로 들어오는 사람들을 일일이 검문검색을 하고 들여보내야만 했다.

"당신 누구야?"

오후 5시 반, 오달규가 소리치며 가로막은 인사는 박민수, 대동교회 집사였다가 박찬성을 따라간 사내, 오달규와 20년 지기였지만 지금은 원수가 된 인사다.

"당신 왜 들어와?"

팔을 움켜쥔 오달규가 소리치자 모두의 시선이 모였다. 교당으로 들어서던 인파도 딱 멈췄다. 오달규가 하나씩 들여보내고 있었기 때문이다.

"아, 나, 여기서 그냥……."

당황한 박민수가 얼버무렸고 얼굴이 금방 벌겋게 상기되었다. 떠나기 전에 말리는 오달규에게 온갖 악담을 퍼부었기 때문이다. 56세, 오달규보다 한 살 연상이다. 오달규가 머리를 저으면서 박민수를 밀었다.

"안 돼, 목사님이 다시 다 받아들인다고 하셨어도 당신은 예외야."

"이봐, 오 집사."

"내가 네 꿍꿍이를 알지, 네 딸 병을 낫게 해달라는 것이지만 우리 화천 님은 안 돼."

"뭐가 안 돼?"

"내가 문지기를 맡았다. 넌 안 되고 다른 사람은 된다."

그때 뒤에서 들어가지 못한 사람들이 소리쳤다.

"안 된다면 빨리 비키쇼! 염치도 없지, 나갈 때 악담하던 건 언제고 여기가 어디라고 뻔뻔하게 얼굴 쳐들고 왔어!"

남아있던 교인인가 보다. 박민수가 옆으로 비켜났을 때 오달규에게 인사를 하고 들어간 여자는 박찬성에게 붙었던 사람 중의 하나다.

사흘 만에 다시 열린 부흥회다. 언론사 기자들이 몰려왔지만 교회 정문 밖에서 용역회사 경비원들에 의하여 차단당했고 교당 앞에서도 교인들에 의하여 2차로 걸러진 후에 교인들만 입장했다. 그런데도 교당은 통로, 계단, 뒤쪽 출입구까지 가득 차서 입추의 여지가 없다.

입장하면서 먼저 부흥회비를 걷었는데 한 사람도 빠짐없이 봉투를 내었으므로 머릿수가 정확하게 기록되었다. 3,928명이다. 1,500명 정원으로 만들어진 교당에 2배가 넘는 교인이 들어찬 것이다. 대동교회 역사상 처음이다. 가장 많은 신도가 몰렸던 때가 15년 전, 대부흥회를 개최해서 여의도의 대목사 김동천을 모셔왔을 때인데 1,627명이었으니 그 두 배가 넘는다.

모인 군중 중에는 인근 교회의 목사, 집사, 장로 등도 끼어 있었는데 유병진도 문 앞에 서 있었기 때문에 목사를 15명까지는 세고 그만두 었다.

유병진은 따지고 보면 화천의 제1차 기적 혜택을 받은 신분이다. 사람들에게 대놓고 말은 안 했지만 자신이 첫 번째 제자 같은 자부심으로 충만해 있다.

이곳은 화천의 방이다. 문 앞에는 '대리인실'이라고 팻말이 붙어있는데 이광수가 간판집에다 주문해서 붙였다. 오늘 부흥회가 끝나면 대동교회는 '화천교회'로 간판을 바꿔 달 예정이어서 간판과 네온사인까지 주문해 놓았다. 대리인실은 목사실 안쪽 회의실을 개조했는데 방안에 서영미가 들어와 있다. 화천의 지시로 서영미가 비서를 맡게 된 것이다. 오후 5시 40분, 부흥회가 시작하려면 20분이 남았는데 교당은 이미 입추의 여지가 없이 가득 차 있다.

"신청자가 250명이 넘어요."

소파에 앉아 TV를 보는 화천에게 다가선 서영미가 말을 이었다.

"데려오지 말라고 했는데도 데려온 사람이 많아요."

기적을 바라는 사람들이다. SNS 동영상을 보고 목포에서 KTX를 타고 온 사람도 있다는 것이다. 방송기자들을 막았지만 몇 명은 교당으로 들어왔을 것이다. 교당의 소음이 이곳까지 울리고 있다. 서영미의 시선을 받은 화천이 빙그레 웃었다.

"놔둬."

"SMK는 화천 님의 능력을 심층 취재한다고 공언까지 했어요. 아마 지금 교당 안에서 준비를 하고 있을지도 모른다고 목사님이 말했어요.”

다가선 서영미가 말하자 화천이 지그시 시선을 주었다.

“이리 와.”

“네?”

숨을 들이켠 서영미의 얼굴이 순식간에 빨개졌다. 화천이 손바닥으로 옆자리를 가리켰다.

“이리 와, 시간이 좀 있으니까.”

“싫어요.”

한 걸음 뒤로 물러선 서영미가 붉어진 얼굴로 눈을 흘겼다.

“어젯밤에도 잠도 안 자고 했잖아요?”

“그래서 지금은 싫단 말이야?”

“하고는 싶지만 어떻게 여기서…….”

“이리 와.”

“누가 오면 어떻게 해요?”

“안 올 거다.”

화천이 손을 내밀자 서영미가 주춤거리더니 다시 눈을 흘겼다. 붉어진 얼굴이 요염했다.

가쁜 숨을 몰아쉬면서 팬티를 입는 서영미의 어깨를 쓸면서 화천이 말했다.

“난 신이 아냐.”

“알아요.”

팬티를 입은 서영미가 서둘러 스커트를 올리면서 말을 이었다.

“하지만 기적을 일으키는 분이죠.”

화천이 바지 혁대를 채우면서 웃었다.

"너에게만은 내 진면목을 다 보이는 거야, 난 네 신처럼 그렇게 완벽한 존재가 아니다."

"알아요."

제 옷을 다 입은 서영미가 화천의 바지 지퍼를 올려주면서 웃었다. 화천은 서영미의 헝클어진 머리를 쓸어 올려 주었다.

"오늘 잘하세요, 네?"

"잘하면 뭘 줄 건데?"

"오늘 밤에 당신을 더 즐겁게 해드릴게."

서영미가 눈을 가늘게 뜨며 웃었다.

"물론 내가 더 좋지만요."

서영미가 방을 나갔을 때 화천이 심호흡을 했다. 이제 SNS로 전 세계에 알려졌으니 놈들이 닥쳐오는 것은 시간문제다. 울림이 그친 것은 놈들이 가까운 곳에 왔다는 증거인 것이다. 그렇다. 다른 사람들에게 기적을 일으키는 신 같은 존재로 추앙을 받겠지만 서영미에게만은 자신의 진면목을 보여주고 싶었다. 터놓고 지내는 편한 상대를 두고 싶었던 것이다. 이곳에서 화천교를 세우게 되었지만 과연 얼마나 지속될 것인가? 교당에서 이광수의 설교가 시작된 것 같았다.

이광수의 우렁찬 목소리가 이곳까지 울리고 있다. 시공을 따라 이곳으로 쫓아온 놈들이 두렵지는 않다. 화천의 얼굴에 쓴웃음이 번졌다. 내가 도망 다니는 것이 아니다. 그렇다. 우연히 이 시대에 빠져들었고 흥미를 느꼈기 때문이다. 서왕(西王)으로 산적 무리를 이끌고 인육주점이 횡행하는 난세(亂世)에 사는 것에 미련이 남아있지 않은 이유도 있다.

"자, 이제 화천교회의 화천 님이 나오셨습니다! 주 예수를 대신해서 기적을 일으켜 예수의 믿음을 부흥시킬 역사(力使)가 오십니다!"

이광수의 외침을 들으면서 화천이 설교단으로 다가갔다.

"우와!"

함성, 기존 대동교회 교인들의 선창에 따라 우레와 같은 함성이 일어났다. 기적을 보고 싶은 열망, 그중에는 오늘 기적을 받으려는 인간들도 수백 명이다. 이광수를 배신하고 침까지 퉤퉤 뱉으면서 박찬성에게 갔던 사람들도 지금 기적을 바라고 와 있다. 숨겨온 카메라를 들이대고 영상을 찍는 방송기자들도 14명이나 있다.

함성을 지르면서, 기도를 하면서 한 손으로 스마트폰을 추켜올리고 영상을 찍는 교인이 절반 이상이다. 이건 교인들의 기도회가 아니다. 인기 가수나 방탄소년단의 팬 미팅 같다. 화천이 TV에서 그것을 보았기 때문이다.

그때 화천이 손을 들었으므로 함성이 잦아들더니 곧 뚝 그쳤다. 화천이 교당이 미어터질 것처럼 채운 교인들을 둘러보며 물었다.

"기적을 보고 싶으냐?"

"예엣!"

함성이 절반쯤만 울렸다. 나머지 절반은 못 믿거나 반말에 거부감을 느꼈거나, 어떤 놈인가 구경을 하러 온 인간들이기 때문이다. 화천이 말을 이었다.

"진심을 가진 자만 기적을 받는다. 배신했다가 돌아온 자도 다 받지만 금방 용서할 수는 없다. 다시 진심을 갖게 되면 기적을 받는다. 구경나와서 기적을 받으려고 하면 역작용이 일어나 벌을 받는다. 그것을 명심해라."

그때다.

"반말하지 마라!"

교당 중앙에서 사내 하나가 벌떡 일어나 소리쳤다. 30대쯤 양복 차림인데 건장한 체격, 말쑥한 신사가 다시 소리쳤다.

"무슨 기적! 홀리지 말고 반말하지 마라!"

그 순간이다. 설교단을 주시했떤 3천여 쌍의 눈이 일시에 커졌다. 멀쩡하게 서 있던 화천이 사라졌기 때문이다. 뒤쪽에 앉아있던 이광수도 놀라 엉거주춤 몸을 일으켰다. 화천이 보이지 않았기 때문에 두리번거리고 있다. 도무지 설교단에서 몸을 숨길 곳이 없는 것이다. 교당 안의 교인들이 수군거리기 시작했다. 그러나 사내는 그것으로 더기세가 났다.

"어디로 숨은 거냐! 나타나라! 도망갔냐!"

사내가 다시 소리쳤지만 이제는 말리는 사람도 없다. 그때다.

"으악!"

날카로운 비명이 울렸다. 여자들의 비명이다. 그때 교당의 인파는 소리치던 사내가 허공으로 솟아오르는 것을 보았다.

"으아앗!"

주위의 수백 명이 놀란 외침을 뱉는다. 그 와중에 플래시 불빛 수백 개가 번쩍였다. 보라, 사내의 몸이 밧줄로 감겨 허공으로 올라가고 있다. 위쪽 천장의 서까래에서 밧줄이 내려와 묶어서 끌고 올라가는 것이다. 빈 서까래가 밧줄을 끌어 올리고 있다.

"아앗!"

처음으로 사내가 외침을 뱉었는데 공포가 섞여 있다.

"으아앗!"

주위의 교인들이 비명과 같은 함성을 뱉더니 두 손을 모으고 외쳤다.

"주여! 주여!"

보라, 사내는 이제 허공에 떠 있다. 10미터쯤의 높이에 매달린 채 대롱거리는 중이다. 밧줄이 허리에 묶여있지만 떨어지면 죽는다. 도대체 빈 밧줄이 어떻게 저절로 내려와 서까래에 저 사내를 매달았단 말인가?

"으아앗!"

마침내 사내가 비명을 질렀다. 갑자기 밧줄에 몸이 감겨 허공으로 끌려 올라가니 이제 체면도 잊었다. 그때 주위의 남녀가 좌우로 몸을 피했다. 사내한테서 더운 물이 떨어졌기 때문이다. 오줌이다.

그때였다. 다시 외침이 일어났는데 설교단에 화천이 서 있었던 것이다. 화천을 찾으려고 설교단을 왔다 갔다 하던 이광수도 함께 놀랐다.

"저 사내는 그대로 놔둬라."

화천이 정색하고 말했다.

"자, 이제 진심으로 기적을 바라는 자는 연단으로 나오너라."

이제 기적이 시작된다.

6장
대결

오피스텔의 소파에 앉은 송지가 TV를 보면서 웃었다.

"우리가 찾아다닐 필요가 없어, TV 기자들이 다 우리 대신 해주고 있으니까."

냉장고를 열고 생수병을 꺼낸 선우가 투덜거렸다.

"이 세상은 마시는 물까지 사 먹어야 하다니, 사람 살 곳이 못 돼."

"공기가 탁하다고 중국에서는 자동차도 홀수 짝수 교대로 다니는 거 못 봤어?"

면박을 준 송지가 다시 TV를 보았다. TV에서 방영된 화천의 녹화필름을 세 번째 보는 중이다. 교회당 안, 미어터질 것 같은 인파, 천장에 대롱대롱 매달린 사내, 그리고 설교단 위에서 화천이 지금 세 번째 사내에게 기(氣)를 불어넣고 있다. 세 번째 사내는 60대로 반신불수, 설교단에 올라올 때 보니까 왼쪽 팔과 다리는 비틀려서 못 썼고 얼굴도 뒤틀려 있다.

좌우에서 부축하던 아내와 아들이 손을 떼자 세 걸음을 걸었는데 사지가 따로 놀았다. 비틀린 입술 끝에서 침이 흘러내렸고 눈동자도 끝에 붙었다. 한마디로 추악했다. 아내가 눈물 바람으로 이야기를 했는데 3년 전에 쓰러져 이렇게 되었다는 것이다.

뇌일혈과 중풍으로 회복이 불가능하다는 의사의 증언이 전화로 소개되었다. 그리고 지금 화천이 두 손바닥을 사내의 이마와 심장에 붙인 채 옆에 앉아있다. TV 화면은 계속해서 비치고 있다. 그때 선우가 옆에 앉으면서 물었다.

"지금 몇 번째 보는 거냐? 그놈 장력을 연구하는 거야?"

"내공(內功)의 고수야, 내력(內力)이 강해."

"그건 겨뤄봐야 알지."

이미 처음 방영될 때 화천이 내공으로 환자를 치유하는 것을 본 터라 선우가 시큰둥한 얼굴로 말했다.

"그리고 보면 우리도 이곳에다 교당을 하나 세울까? 송선 교당이 어떠냐? 네 이름과 내 이름 하나씩만 따서 말이다."

화천의 내공을 주시한 채 송지는 움직이지 않았고 선우의 말이 이어졌다.

"저놈처럼 허수아비 목사를 하나 세우고 말이다. 여의도에 큰 교당이 있다던데 그곳에 가서 기적을 몇 번 보여줄까?"

"……."

"화천 저놈보다 더 큼지막한 기적을 만들어 주는 거야."

그때 TV에서 화천이 손을 떼고 물러난 순간 폭발적인 반응이 일어났다. 누워있던 환자가 두 손으로 바닥을 짚으며 상반신을 세우더니 곧 일어선 것이나. 그리고는 발을 떼었는데 정상인이다. 교당은 함성으로 무너질 것 같았다. 이제 사내가 거의 뛰다시피 설교단을 왕복했는데 아들과 부인은 울면서 뒤를 따른다. 교당 안은 함성과 주를 찬양하는 외침으로 가득 찼다. 이윽고 리모컨으로 TV 화면을 끈 송지가 선우를 보았다.

"저놈도 우리가 가깝게 와 있다는 것을 알고 있어."

"그렇겠지. 제 모습이 TV 화면에까지 방영이 되고 있으니까 말이다. 그리고 저놈도 우리가 같은 시간대로 넘어오는 소리를 들었어."

"우리를 기다리고 있을 거야."

"당연히."

이제는 선우도 정색하고 말을 이었다.

"대결을 해서 결판을 내야지."

"상하이의 황 사장이라고 하면 아신다는데요."

이광수가 핸드폰을 쥔 채 물었으므로 화천이 손을 내밀었다. 황윤이다. 황윤도 TV를 본 것이다. 화천교회의 대리인실 안, 핸드폰을 귀에 붙인 화천이 말했다.

"황 사장, TV를 보셨군."

방 안에 있던 이광수와 서영미가 긴장했다. 화천이 유창한 중국어를 했기 때문이다. 중국어를 모르는 이광수는 겨우 영어로 황윤의 전화를 받은 것이다. 황윤이 들뜬 목소리로 말했다.

"예, 선생님, 우리 식구가 그것을 보고 놀라서 연락을 드렸습니다."

"아, 괜찮아, 그런데 별일 없지?"

"예, 여기서 사업을 시작하고 있습니다. 잘되어 갑니다."

"다행이군."

"연락처를 몰라서 담임 목사한테 전화를 드렸습니다."

"이제 교회로 하면 될 거요, 내 직통번호를 알려주지."

전화번호를 불러준 화천의 눈앞에 지원의 모습이 떠올랐다. 그때 황윤이 말했다.

"선생님, 그럼 다시 연락드리겠습니다."

"어려운 일 있으면 연락하고."

"감사합니다, 선생님. 저희들은 선생님만 믿습니다."

황윤의 목소리는 들떠있다. 화천이 언론에 공개되는 모습을 보자 압박감이 풀린 것 같다.

통화를 끝낸 화천이 핸드폰을 이광수에게 건네주면서 말했다.

"SMK 방송국 인터뷰를 하지."

"옛?"

놀란 이광수가 한 걸음 다가섰다. 두 눈이 치켜떠졌고 입도 반쯤 벌어졌다. 한국의 모든 방송국이 화천에게 인터뷰 요청을 한 것이다. 한국뿐만이 아니라 중국의 유명 채널에서는 1시간에 1천만 불의 출연료를 지급하겠다는 제의를 해오기도 했다. 시간이 지날수록 출연료는 더 올라갈 것이었다.

"대리인님, 그럼 출연료는……."

"그렇지, 출연료를 받아야겠지."

"그럼요, 그자들은 시청률을 높이기 위해서 대리인님께 기적을 몇 가지 보여 달라고 할 겁니다. 그리고 검증단도 참석시켜서 조작된 것인가도 체크할 텐데요."

"내 모든 것을 해부한다는 언론 보도도 있더구먼."

"예, 그러니까 위험하기도 합니다."

"내가 다 응해 줄 테니까 1천억을 내라고 하지."

"옛, 일, 일천 억 말입니까?"

"내 필름 갖고 장사를 하면 그 두 배는 벌 텐데."

"그, 그렇지요."

"SMK가 못하겠다면 중국 방송에다 제의하겠다고 해."

"예, 대리인님."

어깨를 편 이광수가 대답했을 때 화천이 머리를 끄덕였다.

이광수가 방을 나갔을 때 서영미가 화천 앞에 다가와 섰다. 얼굴에 그늘이 졌다.

"과학자들이 다 온다고 했어요, 외국에서도 불러 모을 것이라고요."

서영미가 바짝 다가섰다.

"만일 저기, 만일⋯⋯."

"만일 뭐?"

"알게 되면 어떻게 되죠?"

"뭘 안단 말이야"

"자기가 저기, 옛날에서 온 내공을 쌓은 사람이란 것을⋯⋯."

"걱정 마."

쓴웃음을 지은 화천이 손을 뻗어 서영미의 엉덩이를 쓸었다. 서영미에게 자신의 내력을 이야기해준 것이다. 그래서 서영미는 다 알고는 있지만 믿는 것 같지는 않다. 심신비전이란 어떻게 생겼는지도 알 수 없는 터라 실감이 나지 않았을 것이다.

이틀 전부터 서영미는 의정부의 저택으로 이사를 가서 어머니, 선주와 함께 산다. 2층 건물로 방이 8개나 되는 저택이어서 가정부도 하나 채용했다. 그곳에 밤마다 화천이 들르고 있는 것이다. 서영미는 그 생

204

활이 깨질 것이 두려운 것 같다. 화천이 말을 이었다.

"네가 나빠질 리는 없어."

"저기야."

송지가 화천교회를 눈으로 가리키며 말했다. 오전 10시 반, 이 시간이면 대부분의 교회는 한산하다. 그러나 화천교회 앞은 인산인해다. 교회의 닫힌 문 앞에 구름 같은 인파가 모였고 행상이 빵과자를 팔고 있다.

"저 둥근 과자가 맛있겠군."

선우가 장사꾼이 들고 다니는 냄비 뚜껑만 한 과자 뭉치를 보면서 말했다.

"우리가 이 험한 세상으로 넘어오기 전에 먹던 보리떡 같다."

"저건 떡이 아냐, 사형."

"비슷하게 생겼지 않나? 여기 와서 저렇게 비슷하게 생긴 건 처음 보았다."

"시끄러워!"

마침내 송지가 눈을 치켜떴다.

"저놈을 잡든지 죽이든지 하고 돌아가자고! 대형이 기다리고 있단 말이야!"

"방에서는 숨 몇 번 쉬었을 뿐이야."

그때 송지가 몸을 굽혔으므로 선우는 벽에 등을 붙였다. 본능적으로 붙인 것이다. 교회 대문이 열리더니 중년 남녀가 나왔는데 사람들이 뒤를 따르고 있다. 교회 간부들 같다. 뒤에 엉겨 붙은 사람 중에는 기자도 있었고 교인도 있다. 제각기 인터뷰를 하거나 무슨 부탁을 하려는지 움직이는 꿀단지에 엉겨붙는 벌떼처럼 따라가고 있다.

    SMK방송국 보도국장 이인평은 조사부장 출신으로 다큐멘터리 전문이었다. 30년 동안 온갖 취재를 다 했고 그가 제작한 20부작 동남아 오지탐사 필름으로 세계의 찬사를 받았다. 이인평은 취재의 오스카상인 아몬드 대상을 수여받은 거장인 것이다.

    "됐어, 정지."

    다시 화면을 정지시킨 이인평이 손으로 한 곳을 짚었다. 교당의 서까래 쪽이다.

    지금 이인평은 조길수가 목매달려 죽는 인간처럼 천장으로 끌려 올라가는 장면을 정지시킨 것이다. 이 필름은 교당의 교인이 휴대폰으로 찍었지만 잘 찍혔다.

    이인평은 이 영상을 1천만 원이나 주고 구입한 것이다. SMK의 제작본부 회의실 안이다. 방 안에는 10여 명의 제작진이 모여 있었는데 모두 전문가들이다. 사진부, 기술부, 설치부, 미용부 전문가들까지 다 둘러서 있다. 이인평이 말했다.

    "봐, 여기서 누가 끌어당기는 것 같지 않나? 이 로프가 빳빳하게 서 있는 거 봐."

    "그렇군요."

    기술부 감독이 동의했다.

    "거기에다 손을 그려 넣으면 딱 맞겠습니다."

    "근데 누가 손을 지웠단 말이여?"

    사진부장이 눈을 가늘게 뜨고 그 장면을 보면서 물었다.

    "지운 흔적이 없잖아? 안 지웠어."

"그럼 화천이가 투명한 옷을 입고 여기 서까래로 올라갔다는 건데."

설치부 주임이 화면을 노려보며 말했다.

"기어 올라갈 데가 없어요, 여기로 올라가려면 저기 옆쪽 문 위로 올라가야 하는데……."

모두의 시선이 그쪽으로 옮겨졌다가 돌아왔다. 불가능한 것이다. 사람으로 빈틈없이 꽉 차 있어서 머리통을 밟고 50미터나 가야 한다.

"지기미 시발."

이인평이 투덜거렸을 때 방안으로 서둘러 보도국 차장이 들어섰다. 눈을 치켜뜨고 있는 것이 입에서 화재가 났다는 말이 나와야 표정이 어울릴 것 같다.

"국장님, 왔습니다."

몸은 비대했지만 행동은 빠른 차장이 소리치듯 말했다.

"뭐가?"

이인평이 의심스러운 표정으로 묻자 차장이 어깨를 부풀렸다.

"인터뷰한다고 연락이 왔습니다."

"얀마, 그럼 인터뷰라고 해야지!"

이인평이 버럭 소리쳤다.

"난 빚쟁이가 온 줄 알았잖아!"

아무도 웃지 않았고 차장이 말대답을 했다.

"근데 인터뷰 대금으로 1천억을 내랍니다."

"뭐?"

그렇게 되물은 것은 사진부장이다. 이인평은 입을 딱 다물었고 다른 사람들이 중구난방 떠들었다. 욕설도 섞여 있는 것이 대부분이 비싸다는 불평이다. 그때 이인평이 말했다.

"내가 사장한테 보고할 테니까 그쪽에다 곧 통보해주겠다고 연락해."

그러고는 방안에 모인 전문가들에게 손을 들어 보이면서 몸을 돌렸다.

오후 5시 40분, 뒷문으로 들어선 오달규와 양순영에게 교당에 서 있던 유병진 장로가 소리쳤다.

"어이, 당신들은 요즘 출근 성적이 좋군 그래?"

닷새 전만 해도 둘은 전화도 잘 안 받았다.

교당으로 나온 화천이 둘러앉은 신도들을 보았다. 예배가 없는 시간인데도 5백 명 가까운 신도가 모여 있었는데 교당은 활기에 차 있다. 화천은 벽을 따라 발을 떼었다. 이미 자신의 얼굴과 능력은 온 세상에 알려진 상태다. 370년 후의 지금 세상은 TV라는 괴물 때문에 눈 한번 깜박이는 순간에 정보가 전해진다. 따라서 추적자들은 진즉 보았을 것이다. 벽을 따라 교당을 돌고 있는 것도 추적자를 찾아보려는 것이다. 추적자의 능력은 자신과 비등할 정도다.

마하트에 의해 전해진 심신비전의 능력과 버금갈 만하다. 함께 시공을 건너뛰어 이곳에 와 있는 것이 그 증거다.

교당을 절반쯤 돌았을 때 화천은 앞쪽 벽이 흔들리는 느낌을 받았다. 순간 숨을 들이켠 화천이 재빨리 손을 저었다. 변신 중이어서 화천의 몸은 벽과 일치한 상태. 그런데 상대방도 마찬가지인 것이다. 다만 화천의 눈에는 상대방의 윤곽이 보일 뿐이다.

상대는 둘, 여자와 남자다. 남자는 바로 선우, 놈을 따라서 방까지 들어갔으니까 그놈이 시공을 건너뛰어 이곳까지 추적해온 것이다. 그리고 여자는 사매 송지, 방에 함께 있었던 넷 중 둘이다. 지휘자인 고채형과 곽지용까지 기억난다.

숨을 죽인 화천이 둘을 주시했다. 이쪽도 같은 변신술을 쓰고 있었지만 추적자보다 한 호흡 과거로 돌아가 있다. 그래서 추적자들의 눈에는 화천이 보이지 않는 것이다. 화천이 두 남녀에게로 다가갔지만 이쪽의 기척을 듣지도 보지도 못한다. 이쪽은 한 호흡 뒤쪽의 세상에 떠 있는 것이다.

그래서 손을 뻗어도 잡을 수가 없다. 그때 송지가 머리를 돌려 선우를 보았다.

"지금 그놈과 마주쳐도 당장에 결판을 낼 수는 없어, 그러니까 그놈을 확실하게 잡을 방법을 만들어야 돼."

"놈이 안에 있어."

선우가 머리를 저으면서 짜증을 냈다.

"사매, 시간 끌 것 없다. 난 이놈의 세상에서 얼른 떠나고 싶어, 벌써 우리가 며칠을 소모한 거냐? 한 달도 넘었다."

"대형이 여관방 안에서 숨 몇 번 쉬고 있는 동안이야."

"당장 저놈하고 결판을 내고 돌아가자, 저놈을 따라 바다까지 건너왔지 않아? 이젠 지긋지긋하다."

"저놈이 먼저 우리를 발견하면 불리해."

그 순간 송지가 손을 저었고 화천의 시야에서 사라졌다. 숨을 들이켠 화천이 몸을 틀어 옆쪽 문을 열고 복도로 나왔다. 송지가 괴기로 옮겨갔다면 자신처럼 바로 앞 순간에 떠 있는 자신을 발견해냈을 것이기 때문이다. 화천의 몸에 냉기가 덮이는 느낌을 받고는 심호흡을 했다. 지금까지 저런 적수를 만난 적이 없다. 중원에 저런 무공(武功)이 있다는 말도 들은 적이 없다. 그렇다면 저들도 외계의 비전을 익힌 자들이란 말인가?

"5백억으로 합시다."

SMK 보도국장 이인평이 목소리를 부드럽게 하며 말을 이었다.

"5백억도 우리 회사에서, 아니, 한국방송역사에서 최고액이 될 겁니다. 그 이상이면 불가능해요."

"그럼 그만둡시다."

바로 이광수가 말했으므로 이인평이 숨을 죽였다. SMK의 보도본부장실 안이다. 손에 땀이 배어났으므로 핸드폰을 바꿔 쥔 이인평이 어금니를 물었다가 풀었다.

"목사님, 그러지 마시고 조금 신경을 써주시는 것이……."

"아니, 저는 조금 전에 미국하고 일본방송사에서 각각 1억 불하고 1억5천만 불까지 제의를 받아서 그럽니다."

이광수의 목소리에 웃음기가 띠어졌다.

"중국방송 이야기를 하시면 농담인 줄 아시겠군요. 그 사람들, 당장 2억 불을 내겠다고 했습니다. 딱 1시간 출연에 말입니다."

"잠깐만 기다려주실 수 있습니까?"

다시 핸드폰을 다른 쪽 귀에 붙인 이인평이 말하자 핸드폰에서 이광수의 혀 차는 소리가 났다.

"30분 드리지요."

그러고는 통화가 끊겼으므로 이인평이 자리에서 벌떡 일어섰다.

"없어."

교당을 두 번이나 수색한 선우가 송지에게 말했다. 둘은 교당 밖의 벽에 기대어 서 있었는데 주위로 교인들이 스치고 지나갔다. 오후 6시 반, 어둠이 덮이고 있어서 변신에 더욱 유리한 시간이다. 둘은 벽과 일치되어서 바로 옆을 지나는 교인들도 눈치채지 못한다.

"이놈이 숨었나?"

선우가 투덜거렸을 때 송지는 머리를 저으며 말했다.

"우리가 오는 것을 예상하고 있어."

"그랬다면 대비를 해놓았겠지."

쓴웃음을 지은 선우가 말을 이었다.

"그놈도 어서 결판을 내고 싶을 걸? 어쨌든 그놈이 나타날 때까지 기다리자."

선우가 고집했다. 그때 송지가 선우의 팔을 쥐더니 다시 손을 저어 시간 이동을 했다. 숨 한번 마시고 뱉을 만큼의 미래로 돌아간 것이다. 다시 현재의 시간으로 돌아왔을 때 바로 앞쪽을 지나던 노인 두 명이 사라졌다. 그야말로 눈 깜박하는 사이에 교당 안으로 들어간 셈이지만 6초쯤이 지난 것이다. 지금까지 6초 전의 세상에서 지내고 있었기 때문이다.

"왜 자꾸 이동을 하는 거야?"

선우가 묻자 송지는 주위를 둘러보며 말했다.

"그자가 시간 이동을 하면서 우리를 살피고 있을 수도 있어."

"지난번에도 그랬지."

선우가 정색하고 머리를 끄덕였다.

"그놈이 먼저 선수를 치고 내 전(前) 모습을 보았어, 이번에는 가만두지 않을 거다."

"한 호흡이야, 명심해."

송지가 주의를 주었다.

"그래야 나하고 맞출 수가 있어."

따로 떨어져 이동할 때 시간이 어긋나면 만나지 못할 수가 있는 것이다. 그래서 송지는 선우의 팔을 잡고 같이 이동한다. 그때 옆에서 목소리가 들렸으므로 둘은 대경실색했다.

"옷차림이 우스꽝스럽구나."

머리를 돌린 둘은 바로 옆쪽에 서 있는 화천을 보았다. 둘의 시선을 받은 화천이 쓴웃음을 지었다.

"계집은 남자 브랜드를 입고 사내놈은 여자용 스키니를 입다니 한심한 것들."

"에잇!"

말이 끝나기도 전에 선우가 내뻗은 손은 69가지 인체탈피술의 하나로 손이 칼이 되었다. 선우는 제 왼손이 장검처럼 화천의 복부를 관통하는 느낌을 받고는 심장박동이 빨라졌다.

"앗!"

그러나 다음 순간 선우의 입에서 외침이 터졌다. 손이 두꺼운 책을 관통한 것이다. 손목에 책이 꿰어있는 우스꽝스러운 모양새가 되었다.

"이런."

당황한 선우가 화천이 사라진 것은 둘째 치고 손목에 꿰어있는 검은 표지의 책을 뜯어내려고 했지만 안 되었다. 손목에 꽉 채워진 듯이 꿰여 있었기 때문이다. 인체탈피술로 선우의 손이 장검으로 변했다가 책을 꿰고 원상으로 돌아왔기 때문에 발생된 결과다. 그때 어느새 위쪽으로 떨어져 있던 송지가 손에 단검을 들고 다가오며 말했다.

"놈이 우릴 보고 있었어."

그 순간 송지가 선우의 팔을 쥐더니 손을 저었다.

이번에는 한 호흡 순간이 아니다. 송지가 손을 저은 강도(強度)를 눈여겨보았어야 했다. 눈앞에서 송지와 선우가 사라졌기 때문이다. 그 순간 화천이 몸을 날려 교당 안으로 들어섰다. 같은 위치에 있을 때 그들이 과거로 돌아가면 발각된다. 그러려면 위치를 바꿔야만 한다.

세 호흡 정도 과거에 그들 옆에 붙었으니 더 이전으로 돌아가든지 해야 된다. 교당 안으로 들어선 화천이 몸을 날려 반대쪽 입구로 빠져나갔다. 과거로 돌아간 그들이 과거의 자신 행적을 잡았다고 해도 지난 역사책을 읽는 것이나 같을 뿐이다. 역사책 안의 인물을 손으로 쥘 수나 있겠는가? 교회를 빠져나온 화천이 긴 숨을 뱉었다.

어차피 대결은 불가피하다.

"박찬성이가 찾아와?"

버럭 소리친 유병진이 어깨를 부풀렸다가 내렸다.

"내가 만나지, 지금 목사님은 SMK하고 협상 하느라고 바빠."

오후 6시 50분, 유병진이 목사실 입구의 사무실에서 거드름을 피우며 말했다. 5평 규모의 사무실은 두 달 전부터 폐쇄되었다가 지금은 일하는 교인이 6명이나 된다. 보조까지 자원해서 나서는 바람에 10여 명이 사무실을 들락거리고 있다.

박찬성의 교회로 빠져나갔던 교인 대부분이 복귀했지만 그들은 일단 남아있던 기존 교인들로부터 수모를 당해야만 했다. 사무실 근처에는 얼씬도 못 했고 교회의 모든 조직에서 간부로 기용될 수도 없다. 집사나 권사, 장로 등의 직책도 다 내려놓고 평신도로 복귀해야만 했다.

그런데도 그들이 필사적으로 돌아오는 이유는 뻔하다. '기적의 교회'인 '화천교회' 교인이라는 프리미엄 때문이다. 돌아와 놓고서 전부터 교회를 지키고 있었다면서 사기를 치는 사람들도 생겨나는 상황인 것이다. 이제 전(前) 부목사이며 배신자인 박찬성이 찾아왔다는 말을 듣자 유병진이 항복하러 온 적장을 맞는 표정이 되었다. 이윽고 사무실로 들어선 박찬성이 유병진을 보더니 얼굴에 웃음을 띠었다.

"아이고, 유 장로님, 오랜만에 뵙습니다."

다가선 박찬성이 손을 내밀었지만 유병진은 소파에서 일어나지도 않았다. 그러자 박찬성이 쓴웃음을 짓고는 손을 내렸다. 사무실 안은 조용하다. 10여 쌍의 눈이 둘을 주시하고 있다.

"아이고, 여러분도 여기 계시군요."

어색해진 박찬성이 주위를 둘러보는 시늉을 하더니 엉거주춤 앞쪽 소파에 앉았다. 그러고는 어깨를 부풀렸다가 내리면서 유병진에게 물었다.

"목사님 계시지요? 제가 드릴 말씀이 있어서 왔는데요."

"무슨 말인데?"

유병진이 반말을 했으므로 모두 숨을 죽였다. 박찬성도 이렇게까지 나올 줄은 예상 못 한 것 같다. 얼굴이 굳어졌지만 곧 일그러진 웃음을 띠었다.

"유 장로께서 불편하신 것 같군요, 제가 목사님께 직접 드릴 말씀이 있습니다."

"우리 목사님은 배신자 만날 시간이 없어, 그러니까 나가."

유병진이 먼지를 털듯이 손을 까닥까닥 흔들면서 덧붙였다.

"우리 화천 님한테 벌 받지 않으려면 빨리 나가는 것이 좋을 거야."

"거, 쓸데없는 소리 마시고."

박찬성의 얼굴도 굳어졌다. 언변으로 말할 것 같으면 이광수보다 나은 박찬성이다. 박찬성이 똑바로 유병진을 보았다.

"이 목사님께도 이로운 제안입니다. 그러니까 시간 끌지 마시고 전하시지요, 그렇지 않으면 후회하시게 될 거요."

"새롬교회를 인수하는 것 말이지?"

유병진의 얼굴에 웃음이 떠올랐다.

"그건 내가 목사님 대신 거절하겠어. 우린 그까짓 건물 생각 없으니까 다른 데에다 사기를 치든지 해서 넘겨."

"이것 봐요."

마침내 박찬성이 눈을 부릅뜬 순간이다.

"으아앗!"

놀란 외침은 주위에 둘러서 있던 사무실 직원들이 뱉었다. 보라, 박찬성의 몸이 허공에 떠올랐기 때문이다. 누군가에게 목덜미가 잡힌 것처럼 점점 솟아오른다.

"으악!"

이번에는 놀란 박찬성이 소리치더니 비명을 질렀다.

"사람 살려!"

그때 유병진과 직원들이 일제히 무릎을 꿇었다. 모두 얼굴에 감격한 표정이 박혀 있다.

밖으로 나온 이광수가 천장에 매달린 박찬성을 보았다.

"사람 살려!"

박찬성은 지상 3미터쯤에 매달려 있었는데 로프는 천장의 기둥에

묶였다. 인간이라면 사다리를 놓고도 끈을 묶지 못할 위치다. 발버둥을 치는 박찬성에게서 시선을 떼었을 때 기도를 하던 유병진이 말했다.

"글쎄, 저 배신자가 목사님을 만나겠다고 우기다가 갑자기 저렇게 되었습니다."

"화천 님은?"

"아, 물론 뵙지 못했지요."화천이 어디 모습을 드러낼 분이냐는 표정을 짓고 유병진이 말했을 때다.

"아이고!"

외마디 비명과 함께 박찬성이 허공에서 곤두박질로 떨어졌다.

"아앗!"

놀란 사람들이 외쳤을 때 방바닥에 떨어진 박찬성이 사지를 뻗으면서 버둥거렸다.

"이, 이런,"

이광수의 얼굴이 하얗게 굳어졌다. 아무리 배신자라고 해도 죽는다면 문제가 커진다. 당황한 유병진도 태질을 당한 개구리 꼴이 되어있는 박찬성의 옆으로 다가갔다.

벽에 몸을 붙인 송지가 주위를 둘러보았다. 화천은 보이지 않는다. 그러나 매달렸던 놈이 떨어진 것은 보았을지도 모른다.

"놈이 나타날까?"

옆에 선 선우가 이 사이로 물었다. 떨어진 사내 주위로 사람들이 몰려들었고 곧 누군가 119에 신고를 했다. 머리부터 떨어진 사내는 중상이다. 송지가 천장에 매달린 줄을 끊어버렸던 것이다.

"사라졌어."송지가 선우의 소매를 잡으면서 말했다. 다음 순간 손을

216

저은 송지의 몸은 선우와 함께 두 호흡 후의 미래로 돌아갔다. 화천을 같은 시간대에서 잡으려면 수시로 시간 이동을 해서 살펴보아야만 한다. 그러나 다섯 번이나 이동을 했지만 화천은 보이지 않았다. 장소를 옮겼거나 더 멀리, 또는 과거로 간 것 같다.

"빌어먹을."

송지가 어느새 119에 실려 떠나는 박찬성을 보면서 선우에게 말했다.

"어쨌든 이놈의 현실 근거지는 이곳이야, 이곳에서 결판을 낼 거야."

화천이 주위를 둘러보았다. 이곳은 건물 안이다. 그런데 낯선 건물이다. 갈라지고 기울어진 벽, 창밖의 하늘이 붉은색으로 요동쳤고 주위의 건물은 허물어진 데다 인적도 보이지 않는다. 이곳이 화천교회가 있던 자리란 말인가, 세상이 이렇게 변했는가. 박찬성을 천장에 매단 순간에 송지와 선우가 나타났기 때문에 급하게 시간이동을 했더니 이렇게 되었다. 지금은 미래다. 도대체 얼마만큼 이동해왔는가? 심신비전을 익힐 때부터 시공(時空)을 분리해서 사는 것에 익숙해졌지만 지금도 넘어뛰는 시간을 감당하기가 힘들다. 저놈들은 어떻게, 어디에서 익힌 것일까. 화천이 다시 팔을 휘저어 과거로 몸을 돌렸다. 돌리는 순간에 머릿속에서 심신비전이 운용되고 몸은 기계의 일부분이 된 것처럼 반응한다. 다음 순간 화천의 몸이 다시 화천교회의 대기실로 옮겨졌다. 그때는 박찬성의 몸이 막 119에 실려 병원으로 떠난 후다. 화천이 방으로 들어가 모습을 나타내었을 때 책상을 정리하고 있던 서영미가 소스라치며 놀랐다. 갑자기 앞에서 화천이 나타났기 때문이다. 더구나 그쪽은 문도 없다. 마치 유령이 솟아난 것 같았을 것이다.

"아이고, 깜짝이야."

두 손으로 가슴을 누른 서영미가 눈을 크게 떴다가 곧 웃었다. 서영미는 화천에게 가장 익숙한 인간인 것이다.

"이 목사를 불러, 방송계약은 어떻게 되었나 보자."

화천이 말하자 서영미가 바로 몸을 돌리면서 말했다.

"방금 SMK에서 연락이 온 것 같았어요."

밖으로 나가던 서영미가 머리를 돌려 화천을 보았다.

"박 목사가 매달렸다가 떨어진 것 아세요?"

화천의 시선을 받은 서영미가 말을 이었다.

"천장에 매달렸었는데 갑자기 줄이 끊어져서 어깨뼈가 부러지고 갈비뼈도 다섯 대나 나갔어요. 다행히 생명에는 지장이 없다고 했어요."

화천이 머리만 끄덕였다. 선우와 송지가 이 교회 안에서 맴돌고 있다. 마치 유령처럼 과거 현재 미래를 왕래하면서 자신을 쫓고 있는 것이다.

"좋습니다. 1천억으로 합시다."

어깨를 부풀렸다가 내린 이인평이 말을 이었다.

"하지만 조건이 있습니다."

"뭡니까?"

화천의 대리인 행세를 하는 이광수 목사가 깐깐한 목소리로 물었다. 이름 없는 목사 이광수는 이제 한국에서 가장 유명한 목사가 되었다. '기적인', '신의 대리인'인 화천의 대리인이며 '화천교회'의 담임목사인 것이다. 그때 이인평에게 옆에 서 있던 부국장 양기신이 쪽지를 내밀었다. 쪽지를 받은 이인평이 읽었다.

"촬영 시간은 두 시간, 그리고 이 계약은 저작권이 모두 SMK소유가 되어야 합니다. 그리고"

숨을 고른 이인평이 말을 이었다.

"화천 님께서는 이번 녹화에서 다섯 번의 기적을 보여주셔야 되겠습니다. 그리고 그 기적을 심사하는 과학자들의 판정을 받아야만 합니다. 그 다섯 개의 기적 내용은 우리가 설정해 드리지요."

마침내 이광수가 짜증을 냈다.

"우리 화천 님이 중국집에서 짬뽕, 짜장면, 우동, 이렇게 주문받아서 만들어내는 주방장이오? 이 양반들이 정말."

"아니, 제 말씀은 그게 아니라……."

당황한 이인평이 손을 흔들다가 쪽지가 떨어졌다. 부국장 양기신이 떨어진 쪽지를 집으려고 허리를 굽혔다가 이인평에게 밀려 뒤로 넘어졌다. 그때 이광수가 말했다.

"놔둡시다. 중국방송은 우리한테 아무거나 대여섯 번 기적을 일으켜 달라고 했어요. 그 대가가 2억 불이오, 그렇게 좀 통 크게 노시오!"

그러고는 통화가 끊겼으므로 이인평이 핸드폰을 집어 던졌다.

"그 개 같은 중국방송 놈들!"

선우와 송지가 나란히 벽에 기대앉아 화천이 기적을 일으키는 장면을 본다. 그것은 10여 일 전, 화천이 처음 부흥회에서 기적을 일으키는 장면을 보는 중이다. 이것은 마치 지난 필름을 틀어놓고 보는 것 같아서 눈앞에 움직이는 사람들이 손으로 잡히지 않는다. 소리까지 다 들렸지만 이들은 열흘쯤 전의 인물들인 것이다. 선우가 쓴웃음을 짓고 말했다.

"저놈이 저렇게 신(神)이 되는군."

다리를 뻗고 앉은 선우의 다리를 관중들이 밟고 지났지만 영상일 뿐이다. 송지는 시선만 주었고 선우가 말을 이었다.

"놈하고 시공이 일체가 되는 순간을 잡기가 어려워. 사매, 놈을 쫓아다니기도 지쳤다."

송지가 자신의 허벅지를 밟고 지나는 여자를 올려다보면서 머리를 끄덕였다.

"놈이 약속을 하는 것만 알면 돼, 예를 들어서 누구를 만난다든지, 이런 부흥회를 또 한다든지 할 때 말이야."

이렇게 과거를 추적하면 약속을 하는 장면을 목격할 수가 있을 것이다.

과거로 돌렸던 화천이 문득 발을 멈췄다가 쓴웃음을 지었다. 눈앞에 선우와 송지가 서 있었기 때문이다. 과거다. 벽에 붙은 일력이 10월 13일이니 3일 전이다. 장소는 '대리인실', 자신의 방안에 둘이 벽에 붙어서 있다. 둘은 아마 자신을 보고 있겠지만 화천은 볼 수가 없다. 3일 전의 자신의 몸이 영상화되어서 자신의 눈에는 보이지 않기 때문이다. 선우와 송지가 3일 후의 자신을 지금 보지 못하고 있는 것과 같은 이치다. 화천이 선우 옆으로 다가서서 이맛살을 찌푸렸다. 10월 13일, 탁자 위의 시계가 오후 3시 반을 가리키고 있다. 이때 내가 무엇을 하고 있었던가? 어쨌든 이때의 이야기가 둘에게 낱낱이 청취되고 있다.

다시 현실, 이광수가 핸드폰을 귀에 붙이고는 어깨를 추켜올렸다.

"글쎄, 한국 방송 사상이니 어쩌니 허튼소리 그만합시다. 세계 방송 사상 처음 있는 일일 테니까. 자, 1억5천만 불, 1,500억으로 합시다."

"아니."

기가 막혔는지 이인평이 헛웃음 소리를 냈다.

"이거, 1억5천만 불이 애들 용돈도 아니고……."

"그럼 전화 끊읍시다."

"아니, 잠깐, 잠깐."

했을 때 이광수가 전화를 끊었다. 그러고는 옆에 선 유병진, 서영미를 향해 쓴웃음을 지어 보였다. 얼굴이 벌겋게 상기되어있다. 오후 5시 반, '목사실' 안이다.

"도대체 이 사람들이 우리를 뭐로 보고 있는 거야? 우리가 돈이 아쉽나?"

이광수는 이제 기적을 만드시는 '신의 대리인' 화천의 '대리인'인 것이다.

"이것들이 돈 가지고 유세를 떨고 있어."

이광수가 흥분으로 떨리는 목소리로 말을 이었다.

"화천 님이 돈으로 유혹을 당하실 분인가? 그 돈을 모두 빈민가 교회발전으로 투자하신다고 했어."

그렇다. 화천이 이광수와 유병진 등 주요 간부들 앞에서 그렇게 선언한 것이다. 그런데 인터뷰료 흥정을 하다니, 중국방송은 2억 불을 낸다고 한 것이다. 그때 다시 핸드폰이 울렸다. 다시 이인평이 전화를 해온 것이다. 한 번 통화가 중단될 때마다 가격이 올라간다. 이인평은 죽을 맛일 것이다.

화천이 눈을 감고 심신비전을 운용한다. 오후 7시 반 이곳은 교회에서 5백 미터쯤 떨어진 오피스텔 안이다. 화천이 수련용으로 마련해놓은 장소인 것이다. 머릿속으로 심신비전 144장이 나열되었다가 무수한 세포로 번식되어가고 있다. 시공(時空)운용도 그중 하나였지만 이제 화천이 알고 싶은 것은 '창조자'가 '마하트'를 통해 인류에게 전달하려는 것이 무엇인가이다. '창조자'는 단순히 인류의 심신능력을 극대화시키고 초인의 경지에 이르도록 만들기 위해서 비전을 전해준 것이 아닐 것이다. 위대하신 창조자, 우주를 창조하신 초능력자가 분명한 '그분'께서 비전을 남겨주신 이유는 무엇인가? 이제야 화천은 그 의문을 품게된 것이다. 그 이유는 또 다른 능력자 무리들 때문이기도 했다. 거의 비슷한 능력을 전수받은 고채형, 곽지용, 선우, 송지, 그들은 '휴론도'라고 했던가? 창조자와 같은 수준의 외계인이 배출한 제자들이란 말인가? 화천은 깊은 명상 속으로 빠져들었다.

"사형, 시간이 얼마나 지났을까요?"

문득 곽지용이 묻자 고채형이 벽에 등을 붙이고는 팔짱을 끼었다.

"아직 반 시진(1시간)밖에 지나지 않았다. 오늘 밤이 지나면 나타나겠지."

유빈각의 방안이다. 주위는 조용하다. 해시(10시)가 지나면서 여관의 소음은 줄어들고 옆쪽 유곽의 악기와 노랫소리가 울린다. 고채형이 말을 이었다.

"멀리 이동했을수록 시차가 많아서 몇 백 년 후라면 이곳에서 숨 한 번 쉬었을 때 그곳에서는 며칠이 지났을 테니까."

"그놈, 서왕(西王)이 시공을 타는 놈인 줄은 몰랐습니다."

"우리 휴론교만 있는 줄 알았더니."

고채형의 미간에 주름이 잡혔다.

"또 우주에서 내려온 분파가 있단 말인가?"

"모극공께서 그렇게 말씀하셨습니까?"

"우주에서 격렬한 전쟁이 있었다고 했다. 그래서 양쪽 진영이 함께 멸망하고 몇밖에 살지 못했다는군."

"휴론 님의 말씀이오?"

"그렇다. 그것밖에 말씀 안 하셨다는 것이다."

그러더니 고채형이 혼잣소리를 했다.

"밤이 지나도 돌아오지 않으면 우리가 가봐야겠다."

"잡았다."

눈짓으로 말한 선우가 송지의 팔을 쥐었다가 놓았다. 다음 순간 송지도 숨을 죽였다. 현재시간 10월 17일 오전 1시 10분, 화천교회의 화천의 방인 '대리인실' 안, 선우와 송지는 오늘 여섯 번째 교회 안을 탐색했다. 그것도 14번 시차를 바꿔 화천의 행적을 찾았던 것이다. 그리고 지금, 현재 시간으로 돌아와 화천의 방으로 들어와 보았더니 책상에 앉아 있는 것이 아닌가? 송지와 선우는 허리에 찬 칼을 빼 들었다. 준비해 온 칼은 길이가 석 자(90cm), 장검이다. 시내 도검상(刀劍商)에 진열해놓은 명검(名劍)을 빼내온 것이다. 시공을 오가는 존재를 없애려면 머리를 베어야 한다. 머리통을 베어 떼놓으면 함께 이동할 수가 없는 것이다.

송지와 선우는 자연스럽게 양쪽으로 갈라섰다. 아직 화천은 눈치채지 못하고 있다. 이쪽 둘이 변신하고 있기 때문이다. 벽과 일치해서 움직이는 것이 벽이 희미하게 꿈틀거리는 느낌이 들 정도다. 손에 쥔 칼도 보이지 않는다. 송지가 확인하듯 다시 한 번 벽에 걸린 일력과 시계를 보았다. 그렇다. 수시로 현 시간을 확인했다. 조금 전 교당 복도에 걸린 커다란 시계가 오전 1시 8분을 가리키고 있었다. 됐다. 현 시간이다. 저놈을 이제 잡았다.

송지의 심장박동이 빨라졌다. 이제 목을 베어 들고 돌아가면 된다. 그 순간이다.

선우가 먼저 날았다. 바로 세 발짝 앞이다. 화천은 옆모습을 보인 채 책상 위의 서류를 들여다보는 중이다. 말끔한 양복 차림에 머리도 현대인에 맞게 잘 다듬었고 얼굴도 반지르르하다. 뭐, 우리보고 옷차림이 우스꽝스럽다고? 계집이 남자 옷을 입고 다닌다고 비웃었다. 그 순간에 송지의 머릿속에 떠오른 생각이다. 다음 순간 송지의 몸도 떠올랐다. 선우가 헛칼질을 할 경우에 마무리를 하려는 것이다. 지금까지 수백 번 손을 맞춰왔기 때문에 머리칼 한 올 빠져나갈 틈이 없다.

"엣!"

선우의 입에서 기합이 터졌다. 칼은 정확하게 화천의 목을 좌에서 우로 베었다. 묵직한 촉감, 선우는 칼날에 닿는 충격을 느끼고는 머릿속이 밝아지는 것 같다. 칼날이 우측으로 빠져나가면서 선우의 발이 방바닥에 닿았다. 쳤다.

그때 옆에서 떠올랐던 송지가 마무리를 하려는 것처럼 검풍을 일으켰다. 이미 떨어진 머리통을 왜 치는가? 그 순간 선우의 머릿속에 떠오른 생각이다.

"에잇!"

송지의 기합이 울렸을 때 선우는 뭔가 잘못되었다는 느낌이 들었다. 머리가 떨어져 나갔어야 할 화천이 그대로 앉아있는 것이다. 그러니 옆쪽의 송지가 이쪽이 실수한 줄로 알고 두 번째 칼을 날린 것이 아닌가?

그 순간 화천이 손을 휘둘러 한 호흡쯤 미래로 돌아왔다. 숨을 들이켜면서 손을 휘두른 것은 후각을 이용해서 시각을 맞추려는 화천의 방식, 손을 세차게 휘둘렀을 때 시간이 언덕을 굴러 내려가듯이 가속이 붙었으며 동시에 화천은 숨을 들이켠 것이다. 그 짧은 순간에 지나치는 두 남녀의 냄새가 맡아졌고 화천은 손을 끌어들여 시간을 정지시켰다. 지금까지 선우와 송지는 한 각쯤(15분) 전의 화천에게 덤벼들었던 것이다. 화천이 벽시계를 한 각(15분)을 빠르게 고쳐놓았기 때문에 송지도 속은 것이다. 강렬한 냄새가 코 안에 진동을 한 순간 움직임을 멈춘 화천이 망연하게 서 있는 두 남녀를 보았다. 둘 다 한칼씩을 후려치고 내리친 자세, 선우의 칼은 우측 끝으로 뻗쳤으며 송지의 칼은 빈 의자의 손잡이를 절단했다. 의자에 앉아 있었다면 머리가 세로로 절단되었을 것이다.

"웃!"

이것은 화천이 뱉은 기합이다. 화천이 손에 쥔 검은 조선검, 환도다. 옆으로 후려친 검날이 여지없이 선우의 팔목을 베었고 칼을 쥔 팔이 팔목 윗부분에서 잘라져 방바닥에 떨어졌다.

"아앗!"

놀란 선우가 외침을 뱉었고 방안에 피비린내가 와락 번졌다.

"앗!"

다음 순간 송지의 칼날이 어지럽게 쏟아졌는데 3합이나 되었다. 후려치고 찍고 내려치는 동작이 전광석화 같았지만 화천이 몸을 솟구쳐 피하고는 벽에 몸을 붙였다.

"에잇!"

선우가 왼손을 펴서 기력을 모으려고 했으나 이미 얼굴에 핏기가 가서 있다. 그때 화천이 방바닥에 떨어진 선우의 팔을 집어 들고 말했다.

"너희들의 정체를 밝혀라, 외계인을 모시는가?"

"이놈, 그 팔을 이리 내라."

송지가 눈을 부릅뜨고 말했을 때 화천이 비웃었다.

"빼앗을 능력이 있느냐?"

"에잇!"

송지가 덮쳐가면서 펼친 무공은 현란했다. 인체가 도저히 만들 수 없는 범위까지 늘어났고 지금까지 전해졌던 검술의 모든 수단이 방안을 가득 메운다. 휴론의 69가지 인체탈피술에 전래되어온 온갖 검술이 섞여 거대한 해일처럼 덮쳐왔다.

"우르릉!"

방안의 비품들이 떠올라 화천을 덮쳐갔다. 엄청난 기세다. 검술에 광풍까지 섞여 있다. 그 순간 화천이 손을 저었다. 그러자 갑자기 주위가 조용해지면서 눈앞이 환해졌다. 시간 이동을 할 때는 그렇다.

"좋습니다. 현금으로 1천5백억을 지급하지요."

이인평이 서두르듯 말을 이었다.

"그럼 오늘 중에 그 10가지 기적 중에서 5가지를 골라 통보해주시지요. 그럼 촬영은 내일 하는 것으로 알겠습니다."

"화천 님께 연락하고 통보해드리지요."

이제는 굳은 얼굴로 이광수가 대답했다. 계약이 된 것이다. 사인만 하면 현금 1천5백억이 입금된다는 것이다. 이제는 돈에 대해서 감동도 일어나지 않는다. 한 달 전만 해도 한 달 수입이 150만 원도 되지 않았던 이광수다. 신도가 다 나가는 바람에 2백 명도 안 남은 신도가 교회에 나와 주는 것만으로도 고맙게 생각했던 것이다. 그런데 지금은 등록 교인이 벌써 6천을 돌파했고 어제 하루만 기부금이 1억 가깝게 걷혔다. 통화를 끝낸 이광수가 메일로 보내진 SMK의 계약서를 들고 길게 숨을 뱉었다.

"화천 님은?"

이광수가 묻자 서영미는 심호흡부터 했다.

"곧 연락하신다고 했어요, 지금은 명상 중이세요."

오전 9시 반이다. 아침에 화천의 방을 들어가 보았더니 가구가 흩어졌고 바닥에 피까지 뿌려져 있었던 것이다. 걱정이 되어서 핸드폰으로 연락을 해보았더니 명상 중이라고 했다. 어젯밤에 화천은 집에도 돌아오지 않았던 것이다. 이광수가 서영미에게 서류를 내밀었다.

"그럼 이 계약조건을 카톡으로 화천 님한테 보내드려, 준비하셔야 될 테니까."

"사형, 돌아가자."

마침내 송지가 말했다. 화천교회에서 1백 미터쯤 떨어진 주차장 안, 빈 주차장벽에 선우가 기대앉아 있고 송지는 옆에 서 있다. 선우의 잘린 오른팔은 붕대로 싸매었고 치료는 했지만 안색이 창백했다. 그러나 부릅뜬 눈빛이 강하다. 선우의 시선을 받은 송지가 말을 이었다.

"이곳에서 우리가 들어온 곳까지 이동하려면 이틀은 걸릴 거야, 그러니까 일단 돌아갔다가 대형, 둘째 사형까지 데려오는 것이 낫겠어."

선우가 잘린 제 팔을 보더니 쓴웃음을 지었다.

"내 꼴이 말이 아니군."

"대형하고 같이 와서 복수하자고."

"대형이 날 다시 데려올 것 같으냐?"

선우가 머리를 저었다. 오전 10시가 되어가고 있다. 선우가 말을 이었다.

"그럼 난 명예회복을 못 하고 팔 없는 병신으로 지내게 된다."

"대형이 같이 데려올 거야."

"팔 없는 병신을?"

선우가 번들거리는 눈으로 송지를 보았다.

"네가 혼자 가서 대형을 데려와라."

"이봐, 사형."

"내가 여기서 기다리고 있을 테니까, 그동안 내가 감시를 하지, 팔 하나 없어도 감시는 할 수 있으니까."

"안 돼."

송지의 표정이 엄격해졌다.

"내가 조장이야, 내 지시를 따르도록 해. 나하고 같이 돌아가자고."

카톡으로 온 계약서를 훑어본 화천이 곧 '기적 요구사항'을 읽었다. 지금까지의 인류 역사에서 '기적 요구사항'을 적은 계약서는 이것이 처음일 것이다.

'다음 중 5개를 선택해주시기 바람'

1. 폐암 4기 환자 치료.

2. 췌장암 말기 환자 치료.

3. 맹인 치료.

4. 뇌사자 치료.

5. 상자 속 물건 알아맞히기.

6. 물체 이동.

7. 예지 능력.

8. 변신.

9. 생존능력.

머리를 든 화천이 쓴웃음을 지었다.

"이곳에서 살지 못하겠군."

뒤를 따라온 송지와 선우가 가만있을 리 없는 것이다. 더구나 이렇게 광고까지 한다면 대놓고 덤벼들지 않겠는가?

눈을 뜬 송지가 소스라쳐 일어섰다. 옆쪽 자리에 앉아있던 선우가 보이지 않았기 때문이다. 인천 공항으로 가는 열차 안이다. 자리에서 일어선 송지가 3량밖에 안 되는 열차를 훑었지만 선우는 보이지 않았다. 열차는 빠르게 달려가고 있었지만 선우가 뛰어내리는 것은 어려운 일이 아니다. 어금니를 문 송지가 다음 역에서 내렸다. 선우가 어디로 갔는지는 뻔하다. '화천교회'다. 그곳에서 복수를 하려는 것이다. 복수보다 명예회복이다. 애초부터 화천과 은원관계가 있었던 것이 아니다. 서왕(西王)이라고 일컫는 인물을 알아보려고 했다가 이렇게 되었다. 이제는 원한 관계가 형성된 셈이다. 누가 시작을 했건 한쪽이 죽어야 될 것 같다.

"허헛."

이인평이 소리 내어 웃었다. 손에 쥔 서류에서 시선을 뗀 이인평이 둘러선 간부들을 보았다.

"이것, 대단하군. 1,500억 가치가 있고도 남아. 이거, 동시 방영 조건으로 중국에만 팔아도 2천억은 받겠다.”

“벌써 일본에서 5백억에 사겠다는 제의가 왔습니다.”

부국장 양기신이 떠들었다. 화천은 기적 요구 조건으로 9개 중 5개를 마음대로 선택하라고 연락을 해온 것이다.

“자, 준비해!”

대특종 보도준비를 시키는 것처럼 이인평이 소리쳤다. 이건 대특종 이상이다.

“대상을 고르고 심사위원단도 저명인사로 선정해! 그래야 더 가치가 높아진단 말이다!”

주위가 부산스러워졌고 이인평의 목소리가 더 높아졌다.

“환자는 병원의 진단서, 각종 자료, 담당 의사의 증언까지 녹음하고 그 의사도 심사위원에 포함시켜! 그리고 환자는 금방 죽어가는 사람으로 골라!”

송지가 오기 전에 끝내야 된다. 어금니를 문 선우가 벽에 붙어 서서 심호흡을 했다. 교당의 벽시계가 오후 2시 반을 가리키고 있다. 지난번에는 저 시계와 방안의 시계를 비교해보고 시차가 없는 것으로 판단하는 바람에 놈한테 속았다. 15분쯤 전의 허상을 향해 칼을 날린 것이다. 놈은 교활하다. 그리고 시공을 넘나들 뿐 아니라 대단한 무공의 소유자다. 지난번 유빈각에서도 당했는데 놈을 가볍게 보았다. 선우는 발을 떼었다. 화천의 ‘대리인실’로 다가가는 것이다. 그곳에는 화천의 시중꾼 역할의 여자가 항상 대기하고 있다. 일차 목표가 그 여자다.

명상.

"너는 누구냐?"

외계인이 물었다.

"나는 화천, 백상교주 정현상의 제자올시다."

"그런데 왜 여기에 왔어?"

외계인의 얼굴은 없다. 몸뚱이도 희미하다. 흰빛으로 둘러싸인 몸, 화천이 눈을 치켜떴다. 위축되지 않으려는 것이다.

"싸우다가 빠져 들었소."

"왜 싸웠는데?"

"싸우지 않을 수가 있소?"

"허헛."

웃음소리, 그때 이번에는 화천이 물었다.

"이 세상이 언제까지 가오?"

"얼마 남지 않았다."

"지금부터 말이오?"

"그래, 화천교회 시대부터."

"그 휴론교가 무엇이오?"

그때 앞쪽 외계인이 침묵했지만 화천이 다시 묻는다.

"그놈들은 심신비전과 거의 비슷한 무공에 시공 운용도 비슷하오, 절대자님께선 아시오?"

"안다."

흰빛이 희미해지고 있다.

"누굽니까?"

"네가 알아내라."

절대자의 목소리도 희미해졌다.

"비전을 더 익혀라, 그럼 깨닫게 될 것이다."

눈을 뜬 화천이 책상 위에 놓인 휴대폰이 깜박이는 것을 보았다. 서영미다. '대리인'의 비서실장, '대리인' 화천과 연락하려면 서영미를 통해야만 한다.

통화를 끝낸 서영미가 이광수에게 말했다.

"준비하실 것 없다고 하네요, 방송국에서 준비되는 대로 스튜디오로 가시겠답니다."

"그렇군. 준비 하실 것도 없지, 아멘."

엄숙한 얼굴로 두 손을 모은 이광수가 말을 이었다.

"방송국에서 우리 교인 참관인단 1백 명을 입장시켜 준다고 했으니까 모두 준비시켜야겠어."

이광수가 서둘러 방을 나갔을 때 서영미는 길게 숨을 뱉으면서 소파에 앉았다. 서영미에게 화천은 신(神)이 아니다. 그렇다고 신의 대리인(代理人)도 아닌 것이다. 그저 한 남자다. 좋아하는 남자에 불과하고 화천도 그것을 바라고 있다. 밤마다 뜨거운 욕망을 채워주는 남자, 땀을 흘리고 체액으로 범벅이 된 육체를 비비는 남자일 뿐이다. 화천이 이제 또 매스컴을 타면 자신과 더욱더 멀어진다는 두려움으로 덮이고 있다. 그때 옆쪽에서 인기척이 들렸으므로 서영미는 숨을 들이켰다. 화천의 인기척이다. 화천은 항상 이렇게 갑자기 나타난다.

"앗!"

서영미의 놀란 외침이 방안에 울렸다. 그러나 다음 순간 몸이 굳은 서영미가 털썩 소파에 주저앉더니 눈동자의 초점이 멀어졌다. 기절한 것이다. 선우다. 서영미를 소파에 앉혀놓은 선우가 벽에 붙어 섰다. 방금 화천에게 통화하는 것도 들었으니 이제 기다리기만 하면 된다. 오른손을 잃었지만 왼손으로 69개 인체탈피술을 운용할 수가 있는 것이다.

선우가 손에 쥔 것은 길이가 한 자 반(45㎝)짜리 단검, 오늘은 기어코 화천의 머리를 베어 잃어버린 팔 대신으로 들고 돌아갈 것이다.

방안으로 들어선 화천이 숨을 들이켰다. 피비린내를 맡은 것이다. 이것은 어제 팔을 잃어버린 선우의 피 냄새다. 방은 청소를 했지만 아직도 피 냄새가 배어있다. 머리를 든 화천이 소파에 앉아있는 서영미의 뒷모습을 보았다. 그 순간이다. 화천은 자신의 몸으로 덮쳐오는 빛줄기를 보았다. 빠르다.

"엣!"

짧은 기합, 이것은 귀에 익은 선우의 목소리다. 그러나 아직 형체는 보이지 않는다. 빛줄기는 사방에서 덮쳐온다.

"음."

다음 순간 몸을 솟구친 화천이 천장에 사지를 붙였지만 빛줄기가 부딪쳤다.

"윽!"

엄청난 압력이어서 몸이 천장에 세차게 부딪쳤고 시멘트 조각이 부서져 떨어졌다. 진동이 일어나면서 책장이 흔들렸다. 지진 같다. 다음 순간 몸을 비튼 화천이 천장에서 떨어졌을 때야 앞에 선 선우를 보았다. 선우는 손에 단검을 쥐고 있었는데 옷에 흰 석회를 뒤집어썼다. 천장에서 떨어진 석회가루다. 시선이 마주쳤지만 다시 선우가 덮쳐왔다. 손에 쥔 비수가 흰 돌풍을 일으켰고 다시 선우의 몸이 보이지 않는다.

도대체 이것이 무슨 검법인가, 사술인가? 화천으로서는 생전 듣지도 보지도 못한 마술 같다. 그러나 살기(殺氣)는 충천했다. 흰 돌풍, 흰빛, 이 빛에 싸이면 죽는다. 다음 순간 화천이 두 손을 모았다가 폈다.

"웅."

방안에 진동음이 일어났다. 이것은 심신비전 144장에서 파생된 무공이 아니다. 화천이 144장의 바탕에서 다시 세운 비전이다. 절대자가 비전을 더 익히라고 했지 않았던가? 그래서 비전을 덮고 새 기법을 세웠다. 그 순간이다. 화천의 모습이 드러났다. 진동음도 뚝 그쳤고 동시에 앞쪽 흰 안개 덩이가 걷히더니 단검을 쥔 선우의 모습도 드러났다. 선우는 당황한 모습이다.

"이런."

제 몸을 둘러본 선우가 곧 눈을 치켜뜨고 화천을 보았다.

"내 비전을 걷어내다니, 이놈."

"내가 벗었기 때문이다."

쓴웃음을 지은 화천이 손에 쥐고 있던 단검을 앞으로 내밀면서 다가갔다.

"네 비전을 써 보아라."

그 순간 선우가 뛰어올랐다.

"엣!"

짧은 외침은 극히 낮았지만 방안에 파동을 일으켜 화천은 숨을 죽여야만 했다. 선우의 칼부림은 마치 폭우처럼 쏟아졌다. 빈틈을 주지 않고 한 번 뛰어올랐다가 내리면서 세 번의 칼질을 한다. 눈을 치켜뜬 화천이 그 세 번을 막고 피했지만 마지막 한칼에 어깨를 찔렸다. 선우의 칼끝이 어깨를 베고 지나간 것이다. 피가 금방 흘러내린다.

"으음."

벽에 붙어선 화천이 이 사이로 말했다.

"장하다, 그것이 무슨 검법이냐?"

"이것이 대형(大兄) 선우의 본색이다."

대꾸할 가치가 없다는 듯 선우가 말하더니 다시 뛰어올랐다. 흰 빛 무리가 가시고 화천의 주위에 감싼 파장이 없어진 것은 둘 다 절대자의 비전을 벗어났기 때문이다. 화천이 스스로 벗으면서 선우도 바탕에 깔고 있던 비전의 영력을 걷어냈다고 봐야 될 것이다. 화천이 다시 덮쳐오는 선우의 칼끝을 보았다. 이제는 더 현란해졌다. 이것이 선우의 본(本) 능력이다. 그 순간 화천도 뛰어올랐다. 심신비전 이전의 불목하니 화천으로 돌아가 온갖 수모를 당하면서 백상무술을 익히던 그 시절, 14계 중 그 어느 하나에도 화천의 피땀이 섞이지 않은 것이 있었던가. 그 순간 둘의 몸이 허공에서 부딪쳤다.

"윗!"

선우의 칼부림이 더 빠르다. 첫 칼이 화천의 머리칼을 베었고 두 번째 칼이 후려쳐 내려오면서 화천의 저고리를 찢었다. 세 번째 칼이 화천의 옆구리를 찍으려는 순간이다. 화천이 몸을 맡기듯이 내밀면서 휘두른 칼날이 선우의 목을 쳤다. 화천이 반대편 구석에 뛰어내렸을 때 선우는 뒤쪽 벽에 몸을 부딪치면서 뒤로 넘어졌다. 이어서 따로 떼어진 머리통이 옆쪽 벽에 맞더니 방바닥으로 굴러 떨어졌다.

"불이야!"

유병진이 소리쳤다가 화천의 얼굴을 보더니 숨을 들이켰다. 화천이 웃고 있었기 때문이다.

"곧 꺼질 테니까 걱정하지 마."

화천이 말하더니 한 걸음 뒤로 물러섰다. 열기가 뜨거웠기 때문이다. 지금 화천의 대리인실이 불에 타고 있다. 맹렬한 화염이 반쯤 열린 문 밖으로 뿜어져 나오는 중이다.

"번지는 불이 아니야."

화천이 다시 말하더니 주위에 둘러선 남녀를 보았다. 이광수도 있고 서영미도 보인다. 서영미는 무슨 영문인지 모르는 표정이다.

"안을 청소하는 거야."

다시 화천이 말했을 때 금방 밖으로 번져 나올 것 같았던 불길이 수그러들기 시작했다. 이것은 안에 들어있는 선우의 시체를 소각시키려고 화천이 지른 불이다.

"어, 불이 꺼진다."

유병진이 소리쳤고 이곳저곳에서 마음을 놓는 한숨 소리가 들렸다. 그때 옆으로 다가온 서영미가 화천에게 낮게 물었다.

"무슨 일이 있었어요?"

서영미의 시선을 받은 화천이 머리만 저었다. 현장에 있던 서영미는 아무것도 보지 못했다. 선우가 기절시킨 상태에서 모든 일이 일어났기 때문이다. 이제 방안의 불이 꺼졌고 연기만 피어오르고 있다. 그때 화천이 말했다.

"자, 안의 쓰레기는 다 걷어 버리기로 하라."

선우의 시신은 찾지 못할 것이다.

선우가 죽었다. 불에 탄 방을 본 순간 송지의 머리에 떠오른 생각이다. 교회에 도착했을 때 바로 연기 냄새를 맡았고 그것이 화천의 방이었다는 것을 알게 되자 둘이 부딪쳤다는 것은 분명한 사실로 밝혀졌다. 그리고 화천이 살아있는 것이다.

불이 꺼지고 나서 안의 가구는 모두 들어내어 버렸는데 폐기물 처리장에서 확인할 것도 없다. 선우의 시신은 말끔하게 타서 사라진 것이다. 송지가 교당을 둘러보면서 얼굴을 일그러뜨리며 웃는다.

선우는 바로 위 사형으로 덜렁거렸고 성격이 급한데다 배려심도 부족해서 정이 붙지는 않았지만 10년이 넘도록 동문수학한 사형이다. 이제 화천과는 확실한 원한관계로 얽혔다. 교당의 벽에 등을 붙이고 선 송지의 눈에서 눈물이 흘러내렸다. 24년 인생에서 처음 흘리는 눈물이다. 그때 옆에서 목소리가 울렸으므로 송지가 숨을 들이켰다.

"자업자득이다."

그놈, 화천이다. 모습은 보이지 않았지만 근처에 있다. 교당 안은 비었다. 오전 2시 반, 다시 화천의 목소리가 이어졌다.

"기를 쓰고 나를 쫓아와 제거하려는 이유가 무엇이냐? 서왕(西王)이 그토록 위협적인 존재더냐?"

화천의 목소리가 엄격해졌다.

"휴론이 누구인지 모르지만 그야말로 안하무인, 목불인견이다. 너희들 앞에 적수가 없다는 오만심이 결국 이곳 먼 미래에까지 쫓아와 한 목숨이 재가 되는 비극을 초래했다."

"이놈, 모습을 드러내라."

송지가 눈을 치켜뜨고 말했다.

"내가 상대해주겠다. 내가 내 사형의 원한을 갚고서 떠날 테다."

"미친년."

웃음 띤 목소리가 들리더니 혀까지 차는 소리가 울렸다.

"너는 네 근본을 아느냐? 아니면 네 대형이라는 자가 아느냐?"

숨을 죽인 송지가 빈 교당을 두리번거렸다. 섣불리 손을 쓴다면 반격할 여지를 보일 수 있다. 참고 기다리자. 그때 화천의 목소리가 이어졌다.

"네 휴론교의 절대자가 나의 절대자이신 분과 어떤 관계였는가? 그것을 아느냐?"

"모른다."

마침내 송지가 응답했을 때 화천이 다시 물었다.

"외계에서 두 분이 원한 관계였다는 말을 듣지 않았느냐? 그래서 너희들과 내가 두 분의 대리인이 된 것이 아닐까?"

송지가 심호흡을 했다. 저놈은 쓸데없는 질문을 하면서 이쪽 정신을 흐려놓으려는 것 같다. 그래서 이 사이로 말했다.

"이 미친놈, 입 닥쳐라."

7장
천벌

그때 화천이 모습을 드러내었다. 완전한 모습, 비록 현대인의 옷차림은 했지만 두 손을 벌렸고 양손에 비수를 쥐었다. 두 눈이 번들거리고 있다.

"어쩔 수 없다, 너를 없애는 수밖에."

"잘 되었다."

송지의 얼굴에 웃음이 떠올랐다.

"구더기 같은 놈, 사술을 들고 다른 세상에 나와 신(神) 행세를 하다니."

"내가 좋아서 이 세상에 빠진 것도 아니지만 꼬리를 달고 다닐 수는 없지."

화천이 한 걸음 다가서자 송지가 한 걸음 물러서면서 허리춤에서 단검을 빼 들었다. 길이가 한 지(30㎝)밖에 되지 않았지만 흰 길날이 반짝였다.

"내 사형의 원수를 갚을 테다."

송지의 눈빛이 강해졌다.

"오늘 사생결단을 내자."

화천은 송지에게서 풍기는 기력(氣力)을 느꼈다. 온몸이 기(氣)에 싸이면서 오히려 가라앉는 것 같다. 선우하고는 전혀 다른 분위기다. 같은 스승한테서 공부를 한 제자인데도 이런가. 그 순간이다. 송지의 몸이 떠올랐다. 바지와 점퍼 차림의 현대인 복장, 두 팔을 벌리면서 덮치듯이 압박해온다.

"옛!"

한 걸음 물러선 화천이 단검을 휘둘렀다. 검의 날이 번뜩이면서 눈앞에 닥쳐온 송지의 허리를 한 번, 어깨를 비스듬히 한 번 베고 지나갔다. 평범한 수단처럼 보였지만 엄청난 내력(內力)이 섞여 있어서 사방 10자 범위의 상대는 틀림없이 토막을 낸다. 그 순간 화천의 가슴이 서늘해졌다. 단검이 허공을 베었기 때문이다. 시공(時空)을 변형한 것도 아니다. 송지는 바로 눈앞에 보이는데 헛칼을 날렸다. 그 순간 화천은 허리에 뜨끔한 충격을 받았다.

"아앗!"

기합소리는 송지가 뱉었다. 화천을 뚫고 뒤로 빠져나가면서 뱉은 기합이다.

"이, 이런."

당황한 화천의 얼굴이 일그러졌다.

"앗!"

다음 순간 화천은 등에 화끈거리는 느낌을 받고는 눈을 치켜떴다. 어떻게 된 일인가? 송지는 바로 눈앞에 있다. 몸을 돌리려던 화천의 머릿속에 섬광이 지나간 느낌이 들었다. 그때 화천이 앞쪽 송지를 향해 두 번째 단검을 내려쳤다.

"쨍!"

그때서야 강한 반동이 느껴지면서 송지의 단검과 칼날이 부딪쳤다.

"으음."

화천의 입에서 신음이 뱉어졌다. 벌써 2합(合)에 두 번 칼을 맞은 것이다. 처음 있는 일이다. 도대체 어찌 된 영문인가를 알 수 없었으니 온몸에서 소름이 돋아났다. 백상 14계에 심신비전 144장을 통달한 데다 그것을 수시로 증진시킨 화천 아닌가? 그때 앞쪽 송지가 뛰어올랐고 화천은 동시에 맞받으려는 자세로 몸을 솟구쳤다.

"으윽."

다시 화천의 입에서 저절로 신음이 터졌다. 허리와 등에서 격렬한 통증을 느꼈기 때문이다. 그 순간 화천의 자세가 흐트러졌다. 이것도 처음 겪는 일이다. 왜 그런가. 이미 몸은 10자(3m) 높이로 솟아오른 상태, 그때 화천은 눈앞으로 덮쳐온 흰 빛줄기를 보았다. 검(劍)의 빛인가. 화천은 숨을 들이켜면서 눈을 감았다. 돌아가자, 기교를 떠나 불목하니 화천으로 돌아가자, 그 순간이다. 눈을 감은 화천의 머릿속에 앞이 비어 있는 것이 보였다. 송지가 앞에 있는 것도 아니다. 뛰어오르지도 않았다. 그렇다고 뒤에서 칼질을 하지도 않았다. 그렇다면? 다음 순간 화천의 심장이 뜨거워졌다. 송지는 맨 처음의 그 자리에 서 있다. 오직 송지의 몸놀림이 흔들리면서 앞, 뒤, 위로 움직이는 것처럼 착각을 했다. 착시 현상은 송지가 만들어준 것도 아니다. 화천 스스로 만들었다. 너무 많은 수단을 머릿속에 넣다 보니까 내 기준으로 상대를 판단했다. 그것을 역이용한 송지의 지혜는 놀랄 만했다. 눈 한 번 깜박이는 순간에 모든 생각이 머릿속으로 흘러갔으며 그것도 허공에 떠오른 순간에 일어났다. 화천은 제 몸이 탄력을 잃고 떨어지는 순간에 손에 쥔 두 자루의 단검을 뿌렸다. 아직도 송지가 눈앞에, 등 뒤에 떠 있었지만 무시하고 우측 아래쪽의 빈 공간을 겨누고 뿌린 단검이 빛발처럼 날아갔다.

"악!"

빈 공간에서 신음 소리부터 들리더니 송지의 영상이 나타났다. 흐린 영상이 곧 뚜렷해지더니 단검이 양쪽 어깨에 자루만 보일 정도로 깊게 박힌 송지가 눈을 치켜뜨고 화천을 보았다.

"날 맞췄구나."

송지의 목소리는 의외로 담담했다. 두 팔을 늘어뜨린 송지가 한 걸음 물러섰다가 의자에 발이 걸려 주저앉았다.

"음."

땅바닥에 발을 디딘 화천의 입에서도 신음이 터졌다. 허리와 등의 상처가 깊었기 때문이다.

"간교한 년, 허허실실의 수단을 썼느냐?"

"넌 이미 치명상이다."

송지가 가쁜 숨을 몰아쉬며 웃었다.

"내 단검에는 극독이 입혀져 있어, 넌 일각 후에는 죽는다."

"그런가?"

화천이 입을 벌리며 따라 웃었다.

"너 같으면 이 일각 동안에 무엇을 할 것 같으냐?"

"네 전생(祚生)의 죄를 뉘우쳐라."

그때 화천이 송지에게로 다가갔다. 송지가 몸을 일으키려고 했지만 양쪽 어깨에 깊숙이 박힌 단검이 온몸의 신경을 모두 누르고 있다. 숨만 쉬어도 전신을 토막을 내는 것 같은 고통이 온다. 다가간 화천이 빙그레 웃는다.

"너도 그 정도 여생이 남았다."

"오냐, 같이 죽자."

둘의 상처에서 흘러내린 피가 교당 바닥을 흥건히 적시고 있다. 그때 화천이 송지 옆자리에 앉더니 긴 숨을 뱉었다. 긴장한 송지가 눈만 크게 떴다. 몸을 움직일 수가 없기 때문이다.

"휴론의 종."

화천이 앞쪽을 응시한 채 말을 이었다.

"절대자께서 결국 나한테 이어주신 심신비전의 가장 오묘한 비전을 너에게 전해주마."

송지가 미처 대답할 겨를도 없이 화천의 손이 송지의 손을 쥐었다. 다섯 개의 손가락이 다섯 개를 깍지 끼었고 곧 한 주먹으로 뭉쳐졌다. 화천이 단단히 움켜쥐었기 때문이다. 그때 화천이 눈을 감으면서 길게 숨을 뱉었다. 그 순간이다.

송지는 잡힌 손을 통해 뜨거운 기운이 제 몸으로 뻗쳐 들어오는 것을 느꼈다. 뜨겁다. 그것은 온 혈관과 신경을 통해 급속하게 전신으로 뻗쳐 나갔다.

"아."

저도 모르게 짧은 외침을 뱉었던 송지가 다음 순간 입을 딱 벌렸다. 그 뜨거운 기운이 이제는 무수한 벌레가 되었다. 미세한 벌레다. 그것들이 온몸에서 꿈틀거리기 시작한다.

"아이고."

이것은 놀란 외침이다. 그러나 다음 순간 송지가 온몸을 비틀었다. 비틀었지만 고통이 느껴지지 않는다. 그때 송지는 그 벌레들이 다리 사이로 몰려드는 것을 느꼈다. 그렇다, 음부다.

"아이고머니."

송지가 비명 같은 외침을 뱉었지만 일어나지 못했다. 일어나면 그 느낌이 달아날까 두려웠기 때문이다. 이제 그 수만 마리의 벌레가 음부에서 꿈틀거리며 신경세포를 뜯어먹는다.

"으아아."

송지는 온몸을 비틀며 비명을 질렀다. 다리가 뒤틀리면서 온몸이 불덩이가 되었다. 그 순간 다리 사이에서 뜨거운 액체가 쏟아져 나왔다.

"아아아아."

송지가 사지를 비틀며 소리쳤다. 그것도 이제 탄성이다. 아직도 움켜쥔 화천의 손을 끌어당기면서 송지가 소리쳤다.

"아이고 나 죽어."

"좋으냐?"

"아이고 좋아."

송지가 비명을 질렀다.

"나 좀 어떻게 해줘, 죽을 것 같아."

"이것이 심신강락(心身强樂)이다."

"아이고, 나 살려줘."

"네 극독의 치료법은?"

"내 침이야, 내 타액, 내 분비물."

"그렇군."

화천이 손을 뻗어 송지의 바지 사이로 손을 넣었다.

TV 화면에 화천의 모습이 전 세계로 방영되고 있다. SMK는 화천에게 1천5백억을 지급하고 방영권을 산 후에 동시방송을 조건으로 중국

방송사로부터 1천억, 일본에서 7백억, 미국에서 8백억, 프랑스, 영국, 독일 등 EU연합으로부터 7백50억, 싱가포르에서 1백억 등 3천5백억의 방영권을 걸었으므로 한 번 장사에 대박이 난 셈이다.

오후 3시부터 시작된 '화천의 기적' 프로는 지금 절정으로 솟아오르는 중이다. 화천은 죽어가는 폐암 환자를 5분쯤의 기공(氣功) 후에 의사들로 이루어진 판정단으로부터 폐암이 완치되었다는 의학적 판결을 받았다. 죽어가던 폐암 환자가 껑충껑충 뛰는 바람에 세계는 난리가 났다. 세계 시청자들이 동시에 시청하고 있는 것이다. 한국 시청률 95퍼센트, 미국 뉴욕은 오전 7시로 이른 아침인데도 시청률이 65퍼센트나 되었다.

그다음의 반신불수 환자, 중풍으로 걷지도 못하던 70대 환자가 화천의 기공치료 3분 후에 일어나더니 걷고 가볍게 조깅까지 했다. 이미 사전에 의학적 확인을 한 터라 이제는 미국 전체 시청률이 75퍼센트로 뛰었다. 중국은 처음부터 한국 시청률을 능가, TV 화면이 차량 통행이 뚝 그쳐 유령의 도시처럼 된 베이징, 상하이, 천진 시내를 보여주고 있다. 서울도 마찬가지다.

"신(神)이시어!"

세 번째, 병상을 송두리째 가져온 야구선수 김택환의 모습이 화면에 비쳤을 때 두 손을 벌리면서 울부짖는 사람들도 생겨났다. 김택환은 시합 중에 쓰러져 식물인간이 된 채 3년을 보낸 선수다. 김택환에게 다가간 화천이 손과 머리에 붙여진 링거, 호스들을 다 뜯어내더니 손바닥으로 머리를 덮었다.

그 순간 세계가 조용해졌다. 화면 위쪽에 시청률과 세계 시청자들이 숫자로 표시되고 있다. 시청률 98퍼센트, 세계 시청률 95퍼센트, 시청자

54억, 생방송이기 때문에 방영권을 못 산 국가들까지 도둑방송을 시작했다. 제각기의 수단으로 화면을 훔쳐 방영하고 있는 것이다. 세계 역사상 처음 있는 대사건이다.

"으아앗!"

그때 지구가 들썩이는 함성이 울렸다. 차 안에서 방송을 보던 시청자는 경적을 울렸고 기차는 기적을, 배는 고동을, 러시아에서는 도둑방송을 보는 주제에 축포까지 터뜨렸다.

화천이 손을 떼자 김택환이 번쩍 눈을 뜨더니 손을 꿈틀거렸고, 팔을 들었으며, 곧 머리를 흔들었고, 상반신을 일으켰다. 그리고 침상 밑으로 두 다리를 내리더니, 섰다가 걷기 시작했던 것이다.

그 동작 하나하나마다 함성과 외침, 경직, 축포, 불꽃, 나중에는 노래와 합창까지 세계가 들썩였고 울었다. 그 눈물만 합쳐도 급수차 25대분은 될 것이라고 수학자들이 재빠르게 계산했다.

다시 단장한 대기실로 돌아온 화천이 따라 들어선 이광수와 서영미를 보았다. 둘만 따라 들어오게 한 것이다.

"나 잠깐 다녀올 데가 있어."

화천이 둘을 번갈아 보았다.

"그러니까 당신들 둘만 알고 있도록."

"어디 다녀오십니까?"

공손하게 이광수가 묻자 화천이 정색하고 말했다.

"기금은 둘이 상의해서 사용하도록."

"기, 기금 말씀입니까?"

"그래."

화천의 시선이 둘을 차례로 보았다.

"이것은 내 명령이야, 꼭 지키도록."

SMK에서 받은 1천5백억을 말한다.

"어디 가시게요?"

다가선 서영미가 물었다. 이광수가 먼저 나갔기 때문에 방안에는 둘뿐이다. 오후 6시 반, 세 시간이 넘도록 생방송을 하고 돌아온 것이다. 화천이 지그시 앞에 선 서영미를 보았다. 서영미는 처음 보았을 때와 전혀 달라졌다. 얼굴도 뽀얗고 귀티가 흐른다. 지금 서영미는 2백 평이 넘는 2층 대저택에서 산다. 집안 금고에는 현금만 1백억이 넘게 있다. 화천이 한국은행에서 갖다가 넣어준 것이다. 화천에게는 은행 금고에 몇 년 동안 쌓여만 있는 5만 원권 돈뭉치가 한심했다. 그래서 서영미의 금고로 옮겨놔 준 것이다.

"나 고향에 좀 다녀올 테니까."

화천이 부드러운 시선으로 서영미를 보았다.

"마무리할 일이 있어."

"뭔데요?"

"나를 기다리고 있는 사람들이 있어."

"가족인가요?"

"그렇지, 가족 같은 사람들이지."

"마무리 하고 나면 돌아오실 거죠?"

"당연히."

"목사님이나 다른 사람들한테는 뭐라고 하지요?"

"잠깐 세상을 둘러보러 갔다고 해, 언제든지 내가 필요하면 돌아올 것이라고."

이제 서영미가 시선을 내렸고 화천의 말이 이어졌다.

"난 이 세상에는 맞지 않는 사람이야."

"전 어떻게 해요?"

"좋아하는 남자 만나면 같이 살아."

"그럴 수는 없어요."

세차게 머리를 저은 서영미가 상기된 얼굴로 화천을 보았다.

"죽을 때까지 기다릴게요."

서영미의 눈에 눈물이 고이더니 곧 주르르 볼을 타고 흘러내렸다. 그때 화천이 손을 뻗어 서영미의 손을 쥐었다. 그 순간 서영미가 숨을 들이켰다. 손을 통해 뜨거운 기운이 온몸으로 번졌기 때문이다. 화천이 서영미를 보았다.

"내가 내 능력 하나를 전해주마."

서영미는 이제 얼굴이 붉게 달아올랐고 온몸을 떨고 있다. 내력(內力)이 차오르고 있기 때문이다. 화천이 말을 이었다.

"이제 앞으로 반년에 한 번꼴로 내력이 차오르게 되면 내상을 입은 사람을 치료할 수 있을 거야, 그럼 너는 내 대리인 노릇을 할 수도 있을 거다."

"화천 님."

"1년에 두 번 정도지, 그 정도 기적을 보여도 넌 신(神)의 대리인 역할을 할 수 있을 거야."

손을 뗀 화천이 자리에서 일어나 서영미의 어깨를 두 손으로 짚었다.

"다른 사람들에게는 기다리라고 해, 하지만 넌 기다리지 마."

248

"화천 님."

그 순간 서영미는 어깨를 누르던 화천의 손이 떨어진 것을 느꼈다. 화천이 사라진 것이다.

어깨의 상처는 나았으나 기력이 뽑혀 나간 송지는 폐인이나 같다. 그러나 일상은 정상인과 똑같이 지내면서 화천교회 근처의 오피스텔에 머물고 있다. 방안에는 TV나 각종 생필품이 다 갖춰져서 송지는 방영된 '화천의 기적'까지 다 보았다.

오후 7시, 화천이 오피스텔 방안으로 들어서자 소파에 앉아있던 송지가 머리를 들었다. 시선이 마주쳤지만 송지는 담담한 표정이다.

"뭐 좀 먹었어?"

송지가 이 생활을 한 지 사흘째가 되는 날이다. 그날 교당에서 대결이 끝난 후에 화천이 이곳으로 데려온 것이다. 송지가 잠자코 TV로 시선을 돌렸지만 화천이 말을 이었다.

"이 세상에서 정상인으로 사는 것이 싫으냐?"

송지는 TV만 보았고 화천은 혼잣소리처럼 말했다.

"내가 널 이곳에 두고 떠날 거다. 다시 서왕(西王)으로 돌아가려는 거야."

그때 송지가 머리를 돌려 화천을 보았다. 눈썹이 희미하게 흔들리고 있다. 아름다운 용모다. 맑은 눈, 곧게 선 콧날, 다듬지 않았어도 흰 피부는 윤기가 났고 반쯤 열린 입술은 색정(色精)을 솟아오르게 만든다. 송지의 시선을 받은 화천이 쓴웃음을 지었다.

"이제야 반응을 보이는군."

"날 죽이고 가."

송지가 억양 없는 목소리로 말했다.

"이 삭막한 세상이 싫어."

"여긴 돈이란 것이 있으면 황제가 부럽지 않은 곳이야."

정색한 화천이 송지를 보았다.

"너도 TV를 보았겠지만 난 생방송으로 1천5백억을 모았다. 그 돈으로 명(明)의 어떤 황제보다 호강을 하면서 살 수가 있어."

화천의 얼굴에 웃음이 떠올랐다.

"내가 떠나기 전에 이 방에 가득 돈을 쌓아놓고 가겠다."

"날 죽여."

송지의 눈이 번들거렸다. 송지는 이제 평범한 인간이다. 머릿속과 몸의 모든 능력을 화천이 제거했기 때문이다. 송지의 시선을 받은 화천이 물었다.

"네 본색을 다 털어놓아 보아라, 다 듣고 나서 정직하게 말했다고 판단되면 널 데려가마."

"대형, 이제 두 시진(4시간)이 지났습니다. 오늘 밤은 이렇게 지내야 될 것 같네요."

곽지용이 말하자 고채형이 머리를 끄덕였다. 인시(4시)가 조금 지난 시간이어서 유빈각은 조용하다. 둘은 방안의 벽에 기대앉아 있었는데 긴장감이 조금 풀린 상황이다.

"대형, 서왕이라고 칭한 이놈이 과연 우리의 적수가 될까요?"

다시 곽지용이 묻자 고채형의 얼굴에 웃음이 번졌다.

"모르는 일이야, 세상일은 누구도 예측할 수가 없어."

고채형이 곽지용을 응시한 채 말을 이었다.

"우리 사부께서 휴론 님을 만난 것도 누가 상상이나 했겠느냐?"

"그렇지요."

"휴론 님보다 먼저 이 세상에 온 외계인이 있었어."

"누굽니까?"

놀란 곽지용이 눈을 크게 떴다. 처음 듣는 말이다. 고채형이 말을 이었다.

"저기 별들의 세상에서 전쟁이 났었는데 멸망한 종족의 살아남은 하나가 이곳에 떨어졌다는 거야. 그래서 휴론 님이 그자를 잡으려고 이곳에 오셨다는군."

"잡았답니까?"

"그건 모른다. 모극공 님도 그건 말씀해주시지 않았어."

"그렇다면……."

곽지용이 긴장한 얼굴로 고채형을 보았다.

"지금 여기서 사라진 서왕(西王) 그놈이 그 외계인의 제자인 것이 맞는 것 같군요."

"같은 수단을 쓰는 것을 보면 그렇다."

심호흡을 한 고채형이 말을 이었다.

"우리는 여기에 남아 있어야만 해, 사제. 함께 빨려 들었다가 이 세상으로 돌아오지 못할 경우에 대비해야 한다."

"그, 그렇지요."

알고 있는 일이었지만 곽지용이 긴장했다. 그렇다. 시공(時空)을 넘나든다고 해도 돌아오지 못할 경우가 생기는 것이다. 그렇게 된다면 이 현실에서 모극공이 남긴 유언을 실현할 수가 없게 된다. 모극공의 유언은 곧 휴론의 지엄한 명령이기 때문이다.

"휴론."

화천이 송지를 보면서 말했다.

"그 휴론을 너는 본 적이 있어?"

"없어."

"그럼 네 사부 모극공한테서만 들었다는 말이냐?"

"그래."

"네가 배운 비법은 인체탈피술 69법뿐이냐?"

"그것을 통달하면 천상(天上)의 경지에 오른다고 했어."

"천상의 경지란 곧 외계인의 기능을 말하는 것이겠군."

화천이 혼잣소리처럼 말하더니 다시 물었다.

"너는 69법을 다 통달한 거냐?"

"통달했다면 너한테 잡혀 이 꼴이 되지 않았지."

"네 사형들의 능력은?"

"나보다 나아."

"어떤 경지냐?"

그때 송지가 입을 다물었으므로 화천이 입맛을 다셨다.

"알면서도 털어놓지 않는군, 그렇다면 이곳에서 살아라."

"내 능력도 회복시켜 줄 거야?"

"네가 조건을 달 처지가 아닐 텐데."

"난 이곳이 싫어, 사람 사는 곳이 아냐."

송지가 몸서리를 치는 시늉을 했다.

"탁한 공기, 삭막한 거리, 뻔질뻔질한 군상들의 모습, 자동차, 개미 떼 같은 인파……."

"그만."

화천이 똑바로 송지를 보았다.

"네 사형들의 능력은?"

"인체탈피술 69법을 변형해서 능력이 자꾸 계발되는 중이야."

"너도 그랬지?"

"난 늦어."

머리를 끄덕인 화천이 지그시 송지를 보았다.

"너, 뜨거운 기운이 뻗쳐 갔을 때의 쾌락이 그립지?"

그때 송지가 숨을 들이켰다. 얼굴이 순식간에 붉어졌고 두 눈이 번들거리고 있다. 화천이 말을 이었다.

"심신색락이 내 본색이다. 함께 색락을 즐기면 네 무공까지 다시 이식해서 전(前) 세상으로 돌려 보내주마."

화천이 덧붙였다.

"물론 나하고 함께 돌아가는 거다."

"화천 님은?"

이광수가 묻자 서영미는 머리부터 저었다. 화천교회 안, 목사실 안에는 서영미와 이광수 둘뿐이다.

"여행을 떠나셨어요."

"연락이 안 되나?"

"안 됩니다."

이광수의 시선이 서영미에게 가 있었지만 초점이 멀다. 뭔가 생각하는 것 같다.

"언제 오신다는 말씀은 하셨고?"

"저한테 연락하신다고 했습니다."

"이런……."

했지만 이광수의 표정은 느긋하다. 교회자금으로 1천5백억이 쌓여 있는 것이다. 거기에다 신도가 2만 명이 넘어서 하루에 걷히는 기부금이 평균 5억이다. 그때 서영미가 입을 열었다.

"화천 님이 저한테 기적을 주신다고 했습니다."

"무슨 말이야?"

"화천 님을 대신해서 반년에 한 번쯤 기적을 내리도록 해주신 겁니다."

"누구한테, 서 집사한테?"

"네."

"정말이야?"

"교회 부흥회 때 제가 한번 해볼게요."

정색한 서영미가 이광수를 보았다.

"그럼 목사님부터 믿게 되시겠지요."

"아, 아니."

이광수가 절망한 표정으로 어깨를 늘어뜨렸다. 그러더니 속에 있는 말을 뱉는다.

"나한테도 그 능력을 나눠주시지……."

눈을 뜬 송지가 가쁜 숨을 헐떡이며 화천을 보았다. 방안은 뜨거운 열기로 뒤덮여 있다. 마치 소나기가 내리기 직전의 여름날 같다. 시선이 마주치자 송지는 얼른 외면했지만 다시 순식간에 얼굴이 빨개졌다. 격렬하고 뜨거우며 달콤한 정사를 나누고 난 참이다. 화천이 팔을 뻗어 송지의 어깨를 감아 안았다. 둘은 알몸이다. 한낮이었으므로 둘의 알몸이 다 드러났다. 송지가 화천의 가슴에 안기더니 더운 숨을 뱉었다.

"나 몰라."

송지의 숨결이 화천의 가슴을 스치고 지나갔다. 화천이 송지의 이마에 입술을 붙였다 떼고는 말했다.

"자, 이 세상을 떠나기로 하자, 옷을 입어라."

명상(瞑想),

화천이 두 손을 늘어뜨리고 앉아 눈을 감고 있다. 숨을 쉬는 것 같지도 않아서 조각상 같다. 오피스텔 안, 현대 시간으로 오전 2시 반 무렵, 벌써 두 시간 가깝게 화천은 움직이지 않는다.

앞쪽 벽에 기대앉은 송지가 화천을 응시하고 있다. 옷을 다 갖춰 입었고 무릎 위에 턱을 올려놓은 자세, 담담한 표정이 되어있다. 뜨거운 육정으로 몸부림치던 것과는 전혀 다른 모습이다. 화천의 머릿속에서 검은 회오리바람이 일어나고 있다.

신(神)이시어 아니, 창조자시어, 당신은 어디에서 오셨습니까? 당신이 마하트에게 남겨주신 심신비전의 용도는 무엇입니까? 이제 휴론의 무리가 지척으로 다가와 있습니다. 휴론은 누구입니까? 휴론은 어떤 목적으로 이 땅, 이 공간에 내린 것입니까? 화천의 머릿속 회오리가 더 커졌다. 그때였다.

"네 머릿속이 우주다."

맑은 목소리가 울렸다.

"네 머릿속으로 파고들어라, 그럼 다 보일 것이다."

숨을 죽인 화천의 눈앞에 검고 깊은 공간이 드러났다. 이곳이 우주인가. 밤하늘을 우러러보았을 때 흔들리던 별 무리, 그것을 오직 밤을 밝히는 희미한 불빛으로만 여겨왔던 화천이다. 그 순간 화천의 몸이 검은 공간 속으로 파고들었다. 엄청난 속도로 공간을 뚫고 나갔지만 끝이 없다. 손을 휘둘러 1년, 10년 앞의 미래 공간을 눈앞에 펼쳤지만 마찬가지다. 별 무리가 옆으로 스치고 지나갔다.

지금도 마찬가지인가? 그동안 수많은 명상을 해오면서 이렇게 창조자를 찾아 시공(時空)을 날았다. 명상 속에서 수백 년을 우주 끝을 향해 날다가 돌아오곤 했다. 화천의 가슴이 점점 무거워졌다. 머릿속이 우주다. 머릿속의 우주도 끝이 없다. 창조자시어, 지금 어디 계십니까?

그 순간이다. 화천이 숨을 들이켰으므로 앞쪽 벽에 기대앉았던 송지가 놀라 숨을 죽였다. 그때 화천이 눈을 떴다. 눈동자가 송지를 향하고 있었지만 초점이 멀다. 그 모습으로 화천이 빙그레 웃으며 말했다.

"깨달았다."

그러고는 눈동자의 초점을 잡더니 송지를 보았다.

"다 들어 있다."

"꽝!"

엄청난 폭음, 그 순간 섬광이 번쩍이면서 유빈각이 폭발했다. 불기둥이 수십 길이나 솟으면서 건물이 산산조각이 되어 허공으로 솟아오른다. 인시(오전 4시)였으니 아직 짙은 밤, 잠자리에 들었던 주민들은 대경실색했고 유빈각 근처의 주택들이 함께 무너져 내렸다. 유빈각은 곧 잔해가 불길에 휩싸였는데 곧 상처를 입은 부상자들의 아우성이 이곳저곳에서 터졌다. 무너진 주택에서도 사람들이 쏟아져 나와 곧 유빈각 주변은 아수라장이 되었다. 이제 화광이 대낮같이 밝아졌고 불길이 더 거칠어졌다. 이런 대폭발과 참사는 처음 겪는 주민들이다. 수백 명이 참화를 입었고 수천 명의 부상자가 발생했다. 불길이 사방 주택에 옮겨 붙어 거리는 불바다가 되어있다.

"천벌이다!"

누군가 아우성을 치며 뛰어갔다. 반 벌거숭이 몸뚱이가 피투성이다.

"천벌을 내렸다!"

사내가 다시 소리치자 두어 명이 따라 소리쳤다.

"신령님께 비나이다!"

누군가 다시 소리쳤으므로 이곳저곳에서 울음 섞인 아우성이 터졌다. 극도의 공포심이 덮이고 있다. 하늘에선 아직도 유빈각의 불덩이가 된 잔해가 떨어지고 있다. 불길은 더욱 번졌고 도망치고 신음하고 부르짖는 세상은 마치 천벌이 내린 땅 같다. 그렇다, 난세다. 이곳저곳에서 반란군이 일어났고 관리는 백성의 고혈을 빨아먹는 흡혈귀 같다. 인육을 먹는 주막이 창궐하며 도처에서 굶어죽고 싸워 죽는 지옥과 같은 땅이다.

"천벌이다! 천벌이 내렸다!"

이제는 수십 명이 함께 외치고 있다.

"신령님! 도와주소서!"

이어서 그렇게 외치는 사람도 늘어난다.

"대형!"

목이 터질 듯이 외친 곽지용도 그중 한 사람이 되어있다. 지옥불에서 살아남은 주민이나 마찬가지로 불에 타서 뜯어지고 그을린 옷, 산발한 머리, 얼굴 한쪽은 피투성이가 되어있다.

"대형!"

유빈각은 이미 흔적도 없어졌고 아직도 불길이 치솟는 터라 제아무리 무공이 높아도 현실의 불 속으로 뛰어 들어갈 수는 없다.

"대형!"

유빈각 주위를 돌면서 외치는 곽지용의 눈에 어느덧 눈물이 맺혔다. 과연 천벌이 내렸단 말인가? 이 엄청난 폭음은 화약이나 기름덩이를 부어서 일으킨 것이 아니다. 천벌이 맞는가.

"천벌이다! 신령님이 천벌을 내렸다!"

사방에서 들리는 아우성, 이제 곽지용도 그것이 진실인 것 같다.

"대형!"

곽지용이 다시 악을 썼다. 여관방 안에서 송지와 선우를 기다리다가 깜박 잠이 들었던 것이다. 그러다가 온몸이 허공으로 치솟는 느낌이 들었고 동시에 엄청난 폭음이 울렸다. 불길과 함께 허공으로 치솟는 순간 자신은 지금 꿈을 꾸고 있다고 느꼈다. 너무 오래 솟아올랐기 때문이다. 온몸이 불길에 싸였어도 마찬가지다. 이런 폭발, 이런 기세, 이런 폭풍은 지상의 것이 아니었기 때문이다. 현실에서 이런 엄청난 재앙이 있을 리가 없다.

곽지용이 떨어진 곳은 여관에서 1리(500m)나 떨어진 주택 지붕이었으니 더 그렇다. 1리나 떨어진 주택도 절반은 허물어졌고 불덩이가 날아와 태우기 시작했던 것이다. 겨우 몸을 추스르고 일어난 곽지용은 여관으로 달려와 지금까지 대형 고채형을 찾는 중이다.

천벌이 떨어진 지 한식경이나 지났는가.

아연한 송지가 지금까지도 입만 벌린 채 입을 열지 못하고 있다. 오피스텔에서 화천에게 어깨를 잡힌 채 과거로 돌아올 때 뭔가 이상하긴

했다. 정상적으로 돌아가려면 비행기를 타고 중국으로 돌아간 후에 처음 현대로 들어왔던 꾸이양의 그곳으로 가야만 했던 것이다. 그래서 공간을 일치시켜놓고 시간을 거슬러 돌아가야 정상이다. 그런데 화천은 자신의 어깨를 쥐고 냅다 시간을 거슬러 뛰어버린 것이다.

"꽈꽈꽝!"

화천의 손짓이 일어났을 때 송지는 온몸이 검은 공간으로 빠져드는 것을 보면서 폭음을 들었다. 엄청난 폭음, 검은 소용돌이 주위의 붉은 불덩어리가 폭발하고 있는 것이다. 기절초풍한 송지가 화천의 팔을 두 손으로 움켜쥐고는 소용돌이 속으로 한없이 빨려 올라갔다. 그리고는 정신을 깜박 잃었다가 깨었더니 지금의 몸이 산중턱의 나무에 기대앉아 있는 것이다.

이제 돌아온 것인가. 아래쪽에 기억과 같은 도읍이 펼쳐 있는 것이 보인다. 정신을 가다듬은 송지가 주위를 둘러보았지만 화천은 사라졌다. 동쪽 산맥 위쪽으로 붉은 기운이 떠오르고 있다. 이쪽 세상은 천벌을 받은 듯이 지옥이 되어 있는데도 해는 어제와 다름없이 떠오르는 것인가.

"누구냐?"

고천진(高川鎭) 진장(鎭將) 호운복이 머리를 들고 물은 순간 목이 뜨끔했다. 그러고는 온몸이 늘어졌는데 입에서 소리만 나오지 않을 뿐이지 다 보이고 들린다. 방안의 불이 환하게 켜져 있어서 앞에 서 있는 사내가 보였다. 장신, 그런데 머리 모양이나 옷차림이 기괴하다. 이런 모습은 난생처음이다. 짧은 머리, 수염도 없는 사내는 폭이 좁은 소매의 저고리와 바지를 입었다. 사내가 옷을 훌훌 벗기 시작했으므로 호운복이 숨을 들이켰다. 이곳은 개봉현에서 20여 리 떨어진 고천강 수군(水軍) 진영 안, 진장의 처소다. 현청이 있는 북쪽에서 폭음이 울렸으므로 호운복은 서둘러 일어났던 참이다. 옷을 벗은 사내가 호운복의 옷을 하나씩 걸치면서 말했다.

"네 골격이 나하고 맞아서 다행이다."

진장의 옷이어서 구색이 맞춰졌고 띠는 가죽이요, 겉옷은 명주다. 옷을 갖춰 입은 사내의 얼굴에 웃음이 떠올랐다.

"이제 몸이 편하군, 좁은 옷을 입으니 각박하게 사는 것 같다."

혼잣말이었지만 호운복은 무슨 말인지 영문을 알지 못한다. 사내가 두루마기를 펼치고는 호운복 앞에 섰다. 그러더니 벽에 비스듬히 상반신을 걸치고 앉아있는 호운복의 목을 손끝으로 슬쩍 눌렀다. 그 순간 호운복의 입에서 옅은 신음이 터졌다. 목소리가 터진 것이다.

"으윽, 넌 누구냐?"

호운복이 이 사이로 물었다. 무장(武將)이 된 지 15년, 47세의 호운복은 50여 명의 진군(鎭軍)을 거느리고 강을 지키는 말단관리지만 아직 반란군의 유혹을 받은 적이 없다. 이곳은 아직 주왕(周王)과 남왕(南王)의 세력이 뻗치지 않는 곳이기 때문이다. 호운복의 시선을 받은 사내가 빙그레 웃었다.

"나는 서왕(西王)이다."

그야말로 시공(時空)을 뛰어넘었다. 머릿속이 우주라는 깨달음이 그렇게 만들었다. 우주의 한계는 머릿속에 만드는 것이다. 소용돌이치는 어둠 속을 몇 백 년씩 스쳐 가는 도중에는 또다시 곱절로 속도를 늘렸지만 우주는 끝이 없다. 창조자는 영원히 닿지 못할 것이었다.

창조자와 휴론이 사는 저 세상, 그러나 머릿속 우주를 깨달은 순간 화천은 창조자를 만났다. 그리고 그 순간 떠났던 과거로 돌아오면서 대폭발이 일어났다.

그야말로 '천벌'이 내렸다. 창조자를 만난 '유일한 인간'이 된 것이다. 그러나 대폭발은 그것 때문이 아니다. 일치하지 않는 시공(時空)으로 옮겨왔기 때문이다. 그래서 '천벌'이 내렸다. 그 '천벌'이 어떤 작용 때문에 일어났는지는 화천도 알지 못한다. 아직 정신을 차리지 못한 송지를 나무에 기대놓고 화천은 남쪽으로 달려 내려온 것이다.

"서왕(西王)이시라니요?"

이제 호운복이 떨리는 목소리로 묻자 화천이 얼굴을 펴고 웃었다.

"서왕에 대해서 듣지 못했구나, 나는 곧 주왕 호공을 대신할 사람이다."

"주왕 휘하에 계시오?"

"주왕 호공은 아직 본 적도 없다."

화천이 벽에 기대놓은 호운복의 검을 허리에 찼고 짧은 머리에 두건을 덮어쓰자 잘 어울렸다.

"내가 네 차림을 가져가는 값으로 네 청을 들어주마."

앞으로 다가선 화천이 호운복에게 물었다.

"네가 갖고 싶은 것이 무엇이냐?"

"없소."

겨우 일어선 호운복이 지그시 화천을 보았다.

"보아하니 신술(神術)을 갖고 계시니 부디 이 전란을 빨리 끝내주시오."

"때가 되면 망하고 일어난다."

비행기가 오가는 세상을 떠올리면서 화천이 몸을 돌렸다.

"모두 그저 오늘 하루를 충실하게 살면 세상은 이어진다."

호운복이 입을 열었지만 눈도 깜박하지 않았는데도 화천의 모습은 사라졌다. 방을 나온 화천이 담장을 넘고 진영을 바람처럼 달린다. 이제 맑은 공기가 폐 안에 들어찼고 가죽신에 닿는 맨땅 감촉이 부드럽다. 돌아왔다.

"주왕(周王) 호공은 역사에 없었던 인물이 아닌가?"

달리면서 화천이 되물은 말이다.

"남왕(南王) 종광이 어디 있었는가?"

없다. 왕가윤, 고영상, 장헌충, 그리고 이자성이 명을 멸하고 청(淸)을 세우게 된다. 그 과정의 역할은 누가 하는 것이냐? 화천의 가슴이 먹먹해졌다. 이 서왕(西王) 화천의 역할이다.

주왕(周王) 호공, 귀주 반란군의 수장, 왕으로 즉위한 후에 6부(部) 대신, 12명의 대장군(大將軍)을 거느렸고 12만 정병이 있다. 백정 자식으로 군왕을 칭했으나 난세다. 명 태조 주원장은 비렁뱅이 중이었지 않은가. 호공이 왕성(王城)으로 삼은 개음현성은 증축을 거듭하여 성벽높이가 20자(6m), 길이가 10리(5km)에 이르는 거성(巨城)으로 변모했으며 왕성 안에 다시 내성(內城)을 세워 왕궁으로 만들었다.

주왕 즉위 3년, 이제 호공은 왕으로서 사방 2백여 리의 왕국을 다스리고 있다. 호공은 포악하지만 나름대로 사람을 끌어들이는 재주가 있다. 장수를 우대하고 물욕이 없다. 그래서 군사들의 대우가 좋았는데 그것이 일자무식의 호공을 왕으로 만들었다.

"이봐, 재상."

호공이 술잔을 들고 재상 아황을 불렀다. 내성 안에서 호공은 대신들과 함께 주연을 즐기고 있다.

"예, 대왕."

아황이 호공을 보았다. 56세, 귀주 교두현 서리였다가 반란군에 투항하여 이제 주국(周國)의 재상이 되었지만 재상의 씨가 따로 있는가. 아황은 명재상(名財相)이다. 백성의 세금을 줄이고 부역을 없앴으며 상업을 장려해서 주국(周國)으로 백성들이 몰려오게 만들었다. 백성이 곧 왕국의 근본인 것이다. 호공이 아황을 만나 왕국을 이루었다고 해도 과언이 아니다. 수백 명 도둑무리 괴수였던 호공이 우연히 포로로 잡은 아황을 책사로 임명함으로써 주국(周國)이 만들어진 것이다. 그래서 호공은 아황의 말이라면 다 믿는다. 그때 호공이 말했다.

"개봉현이 천벌을 맞고 폐허가 되었다는 소문이 사실이라는군."

"예, 저도 그렇게 들었습니다."

아황이 가는 눈을 더 가늘게 떴다.

"수천 명이 죽거나 다쳤고 가옥이 5천여 채가 소실되었답니다."

"엿새 전이라는 거야."

"그것이 운석이 떨어진 것 같다는데요."

"운석이 떨어지면 구덩이가 파였어야 하는데 구덩이 대신 불비가 내렸다는군."

"천벌은 확실한 것 같습니다. 그쪽에서 온갖 흉악한 일들이 많았거든요."

내궁의 밀실 안이다. 술을 좋아하는 호공은 오늘도 주연을 벌였지만 풍악을 울리거나 무희를 불러 춤을 추게 하지는 않는다. 그때 아황이 말을 이었다.

"전하, 종광이 명을 압박하고 있습니다. 더구나 이번에 대금(大金)이라고 국호를 바꾼다고 하지 않습니까?"

"국호만 바꾸면 다 되나?"

쓴웃음을 지은 호공이 주위를 둘러보았다.

"그럼 우리는 천금(天金)으로 국호를 바꾸기로 하자."

대신 서넛이 웃음소리를 내었지만 곧 그쳤다. 아황이 정색하고 있었기 때문이다. 아황이 호공을 보았다.

"전하, 개봉현 동쪽 지역에서 도적떼들을 규합하고 서왕(西王)이라고 칭한 놈이 나타났습니다."

호공은 시선만 주었고 아황이 말을 이었다.

"그놈은 무공이 출중해서 바람을 타고 물 위를 걸으며 죽은 자도 살린다는 소문이 났습니다."

"나도 그랬지 않은가?"

쓴웃음을 지은 호공이 한 모금에 술을 삼켰다.

"말이 지치자 내가 말을 목에 걸치고 달렸다는 소문이 났지."

"전하."

여전히 정색한 아황이 불렀으므로 호공도 얼굴을 굳혔다.

"뭐냐? 재상?"

"전력(戰力)은 보강해야지만 왕국의 기반은 유능한 인재올시다. 그 서왕(西王)을 불러 왕국을 보강시키시지요."

그 순간 대신들이 조용해졌고 호공도 긴장했다.

"부르다니?"

"사람을 보내 정중히 모셔오는 것입니다."

"부르면 올까?"

"대장군이나 재상 직임을 주셔도 됩니다."

"그대가 재상 아닌가?"

"저는 자리를 내놓고 다른 직함으로 전하를 모시지요."

"그놈이 그럴만한 가치가 있나?"

"무공이 높고 술법을 부린다는 소문이 났습니다. 영입하면 주국(周國)의 위세가 올라갈 것입니다. 소문이 그 절반만 된다고 해도 말입니다."

아황의 간언은 대부분 듣는 호공이다. 이윽고 호공이 머리를 끄덕였다.

"사람을 보내 그자를 찾도록 하지. 재상, 그대에게 맡기겠다."

이렇게 주국이 성장했던 것이다.

"사형."

다가선 송지가 부르자 곽지용이 소스라치며 일어섰다.

"아니, 사매……."

"사형 이게 무슨 꼴이오?"

"너, 너는……."

서로의 얼굴을 보던 둘이 입을 다물었다. 술시(오후 8시)가 지나 있어서 주위는 어둡다. 다가선 송지가 주위를 둘러보는 시늉을 했다. 이곳은 폐허가 된 개봉현에서 10여 리쯤 떨어진 산기슭, 곽지용은 동굴 안에 앉아 있다가 송지를 만난 것이다. 동굴 안에 기름 등을 밝혀 놓고 둘은 어른거리는 불빛 아래 마주보고 앉았다.

"대형은?"

"사제는?"

둘이 동시에 물었으므로 제각기 주춤했다가 먼저 송지가 대답했다.

"선우 사형은 죽었습니다."

"죽어?"

곽지용이 눈을 치켜떴다.

"그놈한테 당했느냐?"

"예, 4백 년 후의 세상에서 대결을 했지만 힘이 닿지 않았어요."

송지가 선우와 화천과의 대결을 말해주었다. 곽지용은 숨만 들이켰다가 이야기가 끝나자 말했다.

"그렇군, 나도 대형을 잃고 이렇게 이곳에서 지낸다."

"그럼 그때 대폭발 때 실종이 되신 것이군요."

"천벌이 내렸을 때지."

"천벌이 아닙니다, 대형."

어깨를 늘어뜨린 송지가 외면한 채 말했다.

"제가 화천과 함께 돌아올 때 시공(時空)이 엇갈리면서 그런 대폭발이 일어난 것 같습니다."

"어찌 그렇게 된단 말이냐?"

"순리(順理)를 어겼기 때문이겠지요."

송지가 시선을 주었지만 눈동자에 초점이 멀어졌다.

"그때 대형께서도 시공의 폭풍에 휩쓸려 이 세상에서 사라지신 것 같습니다."

"그렇다면……."

숨을 들이켠 곽지용이 송지를 보았다.

"대형은 다른 세상에 계신단 말인가?"

"시신이 보이지 않는 주민이 수백입니다. 아무리 대폭발이 일어났다고 해도 이렇게 흔적도 없이 사라질 수는 없습니다."

"으음."

곽지용이 탄식했다. 천벌이 일어난 지 오늘로 엿새가 되었다. 곽지용은 오늘까지 폭발의 원점인 유빈각 근처를 배회하며 대형 고채형을 찾고 있었던 것이다. 그것은 송지도 마찬가지였다. 고채형과 곽지용을 찾아서 먼 곳까지 다녀왔다.

"그럼 그놈은?"

곽지용이 묻자 송지가 숨부터 들이켰다.

"이곳에 떨어진 후에 사라졌습니다."

"사라져?"

"예, 그놈이 이 근처에 있을지도 모릅니다."

송지의 두 눈이 번들거렸다. 곽지용에게 방금 화천과 싸우다가 이곳으로 돌아왔다고 한 것이다. 화천이 시공을 돌리는 바람에 함께 떨어졌다고 했다. 잡혀 있었다고 할 수는 없다.

"내가 사제의 원수를 갚겠다."

곽지용이 눈을 치켜뜨고 말했으므로 송지는 다시 시선을 내렸다. 다시 제자리로 돌아왔더니 무공은 원상으로 회복되었다. 맑은 공기를 흡입했기 때문인 것 같다. 송지가 그대로 머리만 끄덕였다.

"어디 사시오?"

옆자리의 사내가 떠들썩한 목소리로 물었다. 30대 중반쯤, 육중한 체격, 허리에 찼던 칼을 의자 옆에 세워놓았는데 손잡이의 가죽끈이 반질반질했다. 몸에서 풍기는 기세는 강했지만 잘 누르고 있다. 옷차림도 부유한 상인 행색으로 비단 조끼에 가죽신을 신었다. 동료 둘하고 셋이 원탁에 앉아 술을 마시고 있다가 문득 화천에게 물은 것이다. 화천이 젓가락을 내려놓았다. 이곳은 귀주 영교현, 개봉현과는 1백 리쯤 떨어진 홍탄강가의 마을이다.

"난 사천성 계양산에서 왔소."

"아, 계양산."

물은 사내는 가만있었는데 옆에 앉은 사내가 웃음 띤 얼굴로 나섰다.

"그곳에서 백상교가 발흥했다가 멸망했지, 백상교를 아시겠군."

"모르겠소."

화천은 똑바로 사내를 보았다. 긴 얼굴, 깨끗한 피부, 웃음 띤 얼굴에 안광이 강하다. 그때 잠자코 있던 또 한 사내가 동료 둘을 제지했다.

"이봐, 손님께 인사도 없이 실례를 하고 있네."

그러더니 사내가 자리에서 일어섰다.

"소제는 장용이라고 합니다. 호남성 양산 출신이지요, 친구 둘과 어지러운 세상을 돌아다니면서 불쌍한 중생을 구제하고 있습니다."

두 손을 모은 사내가 정중하게 인사를 했으므로 화천도 일어섰다.

"이광수요."

가명을 써야겠다고 생각한 순간 담임목사 이광수의 이름이 떠오른 것이다.

"저도 마찬가지올시다. 전란을 피해 유람을 다니고 있지요."

"나는 방치삼이오."

먼저 말을 건 사내가 통성명을 했다.

"나는 서곡빈이오."

긴 얼굴의 사내가 인사를 하더니 화천에게 물었다.

"우리 합석하는 것이 어떻습니까? 술값은 우리가 내지요."

"좋습니다. 하지만 내 밥값은 내가 내겠습니다."

268

사내들의 정체에 호기심이 일어났으므로 화천이 선선히 응낙했다. 범상한 무리가 아니다. 풍기는 기세가 고수들이다.

"서왕(西王)은 남쪽으로 내려갔어."

가막골 아래쪽의 주막은 소두목 경칠이 관리하고 있다. 소두목 중에서도 서열이 낮은 터라 상전이 부하보다 많은 처지지만 안팎의 소문만큼은 가막골파는 말할 것도 없고 통합된 조직 내에서도 가장 많이 안다. 오늘 경칠은 주막 안채에서 두 사내와 마주앉아 있었는데 술에 취했다. 경칠이 말을 이었다.

"언제 돌아올지 기약이 없다고, 떠난 지 한 달은 안 되었지만 이젠 기다리는 사람도 없어."

"그럼 서왕(西王)은 필요 없는 것 아녀?"

사내 하나가 묻자 경칠이 머리를 끄덕였다.

"4개 무리를 모아주고 떠난 거야, 전에는 몇 백 명 무리로 갈라졌지만 지금은 천여 명의 대적이 되었으니 명(明)이건 어느 반란군 왕(王)이건 함부로 못 하게 되었지."

경칠의 말에 열기가 띠어졌다.

"언제든지 서왕이 돌아오면 우린 왕으로 모실 거네."

"서왕의 무공이 그렇게 강한가?"

사내 하나가 묻자 경칠이 어깨를 부풀렸다가 내렸다.

"내가 직접 보았지만 신인(神人)이지, 천하무적이야."

"뭘 보았는데?"

"날아다녀, 발이 땅에 닿지를 않아."

"저런."

"안광으로 사람을 죽이네."

"아이고."

사내들이 서로의 얼굴을 보더니 제각기 외면했다. 그때 주막 쪽에서 부르는 소리가 들렸으므로 경칠이 서둘러 밖으로 나갔다. 그때 사내 하나가 말했다.

"내일 아침에 남쪽으로 떠나기로 하지."

그러고는 풀썩 웃었다.

"가만두면 서왕은 날개가 달렸다는 소문이 나겠군."

셋은 남왕 종광의 밀사로 이번에 개봉현 대참사 현장을 조사하고 돌아가는 길이었다. 각각 공동, 전진, 점창파의 고수들로 종광의 수족과 같은 비밀 경호역이다. 장용의 제의로 그들은 영교현 중심부의 객주로 옮겼는데 유곽이 딸린 곳이어서 방에 짐을 풀고 나서 유곽으로 들어갔다.

"오늘 술은 우리가 사지요, 이 형."

장용이 말했다.

"우린 운이 좋게 부유한 집에서 태어나 돈 걱정은 안 해도 됩니다."

셋은 제각기 상인, 토호 집안 자제 행세를 하고 있었지만 화천은 첫눈에 심안(心眼)으로 내력을 읽은 것이다. 화천이 웃음 띤 얼굴로 대답했다.

"나 또한 그렇습니다. 그러니 오늘 술값은 덜 취한 사람이 내기로 합시다."

"좋습니다."

방치삼이 손뼉을 치며 웃었다. 곧 술과 시중드는 여자들이 들어왔으므로 방안이 떠들썩해졌다.

"전 소안이라고 합니다."

화천의 옆에 앉은 여자가 교태를 부리면서 인사를 했다.

"산둥성에서 왔습니다."

머리를 든 화천이 여자를 보았다. 그 순간 숨을 들이켰던 화천의 얼굴에서 웃음이 떠어졌다. 화천이 여자를 응시한 채 잠시 입을 열지 않는다. 여자는 30세쯤이나 되었을까? 평범한 외모에 짙은 화장을 했고 몸에서 색향이 맡아졌다. 남자가 그리운 상태다. 그러나 얼굴에 살기가 덮여 있다. 가슴에 품고 있는 주머니에는 1백 명을 죽일 만한 독분이 들어있는 것이다. 저 교태와 살기는 잘 어울렸는데 이미 수십 명을 독살했기 때문이다. 화천의 심안(心眼)에 죽은 사내들의 얼굴이 주르르 보였다가 사라졌다. 그때 장용이 화천에게 말했다.

"이 형은 한눈에 보아도 고수이신데 어느 문하(門下)에서 공부하셨습니까?"

"내가 고수로 보입니까?"

눈을 둥그렇게 뜬 화천이 장용을 보았다.

"난 무공을 공부하지 않았습니다. 대신 관상을 배웠지요."

"호오."

이번에는 서곡빈이 흥미를 느낀 듯 정색하고 물었다.

"그럼 우리 내력도 보실 수 있습니까?"

"자, 먼저 술을 한 잔."

장용이 화천에게 몸을 기울여 술을 따르며 웃었다.

"범인(凡人)이 아니시라고 믿었지요."

"천만의 말씀입니다. 남왕(南王)의 3호(三虎)를 겨우 알아볼 정도이지요."

그 순간 셋의 얼굴이 일제히 굳어졌다. 셋의 별명이 삼호였던 것이다. 세 마리 호랑이는 추켜세운 말이고 시중이나 주변에서까지 3견(三犬)이라고 부른다. 세 마리 개다. 남왕 종광의 충견(忠犬)이다.

"우리가 이 형의 본색을 아직 모르는 것이 부끄럽소."

겨우 방치삼이 말했으므로 굳어졌던 분위기가 조금 풀렸다.

"술 드세요, 나리."

옆자리의 기녀 소안이 술잔을 내밀었으므로 화천이 받아들었다. 술잔에는 독이 벌써 섞여 있다. 어느새 독을 풀었는가. 화천의 얼굴에 웃음이 떠올랐다.

소안의 내력은 떠오르지 않았기 때문이다. 죽은 사내들만 어른거리고 있다.

숨 한 번 들이쉬고 뱉는 그 짧은 시간 동안 화천이 다시 명상(瞑想)에 잠겼다. 천벌은 왜 일어났는가. 화천에게도 개봉현의 대폭발은 천벌이다. 이제 머릿속에 끝없는 우주가 들어있다는 진리는 깨우쳤다. 업(業)은 나 혼자 메고 가야 할 짐이라는 것도 알겠다. 자신의 모든 능력이 창조자에게는 하찮은 것임도 안다.

술잔을 든 화천이 한 모금에 술을 삼켰다. 그 순간 주위가 조용해졌다. 모두 화천을 응시하고 있는 것이다. 그때 방치삼이 말했다.

"너무 일찍 보내는 것 아닌가?"

"아냐, 더 이상 노닥거릴 필요는 없어."

서곡빈이 정색하고 말을 이었다.

"이놈은 호공의 첩자거나 명 조정에서 나온 놈이야."

"자, 이제 얼굴이 검어질 차례야."

옆에 앉은 소안이 말했으므로 화천이 정신을 차렸다. 극독의 효과가 그렇게 나타나는 것이다. 화천은 얼굴에 힘을 주어 붉은 혈관이 드러나도록 만들었다.

"어휴, 흉측해."

화천의 모습을 본 소안이 제 앞에 놓인 술잔을 집어 들었을 때 화천이 손을 뻗었다. 손이 조금 흔들리자 빈방이 펼쳐졌고 상위에는 음식이 놓여 있다. 바로 1각(15분)쯤 전이다. 그때 소안이 들어서더니 가슴에서 주머니를 꺼내었다. 주머니를 푼 소안이 앞에 놓인 잔에 주머니 속의 분말을 한 줌 집더니 넣었다. 분말이 순식간에 녹아 형체가 보이지 않는다. 그 순간 화천이 손을 뻗어 분말을 집어 그 옆쪽 잔에 한 움큼을 넣었다. 그러고는 손을 저어 현실로 돌아왔다. 그때 소안이 한 모금 술을 삼켰다.

"으악!"

효과는 금방 나타났다. 화천의 잔보다 두 배는 더 탔기 때문이다. 다음 순간 화천이 뒤로 넘어졌고 얼굴이 순식간에 검은 숯덩이처럼 변한 소안이 상의 음식에 얼굴을 박으며 쓰러졌다.

"아니, 이런."

당황한 셋이 자리를 박차고 일어섰다.

"얘는 왜 이래?"

"약을 잘못 먹은 거야?"

"잘못해서 제 잔에도 약을 탄 것 같은데."

그때 화천이 몸을 일으켜 앉았으므로 셋은 대경실색했다. 셋의 시선을 받은 화천이 쓴웃음을 지었다.

"3견(三犬)의 수작이 정말로 개새끼들 수준이구나."

"무엇!"

놀랍고 화가 난 셋이 일제히 자리를 박차고 덤벼든 순간이다. 화천이 연기처럼 사라져 버렸다. 그래서 둘이나 상 위로 떨어지는 바람에 술상이 박살이 났고 기녀들의 비명 소리가 울렸다.

3견(犬)은 시중의 소문 수집과 함께 종광에게 적대적인 인사들의 암살 임무를 띠고 파견된 것이다. 소안과 독극물 취급에 뛰어난 터라 셋과 한 조(組)가 되어서 움직였다. 이번에는 유곽 기녀로 위장하고 있다가 상대를 독살시킬 작정이었는데 제가 독을 마시고 죽어버렸다.

"제기, 이거 귀신에 홀린 꼴이로군."

서곡빈이 투덜거렸으므로 방치삼이 거들었다.

"여기까지 데려올 필요도 없었어, 괜히 데려왔다가 소안만 죽었어."

"그놈이 사라진 것을 보면 짐작도 못 한단 말이냐?"

장용이 둘을 번갈아 보면서 꾸짖었다. 지금 셋은 난리가 난 유곽을 뛰쳐나와 밤길을 달려가는 중이다. 앞서거니 뒤서거니 하면서 마을 밖 벌판으로 나온 셋이 멈춰 섰다. 인적이 없는 황야다. 밤바람이 불어 옷자락을 날렸다. 장용이 말을 이었다.

"그놈이 관상만 본다고 한 것은 이미 우리 정체를 파악하고 있다는 뜻이야, 거기에다 소안을 대신 독살시키고 저는 독살 당한 척한 것을 보면 우리보다 고수다."

그러자 서곡빈이 머리를 끄덕였다.

"눈도 깜박이지 않았는데 앞에서 사라졌어. 그것이 무슨 술법인지도 모르겠어."

"서동파의 둔갑술인가?"

방치삼이 혼잣소리처럼 말했을 때 장용이 다시 발을 떼며 말했다.

"어서 떠나자, 귀신에 홀린 것 같아서 께름칙하다."

화천이 우두커니 서서 셋의 뒷모습을 본다. 화천의 머리칼과 옷자락이 바람에 날리고 있다. 짙은 어둠 속, 유곽에서 이곳까지 셋을 따라온 것이다. 변신술로 유곽 방에 붙어 서 있다가 따라 나왔을 뿐 서동파의 둔갑술 따위는 들은 적도 없다. 그때 옆에서 목소리가 울렸다.

"아우가 뒤를 따라온 것도 알고 계시지요?"

머리를 돌린 화천이 어둠 속에 서 있는 두 사내를 보았다. 다섯 걸음쯤 떨어져 서 있던 둘은 화천의 시선을 받더니 똑같이 머리를 숙여 절을 했다.

"저는 정준이라고 합니다."

"저는 우창입니다."

비슷한 용모의 사내들이다. 화천이 물었다.

"그대들은 어디에서 오셨소?"

"예, 주왕의 재상 아황이 저희들을 보내셨습니다."

정준이 대답했고 우창이 잇는다.

"서왕(西王) 전하를 찾아 정중하게 모시고 오라는 지시를 받았습니다."

"안 간다면?"

"그럼 저희들이 어찌하겠습니까?"

둘의 얼굴에 똑같은 웃음이 떠올랐다.

"그렇게만 말씀드리고 돌아갈 것입니다."

"방금 떠난 셋이 남왕 종광의 수하들이라는 것을 아시오?"

"예, 전하."

"난 전하가 아냐."

"그렇게 부르라고 지시받았습니다."

"하지 마."

"예, 나리."

화천이 발을 떼어 둘의 두 발짝 앞으로 다가가 섰다. 이제 한칼에 베어질 거리다. 화천이 다시 물었다.

"데려오라고만 하던가?"

"아닙니다."

머리는 같이 저었지만 정준이 대답했다.

"서왕께서 주국(周國)의 군주가 되어 주시기를 바란다고 하셨습니다."

"주국의 군주(君主)?"

"예, 나리."

"주국의 군주는 남왕 호공이 아닌가?"

"그렇습니다."

"주국의 재상이 그럴 자격이 있나?"

"주국은 재상 아황이 일으킨 것이나 같다고 하셨습니다."

정준이 대답했고 우창이 이었다.

"지금 저희들이 드리는 말씀은 모두 재상 아황이 물으시면 대답하라고 말해주신 것입니다, 나리."

"그래서 호공을 없애고 나를 그 자리에 앉히겠다는 말인가?"

"그렇습니다."

그때 화천이 소리 없이 웃었다.

"나를 어떻게 알고 그러시는가?"

"서왕께선 의술이 뛰어나시며 무공은 신인의 경지에 이르렀고 심신 비전을 통달한 백상교의 후계자라고 하셨습니다."

그 순간 숨을 들이켠 화천이 정준을 응시했다. 그러나 정준과 시선이 부딪혔지만 심안(心眼)이 작동하지 않는다. 그저 맨얼굴만 보일 뿐이다. 그때 정준이 화천의 시선을 받은 채로 말했다.

"나리, 재상 아황은 귀주 교두현 서리 출신으로 주국(周國)을 일으킨 것이나 같습니다. 나리께서 오시기를 기다리고 계시오."

"주왕 호공은 어찌 되는가?"

"개봉현이 천벌을 맞아 폐허가 되었습니다. 근처에 도둑 무리가 들끓는 데다 현령까지 떠나고 나서 살인, 약탈, 매음, 강간의 소굴이 되었기 때문이지요."

"……."

"호공은 물욕이 없고 군사들을 잘 대해주었지만 난세를 이끌 재목이 아니라고 했습니다. 따라서 호공의 왕궁도 천벌로 불타 없어질지도 모릅니다."

"그것도 재상의 말인가?"

"그렇습니다."

"반역이군."

"천벌을 맞아 없어지는 터라 반역이 아니라고 했습니다."

"그 천벌을 재상이 내린단 말인가?"

"그것까지는 모르겠습니다."

"나는 아직 왕이 될 생각이 없어."

머리를 저은 화천이 한 걸음 물러섰다.

"난 다른 일이 있어."

"무엇입니까?"

"내가 다음에 재상을 찾아간다고 말하게."

그때 우창이 말했다.

"나리께서 그렇게 말씀하신다면 이것을 드리라고 하셨습니다."

우창이 가슴에서 가죽 주머니를 꺼내더니 화천에게 내밀었다. 화천
이 우창을 보았지만 이번에도 심안이 작동하지 않는다.

8장
창조자

가죽 주머니는 묵직했다. 돌멩이 하나가 들은 것 같다. 화천이 개울가의 바위에 앉아 손에 쥔 가죽 주머니를 바라보고 있다. 무엇이 들었는지 궁금하기도 했지만 주왕 호공의 재상 아황이란 자가 꺼림칙했다. 일면식도 없는 자가 자신의 내력을 꿰고 있는 것이다. 개봉현의 천벌을 주왕과 연결시켜 말한 것도 수상했다.

자신이 대폭발을 일으켰다는 것을 알고 있는 것 같다. 밤바람이 불어와 옷자락을 날렸다. 개울은 폭이 넓지는 않았지만 깊다. 그래서 소리 없이 흐르고 있다. 별빛이 밝고 맑은 날이었는데 바람이 분다. 이윽고 화천이 가죽 주머니의 끈을 풀더니 안에 든 내용물을 꺼내었다.

"아앗!"

손에 쥔 내용물을 본 화천의 입에서 놀란 외침이 터졌다. 두 눈도 둥그렇게 커졌다. 지금 화천은 손에 핸드폰을 쥐고 있는 것이다. 화천이 380년 후로 옮겨갔을 때 통신을 하던 수단, 지금 세상에서 누가 이것을 쓰겠는가. 화천이 홀린 듯이 핸드폰을 바라보았다. 그러고는 전원을 켰지만 배터리가 방전되었는지 변화가 없다. 숨을 죽인 화천이 핸드폰을 응시한 채 생각에 잠겼다.

아황이란 재상이 시공을 넘나들었단 말인가. 이제 아황이 자신의 내력과 능력을 알고 있다는 것이 분명해졌다. 최소한 자신보다 윗길의 능력을 보유하고 있는 것 같다.

이윽고 화천이 몸을 일으켰다.

"사매, 나는 선지자를 뵙고 와야겠다."

아침에 곽지용이 결심한 표정으로 말했다. 이곳은 마을의 객주 식당 안이다. 젓가락을 내려놓은 곽지용이 길게 숨을 뱉었다.

"내 능력으로는 대사형을 찾지 못하겠어, 내가 뵙고 올 테니까 그동안 사매가 이곳을 지켜줘야겠다."

"그래야죠."

선선히 대답한 송지가 곽지용을 보았다.

"개천산까지 다녀오시려면 얼마나 걸립니까?"

"한 달은 걸릴 거야."

이맛살을 찌푸린 곽지용이 말을 이었다.

"선지자께서 계실지 알 수 없으니 시간이 더 걸릴지 모르겠다."

"선우 사형을 잃었으니 제가 꾸지람을 받아야 할 텐데요."

"부질없다."

자리에서 일어선 곽지용이 발을 떼며 말했다.

"화천, 그놈의 능력을 말씀드리면 선지자께서 이곳에 오실 것이다. 그놈을 찾는 것도 우리들의 일이 될 거야."

송지가 머리를 끄덕였다. 선지자는 실종된 대형 고채형보다 화천을 잡으려고 할 것이었다. 화천의 능력은 선지자와 같은 뿌리지만 동류는 아니다. 어깨를 늘어뜨린 송지가 말을 받았다.

"선지자께서는 알고 계실 것 같네요."

이곳은 귀주 양가현 중심부에 위치한 광천각의 특실 안, 화천이 걸 상에 앉아 앞에 선 지배인의 설명을 듣고 있다. 오전 사시(10시) 무렵, 화 천은 비단 겉옷에 가죽신을 신었고 저고리 단추는 주황색 호박이다. 강 소성 선단의 물주 시늉을 하고 있었는데 이미 옷차림만 갖추는 데 황금 20냥을 썼다. 지배인이 말을 이었다.

"유곽에서 가장 잘 노시는 방법은 아예 3층 전체를 빌려버리는 것 입니다. 그리고 악공과 무희를 부르시고 시중들 여인을 고르시는 것 이지요."

삼각 머리통에 눈이 가늘어서 병든 독사처럼 보이는 지배인은 이미 의복 심부름 값으로 금 석 냥을 챙겼다. 이곳 특실의 방값만 해도 하룻 밤에 금화 닷 냥이니 지배인은 제 발이 땅을 밟는지 허공에 떠 있는지 구분을 못 하고 있다. 지배인의 목소리가 점점 더 높아졌다.

"예, 그러시려면 금 70냥이 드십니다. 악공이 8명, 무희가 12명인 데 다 산해진미로 차린 음식상이 세 차례나 나옵니다. 대인께서 혼자 드시 더라도 5인분을 차려 나오지요, 술은 30년 담근 감홍주가 12병까지 나 옵니다, 대인."

그러자 화천이 입맛을 다셨다.

"그렇게 해주는 데도 금화 70냥이라니, 거저먹는 것 같구나."

"예? 예……."

당황한 지배인의 눈동자가 어지럽게 흔들렸다. 화천이 말을 이었다.

"좋다, 오늘 밤에 그곳에서 놀기로 하지, 기녀 다섯만 부르도록."

"예, 대인 그, 그런데……."

"뭐냐?"

"기녀 값으로 금 10냥이 더 듭니다."

"그럼 금 80냥이군."

"예, 대인."

"내가 나갔다가 유시(오후 6시)경에 돌아올 테니 준비해놓도록."

"예, 대인."

어깨를 부풀린 지배인이 머리가 땅에 닿도록 절을 하더니 바람처럼 방을 나갔다. 그 뒷모습을 본 화천이 쓴웃음을 지었다. 오늘 밤 이곳, 양가현에는 피바람이 불 것이다.

"어머니, 미음을 한 술만 먹어봐."

황보가 말했지만 유마는 희미하게 웃기만 했다. 거적문 밖을 지나는 행인들의 목소리가 울렸다.

"어머니, 내가 오금산에 가서 약수를 떠올게."

황보가 미음 그릇을 놓고 일어섰으므로 유마가 머리를 저었다.

"어머니, 왜?"

일어선 황보가 유마를 내려다보았다. 어느덧 눈에 눈물이 고였다. 방의 냉기가 발바닥에도 전해 온다. 둘은 잠시 그렇게 내려다보고 올려다본 채 서 있었다. 유마가 배앓이를 한 것은 1년쯤 전부터다. 양가현 현청에서 10여 리 떨어진 마을에서 농사를 짓던 황보 가족은 2년 전만 해도 하루 두 끼는 먹고 살았다. 그런데 2년 전 황보 아버지 서규가 밭에서 도적떼에 끌려간 후부터 남은 두 식구는 끼니를 잇지 못했다. 지주 공씨네가 소작하던 밭을 가져가면서 유마는 삯일로 15살짜리 황보와

굶기를 밥 먹듯이 하면서 살았던 것이다. 그러다가 유마의 배앓이가 시작되었는데 창자가 끊어질 것처럼 아프다가 며칠은 뚝 그치기를 되풀이했다. 그러다가 석 달 전부터는 아예 몸이 녹는 것처럼 통증이 심해서 눕게 된 것이다. 황보가 눈물로 빌어서 이웃 마을 의원을 불러 진맥을 했더니 이미 늦었다고 했다. 창자가 다 썩어서 한 달을 넘기지 못할 것이라고 하더니 이제 한 달 보름이 지났다. 유마는 이제 뼈와 가죽만 남았지만 살았다. 먹지도 못하고 겨우 물만 몇 모금씩 마시면서 하루 종일 황보의 얼굴만 본다.

"네가 어떻게 살거나?"

이틀에 한 번쯤이나 입을 열어서 하는 말이 꼭 그 말이다. 황보는 올해 15살이 된 터라 여자 티가 났다. 이곳저곳에 다니며 음식 구걸을 해 와서 어미 유마에게 권하지만 먹지를 못하니 애만 태운다. 자기도 먹지 않았더니 유마가 누운 채로 울어서 구걸해온 음식을 먹어야만 했다.

"어머니, 나도 죽을 거야."

마침내 황보가 유마를 내려다보면서 말했다. 황보를 올려다보던 유마의 얼굴에 다시 눈물이 고였다. 그러나 입술은 웃는다. 그때 유마가 입술을 달싹이며 말했다.

"아이고, 불쌍한 것."

"어머니, 같이 가."

"아이고, 내 새끼."

"어머니, 지금 같이 죽자."

황보가 털썩 자리에 앉았다. 유마의 젓가락 같은 손을 쥔 황보가 열심히 말했다.

"내가 먼저 죽을게, 응?"

"아니."

유마가 열띤 목소리로 말했다.

"아가, 아가, 내 새끼야, 같이 가자."

"그래, 같이……."

그때 문밖에서 소리가 들렸다.

"기다려라."

그러고는 덜컥 문이 열리더니 건장한 사내 하나가 들어섰다. 비단옷을 입은 귀인이다. 소스라친 황보가 입만 딱 벌렸을 때 사내가 눈을 부릅떴다.

"내 허락도 없이 어딜 가려고 그러느냐, 기다려라."

그러더니 황보 옆에 털썩 앉아 유마를 내려다보았다.

"내가 살려주마."

사내는 화천이다. 소매를 걷은 화천이 유마의 더러운 옷자락을 걷으면서 말을 이었다.

"요즘 같은 난세에도 기적이 일어난다. 내가 네 어미를 살려주마."

그러고는 화천이 유마의 배를 손바닥으로 덮었다. 황보는 홀린 듯이 화천의 손바닥을 응시한 채 움직이지 않는다.

화천은 집 앞을 지나다가 유마 모녀의 대화를 들었던 것이다. 손바닥에 기를 넣었더니 유마의 내장이 요동을 쳤다. 다 상하고 부패해서 시체의 그것과 다름없는 몸이다. 그러나 화천의 손바닥을 통해 뻗어 나간 뜨거운 기운이 내장에 활력을 불어넣기 시작했다. 화천이 머리를 돌려 옆에 앉은 황보를 보았다.

"물을 가져와라."

"예? 예."

황보가 몸을 솟구쳐 일어난 것은 유마가 눈을 떴기 때문이다. 눈빛이 번들거리는 것이 생기가 느껴진다. 그때 화천이 서두르듯 말했다.

"물을 동이로 가져오너라."

"예, 나리."

곤두박질로 나간 황보가 곧 물이 가득 든 물동이를 가져왔다. 제 몸통만 한 동이인데도 신이 오른 것 같다. 그때는 유마가 입에서 앓는 소리를 내면서 백지장 같은 얼굴이 붉게 상기되는 중이다. 그때 화천이 말했다.

"네 어미 머리를 세우고 물을 먹여라."

"예, 나리."

황보가 유마의 머리를 들어 일으킬 때다.

"물, 물을."

유마가 헐떡이며 말했다. 황보가 서둘러 그릇에 물을 떠 유마의 입에 붙여주었다. 유마가 정신없이 물을 마셨다.

"자, 이제 네 몸속의 썩은 내장이 쏟아져 나갈 것이다. 냄새가 나더라도 참아라."

화천이 말한 순간이다. 방안에 썩은 냄새가 진동하더니 유마의 치마 밑에서 검은 물이 번져 나왔다. 유마의 배설구에서 쏟아져 나오는 검은 액체는 엄청난 양이다.

"계속 물을 먹여라!"

화천이 소리치자 황보는 다시 물을 가득 떠서 유마에게 내밀었다. 머리만을 든 유마의 배에 화천의 손바닥이 붙여진 것처럼 떼어지지 않는다. 방안은 금방 검은 액체로 뒤덮였고 유마는 물을 10그릇이나 마셨다. 이윽고 유마가 물그릇을 내려놓으면서 말했다. 물을 반 동이나 마신 것이다.

"아이고, 신(神)께서 날 살려주셨다."

목소리가 또렷했고 얼굴은 화색이 돈다. 비록 피골이 상접했지만 상반신을 일으켜 앉았는데 가쁜 숨을 몰아쉬더니 두 눈에 주르르 눈물을 쏟는다.

"신령님."

황보가 화천을 응시하며 울었다. 고맙다는 말을 표현하지도 못할 만큼 감격하고 있다. 그때 화천이 몸을 일으키며 말했다.

"이제 이 집을 떠나 둘이 살아라."

화천이 소매 속에서 가죽 주머니 하나를 꺼내 유마의 손 앞에 떨어뜨렸다.

"금화가 30냥 들었다. 이 낡은 움막을 버리고 떠나도 될 것이다."

"신령님."

유마와 황보가 동시에 불렀을 때 화천이 웃음 띤 얼굴로 말했다.

"이 세상에 신령은 없다, 나는 창조자의 제자 화천이다."

몸을 돌린 화천이 방을 나왔을 때 뒤에서 두 모녀가 흐느끼는 울음소리가 울렸다. 벅찬 기쁨의 울음소리다.

지배인 왕주산이 어깨를 부풀리며 말했다.

"그놈은 몸에 금화 수백 냥을 지니고 있어, 아마 오늘 저녁에 유곽 3층에서 질탕으로 놀 때 금화가 비처럼 쏟아질 거야."

앞에 둘러앉은 사내들은 근처의 비적 무리로 왕주산이 불러들인 것이다. 왕주산이 말을 이었다.

"몫을 절반씩 나누자고, 그럼 내가 자네들만 불러들이겠네."

"뭐야? 금 일백 냥으로 한 놈이 놀아?"

홍창이 눈을 치켜뜨고 물었다.

"광천각에서 대어를 잡았구나. 어디서 온 놈이냐?"

"강소성에서 온 선단 물주랍니다. 지금 지배인 왕가 놈이 누군가를 만나서 숙덕거리고 있소."

"그놈이 복가 놈을 불렀을 거다. 개 같은 놈, 그래서 몫을 반씩 나누자고 했겠지."

이제는 홍창이 주위를 둘러보고 목소리를 낮췄다.

"그놈, 선단 물주라는 놈, 경호원은 몇 명 데리고 왔느냐?"

"혼자 특실에 있소."

"무어?"

숨을 들이켠 홍창이 앞에 선 조방을 보았다. 조방은 광천각의 하인으로 홍창의 정보원인 것이다. 광천각에서 사거리 하나 떨어진 식당 안이다. 오후 미시(2시) 무렵이어서 점심 요기를 하는 손님이 드문드문 앉아있다. 손바닥으로 수염을 쓰다듬은 홍창이 지그시 조방을 보았다.

"거금을 가진 놈이 경호원도 달고 오지 않다니 수상하군."

홍창은 양가현에서 가장 큰 도적단인 윤완파의 부두목이다. 윤완파는 현청에서 30리(15km) 떨어진 박석산에 근거지를 둔 350명 규모의 도적단인데 두목은 전(前) 어림군 교두였던 윤완이다. 홍창이 지그시 조방을 보았다.

"하지만 그냥 둘 수는 없지, 더구나 복가 놈이 나선다면 더욱 그렇다."

복가란 역시 도둑 무리로 복명수가 거느리는 패거리를 말한다. 머릿수는 2백 명 정도지만 근거지가 양가현 바닥으로 같아서 사사건건 부딪치고 있다. 홍창이 머리를 끄덕이며 말했다.

"알았다. 내가 다시 연락할 테니까 여관으로 돌아가서 기다려라."

그 시간에 무희 아향이 제 기둥서방 반마에게 말했다.

"반마, 틀림없이 왕주산이 복가 무리에게 오늘 밤 연회 이야기를 했을 거야, 그러니까 연회가 끝나고 나서 바로 그 물주 놈을 잡아갈지 몰라."

"바보 같은 소리."

아향의 풍만한 젖가슴을 주무르면서 반마가 쓴웃음을 지었다.

"언제든 상관없어, 연회 끝나기 전에 그놈을 잡아가도 되는 거다."

"하긴 그러네."

아향이 허리를 꿈틀거리면서 말했다. 이곳은 광천각 옆 골목의 민가다. 행랑채에 방을 얻어놓고 둘은 살림을 차린 것이다. 젖가슴을 주무르던 반마가 움직임을 멈췄으므로 아향이 몸을 비틀었다.

"왜 멈춰?"

"응?"

"왜 가만있느냐고!"

"아, 잠깐."

침상에서 몸을 일으킨 반마가 지그시 아향을 보았다.

"내가 연포, 개독, 그리고 두어 명만 더 모아서 그놈, 물주를 먼저 쳐야겠다."

아향이 알몸을 비틀다가 이맛살을 찌푸렸다.

"뭐라고?"

"그놈을 먼저 납치하는 거야."

288

"미쳤나?"

이불로 아랫도리만 가린 아향도 몸을 일으켰다. 반마는 도둑이다. 밤에 담을 넘어 도둑질을 하는 것에는 천하제일이라고 자랑을 했는데 실제로 쌀 한 자루를 메고 10자 담장을 넘는데 발 한 번만 걸치면 되었다. 그만큼 힘이 장사였고 날렵했기 때문이다.

"연회를 하기 전에 그놈을 잡아 재물 있는 곳을 털어내게 하는 거야."

"이봐, 잡히면 어떻게 하려고 그래?"

"누구한테?"

침상에서 내려온 반마가 바지를 꿰면서 웃었다.

"도적놈들이 덮치기 전에 우리가 먼저 선수를 치는 거다."

고기를 모으려고 떡밥을 뿌린 것이나 같다. 화천이 광천각이 바라보이는 뒤쪽 산중턱에 앉아서 다시 명상에 잠겨 있다. 오후 신시(4시) 무렵, 4리(2km)쯤 떨어진 양가현은 인구 5만 정도의 대읍(大邑)이다. 사방이 도적떼와 반란군으로 싸여 관(官)의 통제가 거의 먹히지 않는 세상이다. 그러나 양가현은 무너지는 바위 위에 놓인 것 같았어도 아직까지는 무법천지가 되지 않았다. 관(官)의 힘이 강했기 때문이 아니라 도둑무리가 서로 균형을 잡고 있다고 봐야 옳다. 어느 한 쪽이 장악하면 다른 무리들의 표적이 되어 금방 무너질 것이기 때문이다. 고만고만한 무리가 10여 개나 양가현 주위에 기생충처럼 붙어있는 데다 전혀 합종연횡을 하려고 들지 않는 깃이디.

명상에 잠겨 있던 화천이 눈을 떴다. 이제 머릿속 항진은 깨우쳤다. 곧 창조자를 만날 수가 있을 것 같다. 아직 창조자를 만날 준비가 덜 되었기 때문이지 그곳에 닿을 수 있다.

화천이 소매 속에서 핸드폰을 꺼내 보았다. 얼굴에 저절로 웃음이 떠올랐고 긴 숨이 뱉어졌다. 이 핸드폰을 내놓으면 아무도 무슨 용도인지 모를 것이다. 이것 또한 창조자가 깨우쳐주신 이치다. 주국(周國)의 재상 아황이 어떤 인물인지는 아직 모른다. 그러나 시간이 지날수록 궁금증도 엷어졌다. 이것도 같은 이치다. 시간이 다 해결해주는 것이다.

화천이 자리에서 일어섰다. 이곳 양가현 중심부의 여관에 들어가 떡밥을 뿌린 것은 천벌을 내리려는 것이다. 개봉현에 이어서 양가현에도 천벌을 내리리라. 그러나 개봉현처럼 무고한 양민까지 희생시키지는 않겠다.

"복명수가 무리를 모아 장빈관에 와 있습니다."

아관이 말하자 정기천이 머리를 들었다. 검은 눈동자가 깊이를 알 수 없는 물속 같다. 이곳은 양가현 북쪽의 빈민가, 빈민가일수록 어린애가 많아서 아이 울음소리가 사방에서 울린다.

"장빈관에는 왜?"

"옆쪽 광천각을 습격한다고 합니다."

"거상(巨商)이 들었다더냐?"

가까운 곳에서 아이가 울기 시작했으므로 정기천이 자리에서 일어나 옆쪽 거적을 들치고 들어갔다. 아관이 따라가며 말했다.

"선단 물주가 들었는데 하루에 금화 일백 냥을 뿌렸다는 것이오."

"금화 일백 냥?"

숨을 들이켠 정기천의 눈빛이 강해졌다. 오랜만에 금화 이야기를 듣는 것이다.

"그놈 경호원이 몇이나 돼?"

"글쎄, 그것이."

아관이 목을 움츠렸다.

"물주 혼자 하룻밤 금화 닷 냥짜리 특실에 묵고 있답니다."

"혼자?"

정기천이 숨을 들이켰다. 이제 아이 울음소리가 멀어지고 있다. 이곳은 움막이 이어져 마치 긴 토굴 같다. 바닥은 땅바닥에 거적을 깔았는데 습기가 많아서 썩는 냄새가 진동을 했다.

"함정이다."

정기천이 이 사이로 말했다.

"관군(官軍)이 그럴 리는 없고 남왕이 민심(民心)을 잡는다고 도둑 무리를 소탕하려는 짓인지도 모른다."

"이곳까지 와서 그럴 리가 있습니까?"

"개봉현에 천벌이 내린 것을 봐라."

정기천이 말을 이었다.

"현에 도둑 무리가 설치고 다니다가 그 천벌 덕분에 절반 이상이 죽었다. 이곳도 그 꼴이 될지 누가 아느냐?"

"남왕 종광이 천벌을 내린단 말씀이오?"

"민심이 그렇다는 거야, 이놈아."

정기천이 아관을 노려보았다.

"이곳에서도 백성들이 모두 그런다. 양가현에도 천벌이 내렸으면 좋겠다고 말이다."

"그러면 주울 것이 많겠지요."

"어쨌든."

어깨를 부풀린 정기천이 아관을 보았다. 다시 두 눈이 번들거리고 있다.

"애들을 다 모아라, 아무래도 오늘 밤 일이 일어날 것 같다."

"예, 두령."

정기천은 양가현의 개방파 두령이다. 휘하에 졸개 3백여 명을 거느렸지만 관(官)과는 대립하지 않았다. 아관이 거적을 들치고 나가자 정기천이 혼잣말을 했다.

"오늘도 남은 음식을 주워 먹을 것인가?"

잠깐 생각에 잠겼던 정기천이 머리를 들고 앞쪽을 보았다.

"아니면 훔쳐 먹을 것인가?"

"없습니다."

당귀와 마길도가 다가와 말했을 때 왕주산이 쓴웃음을 지었다.

"그럴 줄 알았다."

"샅샅이 뒤졌지만 동전 한 닢 떨어져 있지 않았습니다."

"금자를 방에 놓고 다닐 리는 없지."

당귀와 마길도는 왕주산의 심복으로 손님방 뒤지기가 전문이다. 방 구조가 환한 데다 여관 종업원 생활을 10년도 넘게 한 터라 귀중품을 방안에만 놓으면 어디에 숨겨놓아도 찾아내는 것이다.

왕주산의 방안이다. 시각은 이미 유시(오후 6시)가 되어가고 있어서 3층 유곽은 손님 맞을 준비가 한창이다. 그때 당귀가 물었다.

"지배인님, 오늘 몇 시에 복 두령이 오십니까?"

"글쎄, 연회 중에 덮칠 수도 있겠지, 관(官)이 꿈쩍하지 않는 세상이니 언제든지 올 것 아니냐?"

"그렇지요, 그런데……."

당귀가 왕주산을 보았다.

"오늘은 아래층 식당에 손님이 가득 찼습니다, 지배인님."

"나도 보았다."

"수상한 면상들이 보입니다."

"그렇겠지."

쓴웃음을 지은 왕주산이 말을 이었다.

"소문이 다 퍼져 나갔을 거다. 모르는 놈들은 이 난세를 살아갈 자격이 없는 도적놈들이지."

"그럼 박석산의 윤완파도 알까요?"

"이 여관 안에도 윤완파 끄나풀이 있어."

"지배인님, 그러면……."

굳어진 당귀의 얼굴을 본 왕주산이 다시 웃었다.

"이놈아, 그것도 요량 못 한다면 복 두령도 두령 자리를 내놓고 떠나야지."

"그, 그렇군요."

"아마 개방의 거지들도 여관 밖에서 웅성거리고 있을 거다."

자리에서 일어서면서 왕주산이 말을 이었다.

"우리는 굿이나 보고 떡이나 먹자."

장빈관 식당에서 나온 우곡이 옆쪽 마구간으로 달려가 낮게 불렀다.

"진규 있느냐?"

대답이 없으므로 다시 부른다.

"황석이 있느냐?"

대답이 없자 화가 난 우곡이 빈 마구간 문을 열었을 때다. 아직 어둡지 않았으므로 안이 드러났고 그 순간 우곡이 숨을 들이켰다. 시체다. 마구간에 대기시킨 진규와 황석이 이끄는 제2조 7명이 모두 시체가 되어있는 것이다. 모두 무참히 베어진 상태였는데 피비린내가 진동을 했다. 우곡은 몸을 돌려 뛰었다. 마당에도 사람이 꽤 있었기 때문에 소리를 지르지는 않았다. 기습을 당한 것이다.

"으악!"

옆방에서 비명 소리가 들렸으므로 홍창이 숨을 들이켰다. 그러나 쌍검의 달인으로 지금까지 적수를 만나지 못한 홍창이다. 벽에 기대어놓은 쌍검을 들자마자 밖으로 뛰어나갔고 함께 있던 부하 둘도 따랐다. 이곳은 광천각 바로 뒤쪽의 민가, 홍창이 지휘하는 2개 조 20명이 대기하고 있는 중이다.

"아악!"

비명 소리가 뒤에서 울리는 바람에 홍창이 대경실색했다. 복도로 나온 홍창이 막 옆방으로 들어가려는 참이었다. 머리를 돌린 홍창은 바로 뒤를 따르던 부하의 머리가 없어져 있는 것을 보았다. 목에서 피가 분수처럼 솟아올랐고 아직 넘어지지 않은 채 머리 없는 몸이 발을 떼고 있다.

그 뒤를 따르던 부하가 비명을 지른 것이다. 그러면 누가 목을 쳤단 말인가?

그때 홍창은 뒤쪽 부하의 머리가 떨어지는 것을 보았다.

"부두목이 죽었소!"

부하가 달려와 소리쳤을 때 윤완은 막 저녁을 먹고 난 참이었다. 가

뻔 숨을 고른 부하가 말을 이었다.

"광천각 옆 쌍우물집에서 대기하던 스무 명도 모두 참살되었습니다."

"뭐?"

놀란 윤완이 벌떡 일어섰다. 그때 부하가 손에 쥐고 있던 푸른색 띠를 내밀었다. 바로 복명수 무리가 허리에 차고 다니는 띠다.

"죽은 황한의 손에 이 띠가 쥐어져 있었소! 복가패가 기습해온 것입니다!"

"이런 개 같은."

윤완은 눈동자가 위로 치켜 올라갔다. 이것이 눈이 뒤집혔다고 하는 것이다.

그 시간에 복명수는 장빈관의 마당에 서 있었는데 이미 주위에는 50여 명의 부하들이 둘러서 있다. 모두 병장기를 들고 있는 터라 흉흉한 분위기다.

"윤완, 이놈하고 마침내 오늘 부딪치게 되었구나."

복명수가 이 사이로 말하고는 옆에 선 우곡에게 물었다.

"놈들이 이 근처에 있을 텐데 아직 찾지 못했단 말이냐?"

"찾고 있습니다."

"빨리 찾아! 이 자식아!"

버럭 소리친 복명수의 시선이 구석에 서 있는 광천각 하인 당귀에게 옮겨졌다. 당귀는 흉흉한 분위기에 질려 복명수에게 다가오지 못하고 있었던 것이다.

"무슨 일이냐?"

복명수가 묻자 당귀가 주춤거리며 다가와 섰다.

"지배인께서 유시(6시)에 주연을 시작한다고 하셨습니다. 이제 반 식경쯤 남았습니다."

당귀가 조심스럽게 말하자 복명수는 입맛을 다셨다.

"그까짓 한 놈 잡으려고 양가현에 전쟁이 일어나겠다."

"그자는 아직 여관에 들어오지 않았습니다, 나리."

"도망친 것은 아니지?"

"예, 그런 것 같지는 않습니다."

"그놈 하나 잡으려고 했다가 내 부하 8명이 몰살당했다."

입맛을 다신 복명수가 마구간 쪽을 흘겨보면서 말했다.

"어쨌든 그놈이 들어오면 연락해라."

"아직 오지 않았어."

방으로 들어선 아향이 목소리를 낮추고 말했다. 아향은 연회장에서 온 것이다.

"3층으로 가려면 이곳을 지나가게 될 테니까 지켜보면 돼."

"그놈이 도망친 것은 아냐, 방에 들어가 보니까 옷가지가 그대로 있더군."

아향이 반마에게 바짝 다가섰다.

"연포하고 개독은 어디 있어?"

"밖에 있어."

조바심이 난 반마가 이맛살을 찌푸렸다. 이곳은 광천각 2층 객실이다. 반마는 강소성 선단 물주란 작자가 3층 특실로 올라가기 전에 이곳에서 잡을 작정인 것이다. 계단 입구여서 위치가 좋았고 주위에 하인이 있건 없건 상관없다.

296

동료 연포와 개독이 1층 입구에서 그놈을 따라올 것이고 2층 복도에도 두 명이 대기하고 있는 것이다. 그때 2층에서 망을 보던 전운이 서둘러 문을 열고 들어섰다.

"1층으로 들어왔어!"

"됐다."

펄쩍 뛰어 일어선 반마의 눈이 번들거렸다. 먼저 가로채는 자가 임자인 것이다.

"아이고, 난 여기서 기다릴게."

다급해진 아향이 몸을 움츠렸을 때 반마는 전운과 함께 방을 나갔다. 반마의 계획은 단순하다. 물주 놈을 잡아 2층 끝 쪽 창문을 열고 마구간 지붕으로 뛰어 내린 다음 지붕 위를 달려 담장 밖으로 뛰어내리면 그곳은 뒤쪽 골목이다. 골목 안에는 이미 마차가 준비되어 있었으므로 싣고 달리면 된다. 쌀 한 가마를 어깨에 메고 담을 뛰어오르는 반마였으니 사내 한 놈 드는 것은 일도 아니다.

"장빈관에 있습니다!"

현청 사거리로 진입한 윤완에게 부하 하나가 달려와 보고했다.

"복명수가 부하들을 모아놓고 우리를 찾고 있습니다."

"잘 되었다!"

윤완이 눈을 부릅뜨고 소리쳤다. 뒤를 따르던 2백여 명의 부하들이 술렁거렸다.

"모두 장빈관으로!"

전법이고 뭐고 따질 것 없다. 곧장 밀고 들어가서 쳐 죽이면 되는 것이다. 세상은 이미 도적떼들이 백주에 시중을 활보하고 저희들끼리 전쟁을 벌이는 난세가 된 지 오래다.

주민들이 분분히 피하고 가게는 문을 닫았다. 거리에 우연히 나와 있던 관리와 포졸 서너 명이 옷자락을 날리며 골목 안으로 도망쳤다. 윤완이 수하들을 이끌고 풍우 같은 기세로 장빈관으로 달려갔다.

"죽여라!"

갑자기 외침이 울리면서 옆쪽 골목에서 사내들이 쏟아져 나왔다. 모두 허리에 청띠를 매었고 손에 각종 병장기를 들었다. 복가파다. 복가파가 한발 빠르게 기다리고 있었던 것이다.

"옳다! 잘되었다! 죽여라!"

이쪽에서도 아우성이 울렸다. 일순 주춤했던 윤완파가 바로 맞부딪친 것이다.

"으아악!"

첫 번째 희생자가 나왔다. 윤완파의 졸개 하나가 창에 배를 찔려 내지르는 신음이다.

"아악!"

이어서 거리가 떠나갈 것 같은 비명, 그것은 복가파의 졸개 하나가 팔목이 잘린 것이다. 이제 양가현 현청 거리는 전장이 되었다. 도적무리 두 패가 엉켜서 사생결단의 혈투가 시작된 것이다.

비명과 외침이 거리를 울리면서 전장(戰場)은 점점 더 확대되었다. 주민들은 집안에 박혀 숨을 죽이고 있었으므로 시내는 도적들의 천지가 되었다.

"잡았다!"

외친 것은 반마의 동료 연포, 2층으로 올라가는 계단에서 물주를 잡은 것이다. 연포가 물주의 허리를 두 손으로 감아 안은 순간 뒤를 따르던 개독도 다리를 번쩍 들었다. 이제 물주는 둘에게 들려 버둥거리고 있다.

"비켜라!"

뒤를 따르던 부하 하나가 칼을 빼 들고 소리치는 바람에 놀란 하인들이 우르르 도망쳤다.

"자, 어서 이쪽으로!"

위에서 반마가 두 눈을 번쩍이며 소리쳤다.

"잘했다!"

이제 전운까지 달려들어 물주의 몸을 들어 올린다.

"자, 이 방으로!"

앞장서 달리면서 반마가 소리쳤다. 이제 8할은 성공이다. 풍우처럼 방안으로 들이닥친 일행을 보자 아향이 눈을 동그랗게 떴다.

"잡았어?"

"그럼, 내가 누구냐?"

반마가 소리치더니 허리춤에서 삼끈을 빼어내 물주의 손발을 묶는다. 우선 묶고 나서 메고 창밖으로 뛰어나갈 작정인 것이다.

"어서!"

문밖에서 망을 보던 전운이 소리쳤다. 하인들이 일단 도망은 쳤지만 수군거리며 2층 계단 밑에서 이쪽을 힐끗거리고 있는 것이다.

"다 되었다!"

물주 손발을 묶은 반마가 벌떡 일어서며 소리쳤다.

"문 열었어!"

연포가 창문을 열고는 웃었다.

"나가자!"

"옳지, 주울 것이 많구나."

전장에서 조금 떨어진 길가에서 정기천이 이를 드러내며 웃었다.

"떨어진 무기만 주워도 일 년 먹을 양식이 되겠다."

"싸움이 끝나면 두 패는 거의 전멸하게 될 것입니다."

앞에 선 아관이 거들었다. 지금 개방의 무리 거의 전부가 전장 둘레에서 꿈틀거리고 있는 것이다. 사람이 모이는 곳은 전장(戰場), 시장, 초상집, 잔칫집 순서인데 전장에서 가장 얻는 것이 많다. 죽은 시체 앞에서 눈치 볼 것도 없기 때문이다. 정기천이 지시했다.

"자, 조금만 기다려라. 시체를 뒤질 때 물건에 피를 묻히지 말라고 해라."

"예."

아관이 전달을 하려고 뛰어나갔다.

"엇!"

놀란 외침은 반마한테서 뱉어졌다. 물주를 들쳐 메려고 허리를 굽힌 순간에 갑자기 허리가 삐끗했기 때문이다. 그러더니 몸이 굽혀진 채 허리가 펴지지 않는다.

"이, 이게……."

반마가 다시 허리에 힘을 쓴 순간이다. 엎드려 있던 물주가 부스스 일어났으므로 반마가 입을 딱 벌렸다.

"어어."

창가에 서 있던 연포가 놀란 외침을 뱉었으며 이제는 방 가운데로 나와 있던 아향이 숨을 들이켰다.

"아니, 도대체."

개독이 주춤대며 물주에게 한 발짝 다가선 순간이다.

"펑!"

방안에 폭음이 울리더니 순식간에 화염으로 뒤덮였다.

"으아악!"

처절한 비명이 한꺼번에 터졌는데 열린 문으로 화염이 뻗어 나갔다가 곧 안으로 숨듯이 사라졌다. 화염과 폭음에 놀란 여관 하인들이 달려왔다.

"아앗!"

하인들의 입에서 놀란 외침이 울렸다. 방안은 시커멓게 불에 타 있었기 때문이다. 그야말로 숨 두 번쯤 쉬고 뱉을 만한 동안이었는데 방안의 모든 집기는 불에 타 뼈대만 남았다. 그리고 불에 탄 인간들의 뼈가 그대로 드러났다. 모두 6구다.

"으아악!"

갑자기 앞에 선 복가파 하나가 칼을 치켜든 채 고함을 질렀으므로 윤완과 동만은 뒤로 물러섰다. 그 순간이다. 사내가 그대로 땅바닥에 쓰러져 움직이지 않는다. 눈이 뒤집혀 있는 터라 동만은 시체를 뛰어넘어 내달렸다. 그러나 동만도 세 걸음을 떼고 나서 땅바닥으로 뒹굴었다.

전장은 이제 넓게 번지고 있다. 거리마다 양쪽 무리가 엉키고 있다.

"저것 봐라."

이제는 민가 지붕 위로 피신한 개방파 두목 정기천이 숨을 들이켜는 소리를 내더니 앞쪽 거리를 가리켰다. 거리에는 이제 어둠이 덮이고 있다. 아관이 정기천이 손으로 가리키는 곳을 보았다.

"저놈들이 귀신한테 홀려 죽는 것 같다."

그 순간 아관은 눈을 부릅떴다. 칼을 치켜들고 달려가던 사내 둘이 갑자기 땅바닥에 뒹굴어 쓰러진 것이다. 그 옆의 사내도 마찬가지다. 바로 아래쪽에서 일어난 일이라 둘은 똑똑히 보았다.

"갑자기 발작이 일어난 것도 아니고……."

정기천의 목소리가 떨렸다.

"귀신이 뒤에서 쳐 죽이는 것 같다."

"으악!"

바로 앞에서 또 한 사내가 주위를 두리번거리다가 비명을 지르면서 반듯이 넘어졌다. 화살을 맞은 것도 주위에 사람이 있는 것도 아닌데 그렇게 쓰러진다.

"안 되겠다."

정기천이 상반신을 일으켰는데 몸이 덜덜 떨리고 있다.

"이곳도 천벌이 내리는 것 같다."

"으아악!"

이쪽으로 달려오던 사내 둘이 사지를 흔들면서 쓰러졌을 때 정기천은 지붕 위에서 발을 헛디뎌 하마터면 떨어질 뻔했다. 아관의 몸도 떨리기 시작했다. 그러고 보니 주변의 도적 무리는 거의 다 죽었다. 먼 쪽에서 비명과 고함 소리가 들려올 뿐이다. 정기천이 지붕 위를 달려가면서 소리쳤다.

"양가현에도 천벌이 내렸다!"

이곳은 양가현에서 150여 리(75km) 떨어진 덕우산 중턱, 첩첩산중이어서 인적은커녕 짐승의 행적도 드문 곳이다. 오후 술시(8시) 무렵, 이제 가죽조끼에 바지는 대님으로 묶여졌고 가죽신, 긴 장삼에 등짐을 멘 화천이 바위 위에 서 있다.

험한 바위산이어서 일반인은 이곳까지 올라올 엄두도 내지 못하는 곳이다. 바위 앞에는 천연 동굴이 뚫려 있었는데 짐승도 오르지 못하는 1백 자(30m) 가까운 높이에 있는 데다 아래쪽에서는 보이지도 않는다.

이윽고 화천이 동굴 안으로 들어가 여장을 풀었다. 동굴은 깊이가 20자(6m), 높이가 10자(3m)쯤 되는 데다 천장에서 물이 떨어져 작은 웅덩이에 고여 있다. 며칠 지내기에는 안성맞춤인 곳이다. 안쪽에 자리 잡고 앉은 화천이 곧 가부좌를 틀고 나서 긴 숨을 뱉었다. 이제 동굴 밖은 짙은 어둠이 덮여 있다.

동굴 안은 아늑하다. 짐승이 오간 흔적도 없고 옅은 비린내가 맡아지는 것은 수백 년 전 산새가 둥지를 틀었다가 떠난 흔적일 것이다.

화천이 눈을 감았다. 곧 머릿속에 검은 우주가 드러났다. 별 무리, 섬광이 먼 쪽에 보였다가 금방 가까워졌다. 그러고는 순식간에 지나고 또 다른 은하수가 나타났다. 화천은 자신의 몸이 우주의 검은 입자가 되어 있는 것을 느낄 수 있었다. 예전에는 은하수도 보지 못했다. 시간과 공간을 수없이 바꾸기만 했다.

이윽고 화천은 앞이 환하게 밝아지고 있는 것을 보았다. 화천의 심장 박동이 빨라졌다. 드디어 칭조지를 만나는가? 그때 앞쪽 흰 덩어리 속에서 목소리가 울렸다.

"네가 왔구나."

그러나 형체는 보이지 않는다. 목소리를 들은 화천의 가슴이 문득 허탈해졌다, 이렇게 만나다니. 머릿속을 다 비우니까 길이 뚫렸다. 창조자의 거리가 엄청난 것이 아니었다. 그때 화천이 물었다.

"창조자시여, 휴론이 누굽니까?"

"이 세상에 떨어진 추적자라고 해야 맞을 것이다."

"누구를 추적합니까?"

"나다."

화천이 숨을 죽였고 창조자의 말이 이어졌다.

"나는 범법자이고 휴론이 집행관이다."

"휴론의 제자들을 만났습니다."

"그들도 이제 네가 내 제자임을 알게 되었을 것이다."

"창조자시여, 이름을 알려주십시오."

"아단."

부드럽게 말한 창조자의 억양 없는 목소리가 이어졌다.

"한때 우주를 지배하던 아단 왕국의 후계자였던 왕자 아단, 그러나 향락에 빠진 부왕이 부하 휴론에게 왕국을 빼앗기고 피살되었다."

"……."

"결국 아단은 우주의 심연을 날아 이곳에 떨어졌고 육신을 갖추지 못한 터라 심신비전을 남겨 후계자를 기다렸던 것이다."

"……."

"결국, 화천 네가 내 분신이 되었다."

"제가 분신입니까?"

떨리는 목소리로 화천이 묻자 창조자가 대답했다.

"네가 날 찾아온 것이 그것을 증명했다. 넌 내 후계자이며 분신이다."

"아단이시여."

화천이 이제 창조자의 이름을 부른다.

"휴론의 제자들도 저와 같은 부류입니까?"

"그렇다. 휴론도 내 의도를 알고 제자들을 기른 것이다."

"아단이시어."

심호흡을 한 화천이 다시 물었다.

"저는 이미 휴론의 제자 한 명을 죽이고 한 명을 잡았다가 놓아주었습니다. 그것은 적의가 없었기 때문입니다."

"알고 있다."

"이제 어떻게 해야 됩니까?"

"휴론의 제자들은 네가 내 분신인 줄 알 테니 기어코 잡아 소멸시키려고 들 것이다."

창조자의 목소리가 희미해졌다.

"화천, 네가 사는 것이 내가 세상을 사는 것이나 같다."

목소리가 끊겼으므로 화천이 불렀다.

"아단이시어."

그러나 대답은 들리지 않았다.

술잔을 든 아황이 지그시 정준과 우창을 보았다. 주국(周國)의 왕성 안, 재상 아황이 관저에서 심복 둘로부터 결과를 보고받는 중이다.

"그래, 그만하면 됐다."

정준의 보고를 받은 아황이 머리를 끄덕이며 말했다.

"주머니만 전해주면 된 것이다."

"대감."

우창이 상반신을 기울여 아황을 보았다.

"그분을 모셔 와서 무얼 하시렵니까?"

"국 끓여 먹으려고."

정색하고 말했던 아황이 둘의 표정을 보더니 입맛을 다셨다. 둘은 눈만 껌벅이고 있는 것이 그 말을 믿는 것 같다.

"너희들은 내가 교두현청 서리였다는 걸 알고 있느냐?"

아황이 묻자 정준이 바로 대답했다.

"난세에는 개천에서 용이 나는 법이지요, 촉의 유비는 돗자리 팔아서 사는 거지였고 명 태조 주원장은 거지 중이었습니다."

"옳지."

"대감께서 현 서리라고 자꾸 말씀하시지만 저희 둘은 대감께서 현자(賢者)이신 것을 압니다."

"허, 현자라, 과분한 칭찬이다."

"미래를 예측하시는 데다 엄청난 내공을 지니고 계시지요."

"내가 위가 커서 술은 많이 들어가지."

"대감."

정준이 두 손을 방바닥에 짚고 아황을 보았다. 촛불을 받은 두 눈이 번들거리고 있다.

"저희들은 대감께서 주국의 재상으로 지내실 분이 아니라고 생각했습니다. 서왕을 옹위하여 대국(大國)을 일으키려 하시는 것입니까?"

"너희들은 아직 알 것 없다."

"예."

동시에 대답한 둘이 서로의 얼굴을 보았다가 정준이 다시 묻는다.

"서왕께서 오실까요?"

"곧 온다."

아황의 얼굴에 웃음이 떠올랐다.

"가죽 주머니를 받았지 않았느냐? 이곳에 올 수밖에 없다."

정준은 소림사, 우창은 화산파의 고수로 난세에 뜻한 바가 있어 산문을 뛰쳐나왔다가 아황에게 발탁된 심복들이다.

제각기 휘하가 된 지 3년도 안 되었으나 아황의 능력을 지척에서 겪은 터라 아황이 마른 날에 벼락이 쳤다고 해도 그대로 믿는다. 밖으로 나온 정준과 우창이 성안의 주막에서 마주앉았다. 밤 술시(8시)가 넘은 시간이었지만 주막 안은 떠들썩하다.

"이봐, 서왕이 남왕의 삼호를 살려 보냈으니 그놈들도 가만있지 않을 거야."

술잔을 든 정준이 말했다.

"이미 추적단이 파견되었을 거야, 삼견(三犬)이 개망신을 당한 경우니까."

"헌데, 우리 대감은 어쩌실 작정인가?"

목소리를 죽인 우창이 묻자 정준이 주위부터 둘러보았다.

"서왕 말대로 반역은 확실하다. 대감 서왕을 꼬이려고 그런 조건을 내건 줄 알았는데 호공을 없애려는 거야."

"호공이 군주의 자질은 없지."

"우리 대감이 없었다면 지금쯤 백골이 되어있던가 녹림 처사로 산속에서 살 수준이야."

"그렇지."

둘은 서로의 얼굴을 보았다. 대명(大明)은 급격히 몰락하고 있다. 사방에서 우후죽순처럼 일어난 반란군은 제각기 왕국, 대왕(大王)을 칭하고 인재를 모았는데 그중 가장 강력한 무리가 남왕 종광이 이끄는 대금(大金)이며 그다음이 북서쪽의 진(眞), 세 번째가 주왕 호공일 것이다.

"대감이 알아서 하시겠지."

마침내 우창이 이 사이로 말했다.

"우리는 대감을 따르면 돼."

정준이 잠자코 머리만 끄덕였다.

"뭘 드릴까요?"

다가온 주모가 물었으므로 화천이 머리를 들었다. 이곳은 귀주 개음현에서 50여 리 떨어진 국도상의 번화한 마을, 민가 수가 1천 호 가깝게 되어 대읍(大邑)이지만 성곽은 없다.

"돼지고기 두 근하고 술 한 병."

화천이 말하자 30대쯤의 주모가 표정 없는 얼굴로 말했다.

"은 한 냥이오."

"비싸군."

화천이 똑바로 주모의 눈을 보았다. 검은 눈동자에 색기가 담겨 있다. 화장을 안 했는데도 붉은 입술에 윤기가 흐른다. 그때 화천의 시선을 받은 주모가 말했다.

"마구간 옆방이 비었습니다. 그곳으로 옮기시지요."

화천이 시선을 떼지 않았고 주모가 말을 이었다.

"술상은 그곳으로 가져가지요."

그때서야 화천이 시선을 떼었고 주모가 돌아섰다. 주막 안은 손님들이 가득 차 있어서 소란하다. 안을 둘러본 화천은 관인이 셋, 도둑이 넷이나 앉아 있는 것을 알았다. 그중 도둑 하나는 이쪽을 힐끗거리고 있는 것이 뭔가 눈치를 챈 것 같다.

자리에서 일어선 화천이 옆문으로 나와 뒷마당으로 들어섰다. 밖은 이미 짙게 어둠이 덮여 있다. 마당 건너편의 마구간 옆방은 불이 꺼져 있었으므로 화천이 발을 떼었다. 그때 뒤쪽에서 인기척이 났지만 화천은 못 들은 척했다.

마구간 옆방으로 들어선 화천이 부시를 쳐 등잔불을 켰다. 뒤를 따라온 사내는 둘, 관인 셋 중 둘이다. 관인이라고 구분한 것은 품에 제각기 무기를 넣은 데다 그중 하나가 가슴에 마패를 차고 있었기 때문이다. 고관(高官)이다. 40대 후반쯤의 건장한 체격으로 화천과 시선이 마주쳤을 때 찬 기운이 스치고 지나는 느낌을 받았다. 화천의 얼굴에 쓴웃음이 번졌다.

갑자기 우주가, 창조자가 꿈속의 일 같았기 때문이다. 나는 미물이다. 인간(人間)은 한 줌밖에 안 되는 땅에서 태어나고 죽어 흙이 된다. 1백 년도 안 되는 그 짧은 인생사 안에서 끝없이 싸우는 미물이여, 주막 안의 사내가 보낸 눈빛이 화천을 다시 깨우쳐 주었다. 그때 문밖에서 주모의 기침 소리가 들리더니 문이 열렸다. 주모가 소반에 김이 무럭무럭 오르는 돼지고기 접시와 술병을 얹어서 들어왔다. 그동안 얼굴을 씻었는지 볼이 반지르르했고 눈꼬리에 웃음이 맺혔다.

"시장하실 텐데 드세요."

앞에 상을 놓은 주모가 앉더니 잔에 술을 따르며 말했다.

"손님이 많아서 바쁘니까 술 한 잔만 따르고 가겠습니다."

"자시(12시)면 주막 문을 닫는가?"

화천이 묻자 주모의 볼이 붉어졌다. 그러나 시선은 떼지 않는다.

"그보다 일찍 끝내지요."

"하인에게 서방 시늉을 오래 시키면 안 되는 법이야."

"나리께서 알고 계셨군요."

반색을 한 주모가 말을 이었다.

"나리의 눈빛을 받고 사타구니가 뜨거워졌습니다. 별일도 다 있습니다."

"네가 색욕이 발동했기 때문이야."

"방사를 안 한 지 오래되어서 그런 것 같습니다."

술을 따른 주모가 자리에서 일어섰으므로 화천이 일렀다.

"주막 왼쪽 기둥 옆에 상제 두건을 쓴 도사가 있어, 그자한테 내가 보자 한다고 하게."

"그러지요, 아시는 분입니까?"

"내가 보잔다 하면 올 거야."

"하인 시켜서 술과 안주를 더 가져오게 하지요."

그때 화천이 주모에게 손을 내밀었다. 손에 든 금화가 반짝였다.

"여기 금화 두 냥을 받게, 미리 주는 거야."

"아이고, 술 두 동이에 돼지 두 마리 값입니다."

주모가 활짝 웃으며 금화를 받는다.

<3권 끝>

광풍 ❸ 추적자

초판1쇄 발행 | 2016년 5월 30일
초판1쇄 발행 | 2016년 6월 3일

지은이 | 이원호
펴낸이 | 박연
펴낸곳 | 스토리뱅크

등록일자 | 2009년 11월 17일
등록번호 | 제313-2009-250호
주소 | 서울시 마포구 모래내로 83 한올빌딩 6층
전화번호 | 02 · 704 · 3331
팩스번호 | 02 · 704 · 3330

ISBN 978-89-6840-220-3 04810
ISBN 978-89-6840-217-3 (세트)